U0582426

日本民间故事

第一季

（日）**田中贡太郎** 等／著

谭春波／编译

天津出版传媒集团

天津人民出版社

图书在版编目（CIP）数据

　　日本民间故事. 第一季 / (日) 田中贡太郎等著；
谭春波编译. -- 天津：天津人民出版社, 2017.9（2020.1重印）
ISBN 978-7-201-12012-6

　　Ⅰ. ①日… Ⅱ. ①田… ②谭… Ⅲ. ①民间故事 - 作
品集 - 日本 Ⅳ. ①I313.73

中国版本图书馆CIP数据核字(2017)第155861号

日本民间故事 第一季
RIBENMINJIANGUSHI DIYIJI

出　　版　天津人民出版社
出 版 人　刘　庆
地　　址　天津市和平区西康路 35 号康岳大厦
邮政编码　300051
邮购电话　（022）23332469
网　　址　http://www.tjrmcbs.com
电子邮箱　reader@tjrmcbs.com

责任编辑　刘子伯
装帧设计　新艺书文化

制版印刷　三河市华润印刷有限公司
开　　本　710 毫米 ×1000 毫米　1/16
印　　张　19
字　　数　180 千字
版次印次　2017 年 9 月第 1 版　2020 年 1 月第 5 次印刷
定　　价　36.00 元

目　录

食人鬼

很久以前，日本有一个叫梦窗的法师。有一年，梦窗法师游历到了当时一个叫美浓国的地方。美浓国山脉众多，道路崎岖难走，加上人生地不熟，梦窗法师在一个荒无人烟的地方迷了路。

眼看着天就要黑透了，梦窗法师想尽了办法试图走出这个鬼地方，可是绕来绕去却总在原地打转。渐渐地，天黑了下来，梦窗法师没辙，只好安下心来，想就近找个可以歇息的地方，等第二天再寻找出路。

梦窗法师停下了脚步，四处打量着周边的环境。突然间，他眼前一亮。

在夕阳的余晖之下，梦窗法师突然看见山的那头似乎有一座孤零零的寺庙。由于这座寺庙远离尘世，深处大山之中，看上去荒凉破败，已经陈旧不堪。不过，既然有地方可以容身，梦窗法师也顾不得想太多，趁天色还没有完全黑透，连忙赶了过去。

到达寺庙的时候，天已经完全黑透了。梦窗法师想走进去歇歇脚，可是让人意想不到的是，这又破又小的寺庙内，竟然住了一个老迈的和尚。

"大师，老僧在这深山之中迷失了方向，天色已黑，实在不便再赶路，还请大师多多体谅，让老僧在这里歇息一晚，明天一早老僧便会离开，好吗？"梦窗法师恭恭敬敬地说。

"本寺不方便留客，还请您另找地方歇息，对不住了。"老和尚抬头看了他一眼，非常强硬地拒绝了梦窗法师的请求。

"大师，大师……不是老僧想赖着不走，只是这夜黑风高，深山之中恐有野兽出没，还请大师体谅，收留老僧一晚……"梦窗大师苦苦哀求道。

"此处不留客，还请您不要再勉强。如果您不嫌麻烦，山底下的溪谷边上，有一个小小的村落，那里有山民居住，你可以前去讨点吃的，顺便借宿。"老和尚再次拒绝了梦窗法师的请求，同时走出房门，给梦窗法师指明了去小村落的去路。

无奈之下，梦窗法师只好按照老和尚的指点，悻悻地离开了破庙。

走了许久，梦窗法师才来到了老和尚所说的小村庄。这是个很小的村子，零零散散住着十多户人家。梦窗法师向村民们说明了来意，村民们很热情地带着他前往村长家中拜访。

来到村长家，一进客厅，梦窗法师便看见十几个男人围坐在桌子前，似乎在商量着什么大事。等不及他多问，便有人安排他在隔壁的一间小屋子里安歇，屋子里被褥齐全，食物也准备得很充分。梦窗法师赶了一天的路，浑身又酸又疼，此刻已经非常疲倦。因此，他匆匆地吃完村民们给他准备好的食物之后，便一头钻进被褥里，很快便沉沉地睡了过去。

到了半夜，当梦窗法师睡得正香的时候，他被一阵撕心裂肺的哭喊声惊醒了。他立时坐了起来，还没来得及起身，只见一个年轻人推开门，手里提着一个灯笼走了进来。

年轻人见梦窗法师已经醒了过来，于是毕恭毕敬地对他行了一个礼，礼貌地对他说："大师，非常抱歉刚才惊扰到您休息，在下觉得甚是惭愧。但是，在下有一事，不得不跟大师诉说。您劳累了一天，又是特地前来投宿，本来应该如您所愿才是。可是，这件事实在让在下难以启齿……"

"怎么回事？请您不妨直说。"梦窗法师起了身，谦和地问道。

"是这样的，我的父亲，不幸在一个时辰前去世了，我是他的长子，现在已经成了这一家的新主人。刚才外面坐的那十几个人，都是连夜过来给父亲大人守灵的。"年轻人慢慢地解释着，脸上满是悲伤。

"施主，没想到会发生这样的事，还请节哀顺变。"梦窗法师听到这些之后，心里不由得一惊，一种不祥的预感油然而生。

"大师，实在抱歉，此番我深夜前来，就是想告诉您，本村有一条不成文的规矩，只要是村中有人过世，那一夜，村中所有的人都要离开这个村庄，去别处过夜，任何人不得留下。再过一会儿，我们将祭奠亡灵，祭拜过后，所有人都将离开这里，只留下死者的遗体在这个村庄中过夜。"年轻人继续说道。

"既然贵村庄有这个规矩，老僧自然是愿意遵从施主的安排。只是老僧有一事不明，还请施主为老僧解惑。"梦窗法师问道。

"大师，请直说无妨。"年轻人点点头，诚恳地说。

"按常理来说，凡有亲人去世，人们都应终日陪在其身旁，安心地送完最后一程才是。可是，为什么此地却有着这样的风俗呢？"梦窗法师问。

"大师有所不知，在这个地方，每次有谁家里死了人，死人的那一家，当晚都会有恐怖的事情发生。当然了，大师是出家人，妖魔鬼怪之类的东西想必也入不了您的法眼。如果大师不介意的话，大可留下来跟我父亲大人的尸体过夜，这间屋子虽然算不上舒适，但是也能将就着歇息。不过，我还是非常诚恳地想请您跟我们一起去邻村暂住一夜，在那里，您可以得到更好的食宿。"年轻人诚心诚意地邀请道。

"施主，你的好意老僧已经了解了。只是，今日冒昧到您府上打扰，已经是万分过意不去，想来也没有什么东西可以回报。老僧虽然疲惫，但是为亡灵祈福诵经，乃是出家人分内之事，不可不做。"梦窗法师回答道，"施主大可不必担心老僧的安全，安心跟随其他人去邻村安歇便是。等你们都离去之后，老僧会尽全力，帮助令尊诵经祈福，愿他早日登上极乐世界。"

"大师……虽然如此，您还是跟我们一起去邻村避一避吧！今夜，村子里的人会走得一个不剩，到时候，大师如果遇到什么意外，我们都会觉得过意不去……"

年轻人再次苦苦劝说。

"请放心，老僧向来不畏惧鬼怪之事，我会在令尊的遗体前守灵，一直到天亮为止。"梦窗法师笑了笑，一脸的从容。

年轻人听梦窗法师这么一说，知道他再劝下去也无济于事，于是便跪倒在地上，叩了好几个头，说："既然如此，那就有劳大师了。"

梦窗法师扶起年轻人，又拍拍他的肩膀，示意他放心。

过了一会儿，村民们得知梦窗法师自愿留下来为亡灵诵经，一个个都感动不已，纷纷前来致谢。临走前，年轻人又特地叮嘱梦窗法师说："大师，要您一个人在此地过夜，晚辈心里实在过意不去，然而，为了本村人的安全，晚辈不得不在这里向您道别。本村的规定是，凡是死人的当晚，村中所有人都要在午夜来临之前离开村子，不然就会发生可怕的事情。我们必须马上离开，还请大师多多保重！如果今夜您见到了什么诡异的事情，还请明天一定告知在下！"

梦窗法师点点头，目送着村民们的队伍离开了村庄。

所有人都离去了，梦窗法师独自来到了停尸间。

老村长的尸体用白布裹着，静静地放在房间正中。尸体的四周，摆满了各式各样的供品，头部的地方还摆着几盏油灯。乍一看，场面有几分阴森恐怖。

梦窗法师在尸体身边坐了下来，为亡灵颂起了"引导之偈"，引导亡灵生往极乐净土。唱完之后，梦窗法师开始坐禅，为亡灵守夜。

四周都安静了下来，无人的村落，越发显得鬼气森森。

夜，渐渐地深了起来，四周静得让人后背发凉。梦窗法师静心在尸体边守夜，留意着周围的动静。

突然间，窗前出现了一个巨大而模糊的影子，影子悄无声息地飘了进来，在尸体前立定。

梦窗法师只觉得一阵阴风拂过脸面，紧接着，他感觉自己的四肢已经无法动弹，喉咙里也好像灌了东西一般，怎么都发不出声音来。他只能呆呆地坐在原地，眼睁睁地看着那团影子慢慢地向尸体飘去。

过了几秒之后，那影子竟然伸出了两只手一样的东西，抱着尸体的头，大口大口啃了起来。

梦窗法师被眼前的一幕骇得几乎无法呼吸，不可置信地望着眼前发生的一切。

影子吃完了村主的头部，又一把扯下他的四肢，一口一口把肉啃得干干净净。紧接着，身子、内脏，甚至连骨头，都被瞬间吃得精光，整个尸首连一根骨头都没有剩下。

梦窗法师只觉得胃里一阵恶心，差点把之前吃过的食物全部吐了出来。

这团怪物吃完尸体仿佛还觉得不够，又随手拿起身边的供品，三下五除二，席卷一空。

吃饱喝足之后，怪物仿佛发现了梦窗法师的存在，别过脸，盯着梦窗法师足足有好几秒钟。之后，他转过身，轻轻地从窗户飘了出去。

等怪物离去之后，梦窗法师才终于恢复了知觉。他看着地上散落的灯台和碎布，心里泛起一阵寒意。没有了尸体，他也无法再诵经念佛，更无心睡眠，因此便在大厅坐了一夜，直到天明。

第二天一早，村民们陆陆续续回到了村中。

村民们记挂着梦窗大师的安危，因此回村后，顾不得休息，便径直往梦窗法师所在的屋子而来。

梦窗法师一直保持着昨夜的姿势，一言不发地等待着村民们的归来。

村民们见梦窗法师安然无恙，心里着实松了一口气。他们一一走进房间，又仔细检查了房间里的各个角落，确定没什么异常，这才放下心来。

梦窗法师注意到，这里的所有人，都没有对尸体和供品消失这件事表示过半分疑虑，更没有一个人大惊小怪。

"大师，现在您知道我们为什么要全村远离这里了吧？说实在的，昨晚我们都很担心大师的处境，现在看到您安然无恙，才总算放下心来。在下和邻居都感激您的恩德。在下说的怪事，想必大师应该已经见过了吧？"年轻人走上前来向梦窗法师作了一个揖，问道。

梦窗法师点点头，把他昨晚看到怪物的事情如实说了一遍。

然而令梦窗大师惊讶的是，全村老老小小，竟然没有一个人对他所说的事感到惊讶。

年轻人见梦窗法师的神情，于是对梦窗法师解释道："大师不要见怪，您刚才所描述的情形，跟我们村百年来流传下来的传说一个样！"

梦窗法师听完后，久久说不出话，好半天才问道："真是怪了，你们村的山上，不是住着一位高僧吗？难道你们从来没去向他求助过？他也从来不管这些事？"

"什么高僧？"年轻人听完，一头雾水地反问道。

"昨天老僧曾经在山顶的寺庙借宿，可是不想却被寺庙里住着的老和尚拒绝，老僧求了他半天，他才让我来这里找你们！"梦窗法师如实回答道。

可是，听完梦窗法师的话后，众人你看看我，我看看你，每个人都是一脸的茫然，谁都没有说话。

最后，还是年轻人打破了沉默，他说："大师，实在抱歉，您是不是弄错了？我们在这里住了一辈子，从来都没有听说过这里的山上有什么高僧，更没有什么寺庙。而且我敢说，这里方圆百里内，根本就没有和尚和寺庙……"

梦窗法师还想说什么来着的，可是想了片刻之后，便不再答话。他觉得，这里的村民一定是被昨晚的怪物给吓傻了，所以才不敢多话，生怕惹祸上身。

天色已经大亮，梦窗法师向村民们问明了路，又讨了一些干粮，向众人告别离去。

途径寺庙的时候，梦窗法师不甘心，决定再次拜访那个老和尚，想证实自己是不是看见了什么妖魔鬼怪。

这一次，梦窗法师很快便找到了小庙的所在地。果不其然，他在寺庙里依然见到了那个老和尚。

可是，让他觉得奇怪的是，这一次，老和尚并没有赶他走，反而很有礼貌地请他进去休息。

进了房间之后，老和尚竟然跪了下来，一个劲儿地向梦窗法师行礼，嘴里一直在念叨："惭愧，惭愧啊！"

梦窗法师扶起老和尚，惊异地说："您虽然昨夜拒绝老僧在此过夜，老僧也未敢有半句怨言，还请您不要行这等大礼。多亏您昨晚的指点，我在那个村庄里休息得很好，村民们也很热情。所以，我心中不胜感激，今天特地过来致谢！"

老和尚依然长跪不起，脸上现出悲伤的神色。

"我接下来要说的一切，可能您会觉得非常震惊，但是请您千万听我说完。我之所以感到惭愧，并不是因为我拒绝你在这里借宿，而是因为您昨晚亲眼撞见了我的秘密。昨晚，您所看到的那个吃死人尸体和供物的怪物，正是我啊！"老和尚一口气说了出来。

"天啊，你是什么妖物？为什么偏爱吃人的尸体？"梦窗法师惊讶地问。

"既然您已经知道了我的秘密，那我已没有隐瞒的必要了。其实，我就是专吃人肉的食人鬼。"老和尚的眼角流出了几滴浊泪，悲切地说，"很多年前，我是这个地方唯一的和尚。那个时候，这里方圆百里之内，除了我，便再也没有其他寺庙和和尚。因此，只要这附近有人去世，村民们一定会抬着尸首，请我来为亡灵诵经祈福。当时，不少人大老远抬着尸体上山来，经过多日的颠簸，有的尸体抬过来的时候都发臭了。不知道从什么时候起，我便开始开始厌烦了这种日复一日的无聊工作，像这样每天为死人诵经或者守夜，即便再辛苦，也只能混个温饱而已，别的什么都得不到。因此，这样长年累月下来，我的欲念和贪婪战胜了我的理智和善意，我死后，我的灵魂就变成了食人鬼，靠食用死人的尸体为生。从那以后，只要这村子死了人，我就一定会把尸体吃得干干净净，就像大师您昨夜所见的一样。"

"原来是这样。你好歹也是修行之人，没想到竟然落到这样一个下场，被自己的欲念和私欲所吞灭，也真是可怜。"梦窗法师若有所思，喃喃地说。

"大师，事已至此，何况您又亲眼见过我的原形，还请您大发慈悲，为我这孤魂野鬼诵经超度吧！我也实在不想再这样继续下去了！"老和尚在梦窗法师身前低头叩地，痛哭流涕，"我希望能早日脱离这充满罪孽的苦海，早日投胎重新做人，还请大师成全。”

老和尚的话一说完，就立刻消失不见了。与此同时，之前的破庙也消失得无影无踪。

梦窗大师若有所思地跪在一片长得有一个人那么高的杂草丛中，他的身边，放着一个破败不堪，青苔遍身的五轮塔。

那个五轮塔，正是那老和尚的坟墓。

辘轳首的传说

很久很久以前，日本各地流传着各种各样关于辘轳首的传说，但是从来没有人亲眼证实过。这些传说都有一个共同点——所有的辘轳首都是女人。

不过，在宫城县桑田村一带所流传的辘轳首的传说里，辘轳首却是一个名叫作助的男人。虽然作助已经成亲了，但在他的内心里，仍然爱慕邻村的一个少女。

在桑田村举行的一次盛大祭祀活动中，作助与那个少女偶遇了，作助兴奋不已，于是趁机向她表明心意，倾诉衷肠。可惜，少女却对他嗤之以鼻，借故躲开了他的纠缠。

作助的表白虽被少女拒绝，但是这丝毫不影响他对那位少女的感情，他对她的爱慕之情不减反增。

不久，他听说少女嫁给了附近滕田村的村长次郎太夫，心里无比愤怒妒忌，他茶饭不思，工作倦怠，总是闷闷不乐，没多久，就恹恹地病倒在床，再也起不来了。

这一边，次郎太夫与少女结婚后，小夫妻俩的感情如胶似漆，小日子过得幸福美满。

一个闷热难耐的夏夜，次郎太夫与妻子为了消暑，遂决定开窗睡觉。到了半夜，次郎太夫总觉得窗外有什么东西在飞来飞去，搅得他翻来覆去睡不着。

他无比烦闷，于是干脆下床，决心起身查看究竟。于是，他便坐起身来，借着微暗的月光，往窗外看去。

这一看不要紧，眼前的一幕让他忍不住全身一颤：只见一张男人的脸在窗外向屋里东张西望，不过奇怪的是，这张脸的下面好像没有身体一般，似乎是在空中飘浮着，又好像在飞转……只有一条又细又长的管子连到墙外，诡异之至……

次郎太夫惊愕地看了半天，忽然觉得这张面孔有点眼熟。他定了定神，蹑手蹑脚地爬出蚊帐，就在这颗脑袋伸入窗内时，他顺手抓了桌上一个铜制的烟灰筒，朝那颗脑袋砸了过去，并大声怒吼道："是什么东西？"

很不巧的是，烟灰筒并没有如次郎太夫所愿击中怪头，却砸到了墙壁上，发出了巨大的声响。怪头一惊，立刻退出窗外，转眼间便消失得无影无踪了。

次郎太夫气愤地回到床上，却见他的妻子脸色苍白，浑身都在冒冷汗，她木然地坐在那里，像是受到了很大的惊吓。

次郎太夫见状，把她抱在怀里，安慰她道："不要害怕，没什么大不了的，只不过是个无聊的人想偷看我们睡觉罢了！"

然而，他的妻子似乎并不认同他的说法。她浑身都在颤抖，一脸惊慌地说："不！我认得这个人！在我们俩还没结婚之前，有一次，我和家人在村中的祭祀大典上走散了，恰巧遇到了这个男人。他非常热情地和我搭讪，说自己叫作助，一直很喜欢我……但是，当时我没理他。

我……刚刚又梦见他了，他的头飞来飞去，脖子又细又长，就像一根链子连接着他的脑袋和身体……这太可怕了！为什么我会做这样的梦呢，难道是什么不祥的预兆？"

次郎太夫听完妻子的叙述后大吃一惊。不过，为了让妻子不再受到惊吓，他只好安慰妻子，不动声色，心里下定决心，一定要把这件事查个水落石出。

次郎太夫心想，按照妻子的说法，她应该可以时常看到作助。如果留意观察妻子的举动，他一定可以抓住那个男人。于是第二天，他决定守夜，等待作助再次出现。

可惜的是，他连续守了四五个晚上，作助却再也没有出现过。

然而同时，滕田村却接二连三地发生了许多怪事：很多妇女都感觉自己晚上被人偷窥；年轻夫妻晚上缠绵时，总觉得窗外有什么东西在一直盯着他们看；妇女的贴身衣物、首饰也常被人偷走。可是，大家都找不出有人潜伏或者偷窥的迹象。即便村民们到处侦察，也查不出一点端倪，但被人窥视的感觉一直都很强烈。

隔了几日，次郎太夫去外地办事，直到半夜才急急忙忙赶回家。就在他赶路经过桑田村的时候，他意外地发现，在月光之下，他的前方有个长着细长脖子的怪物，正缓缓地朝前飞去，那颗头在空中呼噜噜地转个不停。

次郎太夫大吃一惊，心想这一定就是那作助的头！

次郎太夫不动声色，静静地跟在怪头的后边。接着，他亲眼看见，作助的头被一条细长的东西牵引着，最后进入了附近的一间民房中。

次郎太夫记下了这间民房的位置，翌日清晨，他马不停蹄地召集了几个村中有名望的老人和一些年轻力壮的青年，将昨晚所见的事情一一说给他们听，然后众人一同开会讨论如何除掉这个长脖子妖怪。

当天晚上，众人将一些女人的首饰和衣物聚放在一处，再分散开来潜伏在附近，等待辘轳首作助的出现。

众人屏气凝神，躲在暗处观察动静。午夜过后，辘轳首果然慢慢地荡了过来，他似乎丝毫未察觉四周有许多眼睛在盯着他，依然陶醉地从一大堆东西中翻出次郎太夫妻子的内衣，用鼻子嗅了好一阵子，然后准备离去。

就在这时，四周埋伏的人一齐跳了出来，把他团团围住。辘轳首大吃一惊，急得四处乱飞，想逃出重围，可是徒劳无功。忽然，只听见"咻"的一声，辘轳首立即凄厉地叫了一声。原来，不知是谁在暗中发了一箭，射中辘轳首的一只眼睛，血光四溅。辘轳首身受重伤，落荒而逃，地上留下了斑斑点点的血迹。

第二天，桑田村有消息传来说，作助在昨天晚上死去了。于是，次郎太夫就领着一些人前往作助家中，想要寻出妇女们丢失的衣物。

作助的妻子见众人前来问罪，知道大事不妙，丈夫是辘轳首的事情估计是瞒不下去了。于是，她决定先下手为强。

不等众人到来，作助的妻子就先发制人，大声叫喊道："作助一定是你们害死的！你们太残忍了，竟然对一个手无缚鸡之力的老实人下手……"

"你的丈夫的确是我们射杀的，不过，如果你觉得他老实，这就有点奇怪了。"一位年长的村民开口道。

作助的妻子不等对方把话说完，就提起手中的锄头，恶狠狠地瞪着众人，咬牙切齿地大声叫道："不，我不相信你说的话，你们有什么证据证明他不是老实人？他是我的丈夫！我在此立誓，我不报杀夫之仇，誓不为人！"

次郎太夫见这女人如此固执，也不忍心强行逼她就范，只得暂时率领众人回到滕田村。他思量再三，决定再多聚集一些村人，分别写下他们各自遗失的物品，隔日再前往作助家中。只要他们能在那里找到这些遗失物，那么相信作助的妻子也就无话可说了。

"这张清单上列出的全是最近村民们丢失的物件，这些东西多半就是被你那辘轳首丈夫偷走的。所以，我们要好好地将你的屋子搜查一番！"

众人进入作助的家，到处翻箱倒柜。没过多久，村民们果然在暗处找出了与单子上相符的所有失物，除了次郎太夫妻子的物件。无论村民们怎么查找，次郎太夫妻子的失物就是找不到。

在一旁看热闹的桑田村村民见状，个个惊呼，唏嘘不已。随后，他们又交头接耳，窃窃私语，猜测着作助与次郎太夫妻子之间的关系。

作助的妻子见自己的丈夫是辘轳首的事情败露，再加上他的不光彩举动，顿时自觉无地自容，颜面尽失。在众目睽睽之下，她不顾众人阻拦，飞速地跑到屋后，投井自尽了。

可是，故事依然没有结束。

作助和他的妻子死后不到一个月，次郎太夫的妻子也病死了。临死之前，她告诉丈夫说："我又梦到作助了。他在阴曹地府诬告我，说我用箭射瞎了他的眼睛，害得他送了性命。现在我必须去阴间，我必须证明自己的清白，我要揭穿他的阴谋诡计……一命抵一命，就目前看来，我的病是好不了了。不过这样一来，他倒是可以在阴间再次见到我了，这个人真是太可怕了，连做鬼也不肯放过我……"

说完，她头一歪，在丈夫的怀里去世了。

毁约

一

"我还不可以离开人世，因为始终有件事放心不下。你必须要告诉我，是谁会到我们家里接替我的位置呢？"

一直卧床不起，即将撒手人寰的妻子在去世前说道。

一直在旁边忙前忙后的丈夫立即打断了妻子的话，叹息着说：

"不要提及这件事情了。你是我唯一的妻子，没有第二个人。我不会和别人结婚的。"

说这话时，丈夫的情谊是真的，因为他的确深爱着他这个不久于人世的妻子。

"要赌上你武士的道义吗？"妻子浅浅地一笑，用微弱的声音问道。

"是的，赌上武士的道义。"丈夫的手抚上妻子那已经失去血色的脸，毫不犹豫地说道。

对此，妻子露出满意的微笑，她说："相公，我想长眠于自家的庭院中，我希望你能将我葬在那棵由咱们一起栽种的梅树下，就在那边墙角。倘若你再婚，我会让那个女人离开的。现在，你向我许诺吧，我在你心中的位置不会有人取代的。请不要犹豫，答应我好吗？你一定要将我葬在院子中，只有这样，我才可以时常听到你讲话，才能在春天看到盛开的花。"

丈夫回答说："就依照你所说的话办吧。但是，现在说这些还为之过早。假如你一直在想这些，病就更加不容易治愈了。"

妻子回答道："不是的，我今天早晨就会离开人世。不过，请一定将我葬在院子中。"

对此，丈夫说："好的，我会将你葬在那棵梅树下。我还会为你建造一个华丽舒心的墓冢。"

"我可否再要一个小摇铃？"

"你要那个么？"

"是的，就是寺中僧侣化缘时用的摇铃。我可以要一个放在我的棺木中吗？"

"好，可以给你。你还有什么心愿吗？"

妻子轻轻摇头说："没有了。相公，你如此厚待于我。如今，我别无他求，可以笑着离开了。"

女人说完这些话后便闭上眼睛离开人世了，宛如一个玩得筋疲力尽的孩子般沉睡。而她秀丽的脸上，却显露出一丝微笑。

之后，丈夫依照妻子的遗愿，将她埋在那棵她曾最喜爱的梅树下，连同她想要的摇铃。此外，他还为妻子立了墓碑，上面写着"慈海院梅花照影氏"。除了墓碑，他还将家中代代相传的家族标志也立在了一边。

不过，妻子离去还没有超过一年，这名武士的亲朋好友便纷纷劝他再娶一位妻子。

他们都这样说：

"你年龄不大，也没有子嗣。你有责任去再娶一位妻子。你没有子嗣，将来就没有后人延续血脉、祭拜先祖。"

这名武士笑着回绝了很多次，最终不敌这些人的劝说，便答应再娶一位妻子。嫁给这名武士的是一个才十七岁的姑娘。武士有时想起长眠于庭院中的妻子，就会有沉重的愧疚感，不过他还是竭尽全力地去爱他的新妻子。

二

结婚七天了，一切安好，没有发生什么让小新娘觉得不安的事情。

第七天晚上，这名武士要去城内履行自己的职责，第一次让自己的小新娘独自守在家中。到了晚上，新娘总觉有些惶恐，却找不到理由，只是认为家中的气氛有些恐怖。

她躺在了床上，却无法入眠。四周变得非常安静，就连空气也显得有些沉重，这种沉重压得人几乎无法呼吸，似乎风雨就要来了。

大约在丑时丑分，屋子外面响起一阵摇铃声。这是化缘时才会听到的摇铃声。小新娘心里有些疑惑：难道半夜还有人出来化缘吗？

过了一会儿，声音消失了，一切归于寂静。没过多久，摇铃声越来越清楚。小新娘断定，化缘的声音离家越来越近，不过声音为什么不是从通道后方传来的呢？

突然，外面又响起了狗的声音，狗叫得非常凄惨，近乎哀号，让人听了觉得心惊胆战。小新娘觉得自己好像困在噩梦中，周身不停地颤抖，而四周的氛围越发惊悚。

庭院中的确响起一阵阵铃声。小新娘试图站起身叫身边的侍从过来，可是不论怎么用力，她都无法站立起来。不但身体无法移动，就连声音也无法发出。

可是，铃声还在靠近自己，似乎就要到达身边了。院子中的狗叫声更加凄凉尖锐。

这时，一个女人的身影进入了屋子。但是，屋内的门和棉纸窗都紧紧闭着。是的，这个女人进来了，她穿着白色的寿衣，手里拿着摇铃，就那么飘进了屋子。

飘进来的女人没有眼睛，也没有舌头，死人是不需要这些东西的。此外，她的头发挡住了脸，垂到了胸前。

这就是那个女人的形象，顶着一头乱发，虽然没有眼睛却死死盯着新娘，虽然没有舌头，但是四周都回荡着她的声音：

"你不可以进入这里。这个家属于我，你马上滚出这个地方！此外，你不能向其他人说起你离开的原因，不然，我会让你死无葬身之地！"

女鬼说完后就消失了，而可怜的小新娘也因为惊吓而昏了过去，直到天亮才悠悠转醒。

早晨，明亮的阳光透过了窗棂。对于昨天的事情，小新娘还历历在目。可是，看着这明媚的阳光，她迷惑地想，昨天的所见所闻是真的么？

无论真假，耳边似乎还能听到昨天的警告：不可以让第三个人知道，哪怕是自己的夫君！

因为做了这样恐怖的梦，小新娘的情绪十分低落，可是她无论如何也猜不到这其中的缘由。

第三天夜晚，她决定先放下这件事，便上床睡觉了。可是，丑时的时候，院子里的狗又开始惨叫不已，之后便响起了那阵摇铃声，声音还逐渐靠近庭院。此时，那个沙哑的声音又回荡在小新娘耳边。新娘想起来去叫侍从，可是却动弹不得。女鬼进入屋子后，依旧怒吼着：

"快滚！从这里滚！你绝对不可以向任何人提及你离开的原因，否则你会尸骨无存！"

第三天早晨，武士从城里回到家中，小妻子立刻跪下，向她的夫君乞求：

"我知道我这样说显得非常无理而且不知感恩，但是我恳求您让我离开这里。请让我回到娘家吧，让我立刻就走吧！"

对此，丈夫非常惊讶，便说：

"是不是有什么你不喜欢的事情发生了？还是说有人趁我不在的时候没有按礼数对待你？"

"不是这样的！"小妻子泪流满面地说，"这里的人都很好，没有谁亏待我，也没有我不喜欢的事情，您也非常关心我，但是，我不能继续留在您身边了，我必须离开……"

听闻这番话，丈夫提高了声调说：

"倘若是这个家让你觉得无聊，那么我很抱歉。我只是不懂，你为何一定要走？没有谁待你不公，你就要离去吗？"

看到自己的夫君如此气愤，小妻子不停地战栗，满目泪水地说：

"倘若不这样，我会死于非命的！"

听了妻子的话，丈夫迟疑了一下，自己暗中思考，为什么他的妻子要这样讲。但是，无论如何思考，他都无法找到答案。

于是，他生气地吼道："哼，又不是遭到无视，回什么娘家？那只是你自己一个人的想法而已，倘若你不向我解释清楚，我是不会同意离婚的。假如你能给我一个让人信服的理由，我就让你回家。我们家的名誉不能就这样被人破坏。"

小妻子很想将前两晚的事情都告诉她的夫君，但是想到那个女鬼的威胁，她又害怕了。不过，看到盛怒之下的夫君，她最终说出了原因，哭着回答："女鬼知道我将这事情告知您，她不会放过我的，她一定会杀死我的……"

一般而言，身强体壮的男子都不屑于鬼魂之说，然而，武士听到小妻子这番话便明白其中利害。可是，没用多长时间，他便知道该如何解决这件事了。

他温柔地对小妻子说："你的精神过于紧张了，大约是听到了些什么吧。那一切都只是梦，你所说的话不能成为我们离婚的理由。可怜的人，因为我，你一个人忍受了太多苦难。今天夜间，我还不能回家，你仍然需要一个人。不过，我会让家里的两个佣人照顾你的，他们会轮班在房中看护，你大可以安心入睡。他们都是身强力壮的男子，一定会拼尽全力保护你的，有什么事情交给他们去做。"

小妻子听到夫君这样安慰的话，以及他如此善解人意、周详的安排，觉得之前那些恐惧是可有可无的，便打消了要离开的念头。

三

武士将两位佣人安排好后，便立即去城里履行自己的职责。这两个佣人都身高马大，而且性情忠厚，十分善于保护弱女子或者小孩子。两个人为了缓解小妻子的紧张情绪，便一直同她说些欢快的事情，尽量让她放松心情。

小妻子同这些人聊天，心情非常好，总是止不住地笑，差不多将原来的恐惧忘得一干二净了。

谈笑之后，小妻子觉得非常累，于是决定入睡。两个佣人见新夫人入睡了，便在屏风另一边坐下来，靠着墙角下棋。这两个佣人为了不吵到小新娘，尽量降低自己说话的声音。

小新娘睡着了，如同一个入睡的婴儿。可是，丑时，那让人不寒而栗的声音又响了起来，并吵醒了新娘。还是那摇铃的声音，由远及近，似乎马上就到达身边了。

恐惧的新娘被吓得跳起身，发出惨叫的声音。可是，屋子里却寂静一片，似乎所有的东西都静止了。新娘无法忍受这死气沉沉的感觉，她跑向那两个佣人，却看到他们僵坐在那里，眼神空洞。小新娘大声呼喊，想要叫醒他们。可是，这都没有起到作用，他们的身体好像被冻住了，根本无法移动。

之后，根据两个人的回忆，他们听到了摇铃声，也听到了新娘的呼喊，也知道新娘试图让他们清醒过来。不过，他们的身体就是无法移动，也不能发出声音。就从那个时候，他们失去了视觉和听觉，不知为何又失去了意识。

天还未亮，武士就回到了家中。隐约之中，他的心中略有不安，却说不上缘由。他立刻进入了小妻子的屋内，却看到小妻子失去了头颅，横在血中，桌子上的油灯倒在一旁，熄了火焰。他派来保护自己小妻子的佣人都坐在棋盘旁，似乎在沉睡。武士叫了他们一声，两个人都惊醒了，然而看到眼前这凄惨的状况，却也找不到头绪，不知道怎么说才好。

小妻子为什么没有头颅了呢？武士查看了小妻子的尸体，发现这令人发指的凶手竟不是砍下妻子的头，而是将妻子的头直接拧了下来。

屋子里还残存着血迹，由房间指向屋角，然后是看起来被拆下来的由木板做成的套窗，这似乎透露了凶手逃离的路线。武士和他的佣人们顺着血迹来到院子中，再穿过草地、沙地，之后再绕过长满菖蒲的池塘，到达了看起来阴森恐怖的杉木竹林并从中穿了过去。他们刚刚转弯，就遇到了那个妖怪。那个妖怪嘴里发出刺耳的声音，好像蝙蝠的叫声。

这是已经入土很久的女鬼，她从坟墓中跳了出来，一只手里是摇铃，而另外一只手里则是小妻子的头颅。

三个人看到这一幕，顿时吓得有些呆傻，身体也僵硬到无法移动。但是，没有过多久，一个佣人拔出刀，嘴里念着佛咒，向女鬼砍去。

没用多久时间，女鬼就败下阵来，她那已经看不出样子的白寿衣、骨头以及头发都散在了地面上。她一直握着的摇铃依然发出声响，从这具尸体上滚落。

这时，女鬼的右手腕也断裂了，只剩下枯骨的右手却依然不放开那个小妻子的人头，丑陋的关节弯曲着，不断地抓拧着手里的人头，如黄蟹贪恋水果，用大钳子紧紧抓着不放一样。

我听完这个故事，感叹道："真是恐怖，可是，女鬼若是有怨气，她也应该去找那个武士报仇，而不是那个小妻子啊！"

朋友听后说："男人们都持有这样的想法，不过女人们可不这么认为……"

四谷怪谈

元禄年间的时候，在四谷的左门殿町，有一个叫又左卫门的下级武士，属于御先手组的人。又左卫门膝下只有一个女儿，名叫阿岩。

又左卫门上了年纪之后，视力日渐衰弱，于是他便一直想着给女儿找一个上门女婿来接任自己的职位。然而阿岩不幸染了天花，性命虽然是保住了，但却因此毁了容，脸上尽是坑坑洼洼的疤痕，右边眉毛处还有一块特别大的斑点，头发就像枯草一样干巴巴的，这一下，阿岩沦为没人瞧得上的丑女，又左卫门夫妻为阿岩的终身大事操碎了心。

在阿岩二十岁这一年的春天，又左卫门患了重病，不久就撒手人寰了。但是，又左卫门的职位还是得有人继承。于是，又左卫门同组的武士秋山长右卫门、近藤六郎兵卫几个人讨论了一番之后，决定帮阿岩找个丈夫。但是，阿岩的相貌在这片区域几乎是人尽皆知的，没人愿意入赘。于是，有人提议去找一个叫又市的人来出谋划策。

又市是远近闻名的聪明人，有着三寸不烂之舌，口才极佳。他们一行人找到又市，提出了请求，又市思索了一番以后，说道："此事倒也不是无计可施，但确实是个棘手的活。不过，你们要是能给出可观的定金，我相信还是能觅得如意郎君的。"

秋山长右卫门等人答应了又市的条件，于是，又市就告辞了。

没过多久，又市就带着一个俊俏的男人回来了，称是候选女婿。这名男子叫伊右卫门，是一个来自摄州的浪人，又市费了几番口舌把伊右卫门说服了，带他到了阿岩家拜访，见了阿岩的母亲。

伊右卫门生得相当俊俏，而且刚过而立之年。他随着又市到阿岩家见了阿岩的母亲之后，就等着阿岩出现。但他左等右等，阿岩也没有要出现的迹象。他忍不住问了又市："怎么没见阿岩姑娘呢？"

又市回答道："唉，我忘了跟你说，阿岩姑娘这两天正好害了病，这会儿正躺着歇息呢，还是不要打扰她好。但是你大可放心，阿岩姑娘虽然不是闭月羞花之容，但性格温顺，女红也做得好，听说还有一手好厨艺，绝对是个贤妻良母。"

伊右卫门虽然还有些疑虑，不过，他是个浪人，没办法抗拒阿岩家开出的高额俸禄。况且，他还能纳个如花似玉的小妾，这不就两全其美了吗？

于是，这桩婚事马上就谈妥了。不过，申请招赘得有个理由，好在伊右卫门做得一手好木工，于是幕府也很快就通过了御先手组组长的请求，而且婚期也很快定了下来，就在这一年的八月十四日。

婚礼当天，又市领着伊右卫门和预先准备好的礼金，就这么踏入了阿岩家的门。

这会儿，在阿岩家里，场面相当热闹，人来人往，熙熙攘攘。伊右卫门踏入阿岩家之后，马上就有下人过来领他前往办婚礼的大厅。

不一会儿，新娘就在近藤六郎兵卫妻子的搀扶下走进了大厅，她低着头，又正好是背着光，伊右卫门怎么也瞧不清楚她的模样。他早已听人说过，他的新娘长相不佳，但他对新娘的外表并不存在幻想，只不过好奇心作祟，他还是想看看阿岩的样子。等到新娘走到他的面前，他终于看清楚了——这是一张多么丑陋不堪的脸啊！伊右卫门半天没缓过来，但此时婚礼已经进行了一半，他已经是骑虎难下了。要当场悔婚，倒也不是不可以，只是，一想到那丰厚的俸禄，他还是咬咬牙，灌下了一大杯喜酒。

伊右卫门这人不仅生得俊俏，脑子也灵光，办事也很得体，丈母娘对他是越看越满意。当然，阿岩的确也和又市说的一样，除了外表，挑不出其他的毛病，可说是个好媳妇。但伊右卫门却感觉度日如年，一开始吸引他答应这桩婚事的丰厚俸禄，这会儿也没办法安抚他了。

两人结婚后一年，阿岩的母亲就追随她父亲去了。丈母娘一过世，伊右卫门就变得肆无忌惮起来，常常对阿岩冷面相待，恶语相向。

御先手组里，有一个叫伊藤喜兵卫的捕吏，位高于伊右卫门。此人作恶多端，为达目的经常不择手段，御先手组中众人怨声载道，但无奈此人颇有本事，大家也都只是敢怒不敢言。喜兵卫没有娶正室，倒是纳了两个年轻貌美的小妾，其中一个名叫阿花的小妾怀了身孕，喜兵卫听说了这件喜事以后却愁眉不展。因为他已经是年过半百的人了，并不想在养育儿女上花费心思，阿花肚里的孩子对他来说只是一个负担。他思前想后，决定把怀孕的阿花送给他人。

虽然阿花年轻貌美，但毕竟是怀了他喜兵卫的孩子，如果送人，肯定得花上一大笔礼金。于是，他就想到了家有丑妻的伊右卫门。他经常会找伊右卫门办些事，所以也多多少少听伊右卫门抱怨过妻子的外貌。

他主意一定，就找人把伊右卫门招来，好吃好喝侍候着。酒过半巡，喜兵卫便装作不经意的样子，说："阿花和她肚里的孩子该怎么办呢？要是有人能帮我照顾他们母子，我定要关照他一辈子的。"

伊右卫门马上就领会到了喜兵卫的意思，而且他觊觎阿花的美貌已久，于是赶忙说："请让属下来为您分忧解难吧。可是……"他想到了阿岩，"可是属下家中的丑妇不知道如何处置。"

"这还不好办，你听我的……"喜兵卫就跟伊右卫门耳语了一番以后，伊右卫门点了点头。过了不久，他就起身离去了。

从这以后，伊右卫门就开始挥霍无度，还把家里的衣物拿去典当，没多久，阿岩家的账簿就出现赤字了。阿岩为了节省开支，只得一而再再而三地辞退下人，最终就只剩他们夫妻俩了。不仅如此，伊右卫门还常常夜宿他处，留下阿岩独守空房，时间一长，阿岩也开始有所怨言了。

喜兵卫估摸着日子差不多了，就派人去请阿岩晚上到他府上作客。

天黑了之后，伊右卫门迟迟没有归家，阿岩只好孤身一人去赴约。到了喜兵卫家里后，喜兵卫就把她带到客厅里，等她坐下之后，喜兵卫便说："其实呢，我今天叫你来，是有要事同你商量的，这事跟你丈夫伊右卫门有关。你别看伊右卫门长得人模人样的，其实本质是个败家子！我最近发现他总在赌场出入，不仅如此，我还听说他看上了赤坂勘兵卫长屋的一个比丘尼，我看，长久这么下去，御先手组的组长迟早会发现。你知道，组里是明令禁止赌博的，一旦被发现，伊右卫门肯定会被革职查办。你身为他的妻子，肯定不能让他再这么执迷不悟下去了！我与你的父母一向私交甚好，也不忍心看着伊右卫门这样堕落，但是我怎么说也是个捕吏，有些话还是不好放到台面上来说的。我思来想去，还是你去劝说最好了，毕竟你是他的妻子，多多少少他都要听你一点的。"

阿岩听了喜兵卫这番话，又羞又气，加上自己连日来遭受的委屈，忍不住大哭起来，边哭边抱怨伊右卫门。喜兵卫好不容易劝服她安静下来，之后便让她回家去了。

阿岩回到家一看，伊右卫门还是没回来。其实，伊右卫门这会儿正在喜兵卫家里偷笑呢。

第二天早上，阿岩就到佛堂去诵经——她家世代信奉日莲宗，这是教徒日常必做之事。这时，伊右卫门走了进来，一上来就怒气冲冲地说道："昨天晚上我回家的时候，发现你居然不在家！一个妇人，大晚上不在家中等待夫君归来，而是到处乱跑，这叫什么话！"

阿岩被他这么一说，不由得火冒三丈。原本她只是去了喜兵卫家一趟，也没做什么见不得人的事，沉迷赌博女色的伊右卫门竟然还来兴师问罪了！她不客气地反驳道："我是到伊藤喜兵卫大人府上去了，他先前就派人来请过我的，你整日不回家当然不知道。而且我只在喜兵卫大人家中待了一小会儿，你呢？你又到哪里去了？你要是不相信，尽管去问喜兵卫大人就是！"

"荒谬至极！喜兵卫大人怎么会在我不在的时候请你过去？我看你分明就是在撒谎！"

说罢，伊右卫门就抓着阿岩一顿暴打。阿岩被打得又哭又叫，但这家里只有他们两人，也没人能帮得了她。

伊右卫门打了好一会儿，觉得解气了，这才把她扔下，又出门去了。

阿岩跑回到卧房，钻到被窝里又是一顿大哭。她越想越生气，看到梳妆台上的剃刀，冲了过去抓在手里，准备要自杀。但她冷静了一下，想到自己万一就这么不明不白地死了，伊右卫门也只会对外谎称她是暴病身亡的，那她的死还有什么意义呢？于是阿岩把剃刀丢下，头也不梳，衣服也不整理，就这么劈头盖脸地冲到喜兵卫家里去了。

殊不知，喜兵卫已经算到她会来。看到她披头散发的样子，他马上装出一副心疼的样子迎上去道："哎哟喂，这是怎么了？"

"伊右卫门打我！我要去找组长！我要去找组长给我主持公道！"说着，阿岩的眼泪又落了下来。

"伊右卫门那浑账东西怎么下得了这么重的手！我理解你的怨气……不过呢，你好好想想，要是妻子告夫君这样丢人的事情传出去，对你们都不好啊。况且，你这么贸然去告状，组长恐怕也只会把错归咎到你身上。唉，都怪我要让你去劝说伊右卫门，我看他这身坏毛病也是改不了的了……如今你们二人关系如此不好，恐怕日子也不好过了……我虽然和你父母有深交，但毕竟我和伊右卫门也有来往，哪边都偏袒不得啊，这个事情我看再这么下去也不是个办法，不如……你们就离婚吧。"喜兵卫装出一副苦口婆心的样子劝说道。

他见阿岩不吱声，又继续说道："有件事我得提醒你，伊右卫门和你结婚的时候是交了彩礼钱的，这钱算作买下田宫家的职位，所以你是不能随随便便就把他扫地出门的。所以，你最好主动跟伊右卫门离婚，这样一来，你还能找个人家做几年事，存点钱，那时候我也会给你找个好人家的，这样你下半生也不愁了。"

喜兵卫的一番花言巧语把阿岩哄得团团转，于是她便回家去向伊右卫门提出离婚，同时她还提了一个要求，那就是伊右卫门必须把之前他典当的所有衣物都赎回来。

其实之前那些事情都是伊右卫门编造出来的假象，衣服他都放在友人家中，一听阿岩这么说，他就马上去把衣服取了回来，两人也便正式离了婚。

接着，喜兵卫把阿岩引荐给纸商又兵卫，又兵卫就把阿岩送到三番町的一个穷武士家里去做针线活的差事。阿岩一走，喜兵卫马上就让伊右卫门把阿花娶进门。于是，他便让伊右卫门去请近藤六郎兵卫做证婚人。

六郎兵卫平日就看不惯喜兵卫的所作所为，再加上他的妻子是阿岩的干娘，于是便拒绝了伊右卫门。伊右卫门只好去找秋山长右卫门来给他做证婚人，并选中了七月十八日作为婚期。这天晚上，伊右卫门就和阿花正式成亲，伊右卫门因为做贼心虚，所以只请了自己人参加婚礼。没想到，在婚礼开始之后，除了秋山夫妇和近藤六郎兵卫，伊右卫门没通知的朋友们也都纷纷前来给他道喜。婚礼现场一下变得热闹非凡。

就在这时，一条长达一尺的红蛇从油灯后面钻了出来。伊右卫门吓了一跳，赶紧拿火箸去夹住蛇，并把它丢到了后院。结果没一会儿，那条红蛇又出现在了油灯附近，伊右卫门又再次用火箸夹住它，把它丢到后院的草丛中去。

等到婚礼进行得差不多的时候，客人们也纷纷告辞。结果，那条红蛇突然从天花板上掉了下来。伊右卫门气不打一处来，他深信，这条红蛇定是由阿岩的怨念化身来的，他虽然也有些害怕，但更多的还是愤怒，他冲上去直接揪住蛇的肚子，狠狠地丢到后院去。

阿岩到了武士家里后，就一直安分守己，老老实实做差事。虽然她偶尔还会想到伊右卫门这个负心汉，但她现在至少不用受气，倒也过得轻松。

这天，阿岩正在后院做活，一个叫茂助的小贩走了进来。茂助从前会到田宫家里做些小生意，所以他也认得阿岩。看到阿岩在后院做针线活，他便凑上去打招呼："唉？是田宫小姐吗？小的之前就听人说您在这附近住，原来是在这户武士家里啊……您还会回左门殿町吗？"

"实不相瞒，我已经和伊右卫门离了婚，正如你所见，我现在已经在这户人家里安顿下来了。那个赌博成瘾的伊右卫门，恐怕他现在娶的比丘尼也拿他没办法。"

"哎呀，看来您还被蒙在鼓里呢！那伊右卫门娶的不是什么比丘尼，而是喜兵卫大人的小妾阿花啊！"

"你说什么？"阿岩大惊失色。

"原来您什么都不知道啊……相传喜兵卫大人不想养孩子，就一直琢磨着把怀孕的阿花送人，但是他又不想花礼金，就找了伊右卫门，让他在你面前演戏，为的是激怒你，好让你答应离婚的啊！"

"居然是这样……居然是这样！骗子！全都是骗子！畜生不如的骗子！"

阿岩气得全身发抖，原本丑陋不堪的容貌变得更加狰狞可怕，茂助一下子就被吓跑了。

阿岩站在原地，撕心裂肺地叫了几声后，嘴里开始不停地重复着："喜兵卫……伊右卫门……长右卫门……阿花……"

其他下人见她这副发疯的样子，连忙上来安慰，然而阿岩此时已经怒火中烧，一句话都听不进去。一名叫传六的年轻武士上来想制止她，岂料阿岩一把把他推开，并怒吼道："你也是伊右卫门派来的吗？"说罢，她又冲到厨房，噼里啪啦地把东西摔了一地，接着冲出门去。

武士家当然不能坐视不管，马上就派人去四处搜寻，但怎么也找不到。最后，他们在一个十字路口的看守那里打听到，有一个披头散发的年轻女人往四谷门外跑去了。然而，派去的人往看守指的方向去寻找，也还是没有找到阿岩……

不久，阿岩突然发疯然后失踪的事情就传到伊右卫门处了。伊右卫门一开始还很担心阿岩会上门来找他算账，但阿岩始终没有出现。伊右卫门便安慰自己，说不定阿岩已经失踪了，这样更好，再也不会有人可以干扰到他的事业和幸福了，一想到这里，伊右卫门就把担忧抛到九霄云外了。

第二年春天，阿花生下了一个女儿，取名阿染。当然，大家都心知肚明，这是喜兵卫的亲生女儿。伊右卫门和阿花结婚之后，两人日子过得也算是顺顺利利。在这之后，阿花又给伊右卫门生了两男一女，最小的是女儿，名叫阿菊。

阿菊三岁那年的七月十八日，一家人同往常一样，吃过晚饭以后就到院子里乘凉。突然，在走廊的尽头出现了一个人，这人看上去跟失踪的阿岩十分相似，只听那人影高声呼道："伊右卫门……伊右卫门……伊右卫门……"

人影连喊了三声以后，又突然消失了。

一家人被吓得够呛。伊右卫门觉得有些邪气，连忙拿着枪到屋里去连续放了三枪，本来想着以此驱邪，没想到小女儿竟在这枪声之后就抽风了，大夫费尽心思也无药可医。一个月之后，小女儿便夭折了。

自打小女儿夭折之后，伊右卫门家就频频出现怪事。

伊右卫门经常看到妻子阿花旁边站着个男人，半夜醒来的时候也会看到，等到他再揉一揉眼睛之后，那个男人又不见了。后来有一天傍晚，伊右卫门的小儿子铁之助在自家后院看到了死去的妹妹阿菊，阿菊还叫铁之助背她，吓得铁之助连滚带爬地跑回屋里，接着就一病不起。伊右卫门赶紧请日莲宗的僧人来给小儿子祈福，然而这都无济于事。没过多久，小儿子也追随他妹妹去了。连失两子的伊右卫门彻底吓坏了，他马不停蹄地跑到杂司谷的鬼子母神社去烧香拜佛，求神能饶过他。

但怪事仍旧不停歇。小儿子死后没多久，妻子阿花就得了重病，卧床不起。第二年四月八日，伊右卫门的大儿子权八郎去芝公园的增上寺参加一年一度的涅槃会庆祝活动，结果当天晚上一回到家，权八郎就出现了类似霍乱疾病的症状，第二天就死了。两个月之后，一直卧病在床的阿花也撒手人寰了。

第二年，伊右卫门计划着给长女阿染找个上门女婿，好冲冲喜，入赘的女婿叫源五右卫门。就在这一年的五月，有一天突然狂风大作，把伊右卫门家里一间屋子的房顶也给吹坏了。伊右卫门只得爬上去修葺，结果一不小心踩了个空，人就直接从屋顶上摔下来了，把腰骨都摔坏了，只得躺着。他掉下来的时候还刮到了耳朵，但他当时没注意，伤口后来就感染了，还化了脓，引来了大量的老鼠，场面十分可怕。家人无奈之下，只得把他放到长衣箱里面去躲避老鼠。三个月之后，伊右卫门也与世长辞了。之后，伊右卫门的女婿源五右卫门就正式接过了田宫家的职位。

然而，伊右卫门死之后，田宫家的怪事仍旧接连不断。有史料可以查证，阿染在二十五岁的时候也因病去世了，剩下源五右卫门一个人。源五右卫门不想留在这里，便想着招一个养子来继承田宫家的家业，然后自己另寻他处。奇怪的是，只要他一想招养子的事情，家里就会出现怪事，不是树枝突然折断了就是其他一些莫名其妙的事情，源五右卫门彻底被吓疯了。

至此，田宫家已经无人能继续掌管，幕府也便把田宫家的俸禄收回了。

其实，并不只是伊右卫门遭到了报应而已。伊藤喜兵卫上了年纪之后，就让养子继承了喜兵卫的名字和职位。结果没几年，这个养子也退居二线，让他的养子来继承。然而，这个小喜兵卫沉迷女色，整日往烟花场所跑，还结识了不少狐朋狗友。后来有一天，这些狐朋狗友的其中一人遭遇谋杀，官府怀疑是小喜兵卫因钱财女色之类的原因而狠下毒手，便把他捉拿归案，而伊藤家也便因此被夺取了武士的职位。老喜兵卫迫不得已，只好去投靠侄子，晚年无比凄凉。

至于秋山长右卫门家，也没有好到哪去。先是秋山夫妇的女儿死于食物中毒，之后不久，秋山的妻子也因病去世了。因为田宫家已经无人继承，所以长右卫门也顺理成章地得到了田宫家的大宅子。后来，长右卫门升职为组长，上头命令让他得找人来继承田宫家，于是他便安排了自己的大儿子庄兵卫。

然而，大儿子去继承了田宫家，他秋山家就后继无人了。无奈之下，他收养了一个下级武士的儿子来作继承人，这个年仅十三岁的小孩名叫十三郎。某日，庄兵卫一行人走在街上，看到路边有一个蓬头垢面的女乞丐，年纪大概五十多岁，近藤六郎兵卫看着她突然说道："这女人和阿岩长得好像啊……"另外一个人接过他的话说："倒不见得，田宫家的女儿比她丑多啦，也没这么高。"

说者无心，听者有意。从小便对阿岩的故事有所耳闻的庄兵卫心中一个激灵，惶惶不得终日，没过两天，居然把自己吓出病来了。长右卫门害怕田宫家又要因此绝后，然而他还没担心几天，自己倒是先暴病身亡了。两天之后，庄兵卫也断了气。

秋山家此时只剩小三郎，他得主持起秋山家的法事。结果，法事期间的一天早晨，小三郎听到厨房有动静，他赶忙跑过去，一看，竟然是个五十多岁的陌生女人在生火。小三郎十分困惑，正要问她是谁的时候，那女人居然凭空消失了。次日清晨，这个诡异的女人又出现了。不过，这回看到她的是小三郎的手下重左卫门。重左卫门马上去报告给了小三郎，小三郎便派人搜寻了套廊附近，结果只在套廊空隙下面找到了一只黑猫。

即便如此，小三郎也觉得家中怪事连连，于是他便请来僧侣诵经。但这根本无济于事，这事情之后不久，小三郎就染了重病，之后不久就去世了，秋山家也在田宫家之后绝了后。官府见这两处宅子怪事频发，便派人把这里夷为了平地，但这里已经成了远近闻名的凶宅，常有好事者专门来此处游玩。

灯塔鬼的故事

—

通往难波的小道上，一辆华丽的牛车正慢慢地前行，温暖的夕阳斜斜洒在华盖上。牛车前方是车夫，后面是三名随从。车上坐的是轻大臣的正妻夕雾夫人以及长子鹤若麻吕，他们从住吉出发，此时正在回难波的路上。轻大臣在上个月被派往中国担任遣唐使，带领使节团坐船由九州的港口出发，往中国的宁波港去，所以夕雾夫人才专门去了一趟住吉乞求平安。

今日的天气十分宜人，坐在牛车上可以看见茅渟海的海面在夕阳下闪烁着光芒，远处的海面被雾气笼罩，往日里能清楚看见的淡路岛也在雾气下变得若隐若现，路边的草地上，鸟雀被牛车惊起，呼啦啦地飞向天空消失不见，近处还有溪流叮咚叮咚地欢快流淌，蜿蜒着流向远方。这一路是如此的安静祥和，风景如画。

牛拉着车子爬上了小山坡，眼前是一片密集的树林，再前面就是难波了，远远地可以看见人家的屋顶。此时正是黄昏，炊烟从屋顶上袅袅升起，落日一点点消失，赶路的步伐不由地加快了，众人都急切地想要回到难波去。

下了山坡，牛有些走不动了，大口大口地喘着气，就在这个时候，路边的林子里忽然窜出来大队人马，一下子就把牛车给包围了。

　　"什么人？竟敢拦住我家主子的去路！"随从立刻拔出佩刀护在车旁。

　　"把车上的女人留下！其他人都快滚！"

　　"想得美！"

　　一个强盗刚想上前，立刻被砍翻在地，随从安盛先下手为强制服了强盗，另两名随从也立刻形成护卫的圈子，不让强盗接近。

　　牛车外的声音越来越大，安盛的叱喝声传入夕雾夫人的耳中，夫人顿时花容失色，一把将儿子搂在怀中。

　　"鹤若，你可别怕，娘在你身边。"

　　"娘，儿子不怕！"

　　怀中的少年轻轻推开母亲，将自己的弓箭拿了出来握在手中。

　　"鹤若！太危险了！我们快下车逃跑吧！"夕雾夫人的声音都有些颤抖，指尖拉住了儿子的衣襟。

　　鹤若却一脸平静地望着自己的母亲，安慰道："娘，你别害怕，要是有坏人敢靠近，我就用弓箭射死他。"

　　牛车外的打斗声越来越激烈，也没有呻吟的声音，也没有听见惨叫，只有一阵又一阵的吼叫声，如同野兽般，刀剑的声音乒乒乓乓地响个不停。

　　"夫人！大少爷！快下车吧！太危险了，我们被包围了！"

　　随从小黑用力地拍着车门，夕雾夫人立刻打开了门，拉着鹤若说道："鹤若快下来！小黑在喊我们！快些！"

　　小黑浑身浴血地伸出手扶住夫人，又是两个强盗冲了上来，小黑左右开弓一人一刀砍翻在地，夕雾夫人赶紧抓住了小黑的手，颤抖着下了车。

　　"鹤若！快下车啊！"

　　夕雾夫人站在车边，六神无主地张望着，鹤若拿着自己的弓箭，沉着冷静地扶着母亲的手跳下了车。

强盗们一眼就看见了夕雾夫人一身淡红的衣裳，立刻疯了一般冲过来，小黑赶紧举刀应对。鹤若抬眼望去，小黑正在自己的身前抵挡强盗，安盛则在更前面一些的地方与一大群强盗作战，另一名随从踪影全无，想来是已经遇害了。

"娘！你快拿着儿子的箭筒！"

鹤若把手中的箭筒塞进母亲的怀里，举起弓箭瞄准小黑身边的一个强盗。嗖——射出的箭直中强盗胸口，他应声倒下，虽然这箭的威力并不足以杀人，但是也把强盗击倒在地。小黑见到鹤若放箭，脸上露出了赞许的笑容："大少爷！你带着夫人赶紧跑！难波已经不远了！只要一直往西就可以平安回到宅邸了！快跑啊！"

小黑冲进了树林，安盛还在小黑的前方杀敌，但是强盗越来越多，昏暗的林子里杀声一片。

强盗很快追了上来，小黑回身与强盗作战，鹤若与夕雾夫人趁机往西边跑去。小黑将追击的强盗砍翻，然后赶上来与鹤若会合，敌人再次追上来，小黑便立刻回身奋战，鹤若与夕雾夫人边跑边回头看。小黑十分英勇地拖住了一波又一波追击的强盗，让鹤若与夕雾夫人也稍微安心了一些。

不一会儿，鹤若回头张望，却看见小黑被强盗给包围了。

"不好！小黑危险了！娘！儿子要去帮他！"

鹤若刚要回身，夕雾夫人一把抓住了他的袖子："鹤若啊！你父亲还在遥远的异国他乡，你要是出了什么事，我该怎么向你的父亲交代啊！"

鹤若没有办法，只好狠狠心撇过头，与母亲一起继续逃命，没过多久，惨叫声不断地在身后响起。

跑了许久，两个人终于冲出了林子，面前是一片低洼地，荆棘丛中洁白的花朵沐浴在夕阳之下。夕雾夫人带着鹤若在荆棘中狂奔，小黑慢慢赶上，等到了林子边的时候，强盗们又赶了上来。小黑一个人对付着三五个强盗，把强盗们打得无力追击，他又往鹤若和夕雾夫人的方向追赶。鹤若都看在眼里，手里抓紧了自己的弓箭，生怕小黑遇到什么不测。

等到小黑且战且退，与鹤若他们的距离只有一町的样子之时，小黑终于体力不支被击倒在地，强盗们没了阻拦，一下子涌上前来。

"哎呀！小黑……"

"啊！小黑他……"

夕雾夫人只觉得天旋地转，只顾着拉着鹤若，嘴里不停地说着："鹤若快跑啊！快跑啊！"

两个人飞快地往山坡上跑，强盗们在后面追着。鹤若想要阻一阻强盗的势头，便朝跑在最前面的一个强盗射了一箭，可是箭飞偏了，没有射中。鹤若转身想再取一根箭羽，可是抱着箭筒的夕雾夫人早就慌不择路地往右边跑了。

鹤若正想去追母亲，却被几个强盗包围了，一下子被按倒在地。远远地听见母亲的叫喊声，另外的几个强盗已经把夕雾夫人围住了。

就在这千钧一发的时候，远处的安盛终于击退了层层敌人赶了上来。此时的安盛正看见两个强盗把夕雾夫人扛了起来，他正准备追上去，又看见鹤若被强盗扛在了肩上，强盗正准备离开。

安盛顿时红了眼，立刻冲上前去和那几个强盗打斗起来，口中大喊道："大胆匪徒！放开我家少爷！"强盗看见安盛如此凶猛，扔下鹤若撒腿就跑。安盛赶紧把倒在草丛里的鹤若扶了起来，安盛还没伸手去扶，鹤若已经自己站起身来。

"少爷你别怕，我现在就去救夫人！对了，小黑哪里去了？"

"他……已经死了……"鹤若望了望林子的出口，小黑就是在那里倒下，再也没有起来。

此时的夕阳已经彻底落到了山后，黑夜一点点降临了，林子出处似乎确实有一个黑影。

"别怕，没有小黑也不要紧，有我安盛在，多少歹徒都不怕！我这就去救夫人，少爷你自己当心！"

二

　　夕雾夫人被扛着，吓得不敢乱动，强盗们生怕夕雾夫人被救走，除了两个扛着她的人，另外还有五六个人围在夕雾夫人身旁，注意着周围的风吹草动。

　　一群强盗飞快地前行着，过了小山坡，又过了一座木桥，默默在黑夜中走了很久，才停在了一个荒无人烟的村子前。

　　夕雾夫人没有听到任何说话声，除了脚步声，她什么都听不到。没过多久，一行人到了一个密林中的木屋前。屋子里走出来几个人，把夕雾夫人带到了大厅里去。

　　"好了！睁开眼睛看看吧！"

　　一个男人的声音从正前方传来，一路闭着双眼的夕雾夫人慢慢睁开了眼睛，自己的前面坐着一个虎背熊腰的男人，他的脸在灯火下显得十分苍白，手边还有一把大大的弯刀，发出冰冷的光来。

　　"夕雾啊，你还记不记得我啊？"

　　夕雾夫人仔细看了看面前的男人，顿时吃了一大惊，面前的人就是轻大臣的哥哥秀康！秀康和轻大臣是同父异母的兄弟，当初她还没有出嫁的时候，两兄弟都对她很是爱慕。哥哥秀康粗犷豪迈，喜欢打猎骑马，性子鲁莽总是和人争吵，弟弟和哥哥完全不同，总是虚心求学，向学识渊博的僧人请教学问，在夕雾的面前也总是整整齐齐，斯斯文文。那时的夕雾还在两兄弟之间摇摆不定，不知道自己该选谁做夫婿。就这样，歌会的时候到了。每逢歌会的时候，城中的男女都在街上举起酒杯欢乐地跳舞，美丽的夕雾成了年轻男子们追求的目标，为了躲避喧闹，夕雾趁着月光躲进了小树林。就在她四下张望的时候，他发现有两个人正在窃窃私语。好奇的夕雾蹑手蹑脚地走上前去，发现那两个人正是秀康和他的贴身随从。

　　"要不是我弟弟碍手碍脚，夕雾早就嫁给我了！今天晚上你就去把他宰了吧！"

夕雾听见他们的话语，吓得花容失色，秀康交代完命令便走了，夕雾躲在一边，等到他们全部离开，才飞快地跑回街上，在热闹的人群中找到了弟弟。就在那一天夜里，秀康的贴身随从死在了街边，也正是从这一夜开始，夕雾将自己的一片心都交给了弟弟。鲁莽的秀康则不断地走在歪门邪路上，最后被官府通缉，消失得无影无踪。

"哎呀，你现在都是大臣夫人了，已经把我给忘记了吧？"秀康狰狞地笑着，慢慢凑近夕雾，"好好看看我的脸，你还记不记得？"

夕雾垂下头不去看他，身子却不由自主地颤抖起来，她的眼前只有无尽的深渊。

"看来你是认出来我是谁了，既然如此，你也该知道我什么要把你抓过来。"

夕雾低着头，看也不看秀康。

"怕什么？都不敢看我吗？我这几年一直四处漂泊，有什么是我没干过的？杀人对我来说跟砍柴差不多。不过啊，我也不想杀了你，我只是想告诉你，你的男人再也不会回来了，你就这么苦等，还不如跟了我呢。你现在听好了，我可告诉你，就算是河水能够倒流，你的丈夫也不会再回来了！"

夕雾心里有些疑惑，但是秀康却大笑了起来。

"你可别觉得我骗你，你丈夫不会再回来了，我可是知道得一清二楚啊！"

夕雾见他的模样不像在骗人，心里顿时忐忑起来。

"哎，就算我想再把他弄死也没办法啊，谁叫他得罪了大贵人呢！死在大唐也算是活该了！"

"我夫君他怎么了？"夕雾听见丈夫死了，立刻把自己的安危都忘记了。

"我怎么知道他怎么了，大概就是得罪了谁吧，才被弄到大唐去了。"

"那个大贵人究竟是谁？"

"这个么，我的确是知道的，不过啊，我不想告诉你。反正早晚你也会知道的。但是知道了有什么用呢？你丈夫已经死了。我可不一样，我马上就要升官了，当上左右大臣了！怎么样，我的前途不可限量啊！你还是从了我吧，这样你的儿子都能当上宰相了啊！"

夕雾完全没有听出事情的始末，但是她隐隐觉得自己的丈夫是跌进了别人的圈套之中。

"看你这样子是不想跟我啊！"

"我已经有丈夫了！"

"我刚才怎么说的来着，你的丈夫已经死啦！而且死在大唐了！就算是尸体都不会有回来的那一天！"

"你胡说！他是天皇的使者！怎么可能死！"

秀康像是听见了什么好笑的笑话一般大笑起来："又不是天皇要弄死他！是他自己得罪了大贵人，大贵人下的手啊！你现在难过也没什么用，你要是不从了我，你儿子也要死了！我说你啊，好好跟我吧，要知道这十多年以来，我对你可是念念不忘啊！"

夕雾心想，要是丈夫真的死了，而秀康又把这杀人的阴谋告诉了自己，自己是绝对没机会再活下去了，她心中的恐惧感一下子被愤怒占领了。

"过去的事没有什么好说的了！我早就已经忘光了！"

"既然你忘了，那我就再说给你听！我这辈子都不会忘记！我的贴身随从被他杀了，我心爱的女人也被他抢走了，除了恨还是恨！就是因为他，我才被赶出家门，到处流浪只能盗匪为伍！"

"这都是你自作自受！"

"自作自受？"

"那一天分明是你想要除掉我夫君，和你的贴身随从秘密商议把他杀害，难道不对吗？要不是我夫君先杀死你的贴身随从，那死的就是我夫君了！不要以为我不知道事情的真相！我早就知道了，而且知道得一清二楚！"

"好啊！原来那天是你偷听了我们的计划啊！"秀康死死地盯着夕雾。

"没错，就是我告诉我夫君的！不然你就得逞了！你想要混淆黑白？不可能！"

灯塔鬼的故事　037

"没想到你早就知道了，那我也就大方承认了！我这么做还不是为了能娶到你！"

"那晚之前，我是不知道该在你们兄弟之间选择谁，但是我听到了你的计划之后便清楚地知道自己应该选谁！你的花言巧语骗不了我的！"

"那你以为你现在还有什么选择吗？既然把你抓来了，就没打算让你活着回去！"

夕雾此时已经冷静下来，她心里知道想要活着出去应该是十分渺茫了，唯一的生机就是趁他们不注意的时候跑出去。夕雾一咬牙，起身往右边角落跑去，原本没有关严的门板一下子被撞开了。

"快抓住她！"秀康被这突如其来的一幕吓到了，连忙喊人。门外的强盗一下子就把夕雾抓住了，又一次送到了秀康的面前，两个强盗于左右押住她，她根本没有办法再动。

"你逃不了的，这四周都是我的人。你就想想你的儿子吧，你要是不想他死，就乖乖从了我！"

"我听不懂牲口说话！要杀就杀！"夕雾倔强地抬起了头。

"我都说了，我早就杀人如麻了，但是我没想杀你，你就真的不愿意跟我在一起吗？"

"你这是在说梦话吗？我不想听你这种畜生不如的东西废话！"

"难道你真的不怕我杀了你？"

"有什么好怕的！随便你怎么杀！绞死我还是砍死我？快动手吧！"

秀康听了夕雾的骂声越来越不耐烦了，拿起了自己的弯刀走到夕雾的面前。

"你是真不怕死啊！是不是就想着奔赴黄泉和你的丈夫团聚啊？真是够大胆的啊！"

"别废话了！杀了我吧！"夕雾直视着秀康说道。

"看来你是死意已决啊！"

"别废话！"

秀康愤怒地拔出了自己的刀。

"贱人！敬酒不吃吃罚酒！"

夕雾扬起下巴闭上双眼，一动不动地等着他的刀落下。

"你可记着了！我杀了你，再去把你的儿子千刀万剐！"

秀康见夕雾冥顽不灵，顿时起了杀意。

"大哥，在这里杀了这个贱人怕是会弄脏俺们的地盘，让我把她扔到河里去吧！"押着夕雾的一个强盗开口说道。

"好！"秀康收起了弯刀，想了想直接杀了夕雾实在太便宜她了，"你去办吧！"

夕雾就这样被拖了出去，秀康死死地盯着她的身影。

三

这天夜里，车夫连滚带爬地逃回了轻大臣的宅邸，告诉家中仆役夫人和少爷都被害了的事，全府上下一片震惊，不知道如何是好，过了好久才想起来应报官处理。官府一接到报案顿时觉得此事非同小可，立刻加派人手前往事发地点。当他们赶到的时候，只见满地都是强盗的尸体，另外还有小黑和黑绳的尸首，夕雾夫人和鹤若少爷则全然没有见到，连随从安盛也不知所踪。

天很快亮了，安盛回到了宅邸中，他浑身都是血，失魂落魄地告诉大家，夕雾夫人和少爷都被强盗抓走了，他一路追赶还是没有追回。

此事一出，全国震惊，轻大臣代表国家出使大唐，结果自己的妻子儿子却遭遇不测，天皇闻讯立刻派人表示慰问，还不断地敦促官府继续追查夕雾夫人和鹤若少爷的下落。时间一天天过去，却始终没有找到他们的下落，连歹徒是谁都查不出来。

夕雾夫人被秀康抓走了，而鹤若已经被安盛送到了长柄的村庄中，那里有安盛的叔父。明明安盛告诉大家鹤若被抓走了，怎么又到长柄去了呢？其实那天晚上，安盛与鹤若追踪着强盗的行迹想要把夕雾夫人救回来。可是不管他们怎么找，都找不到线索，走投无路的时候，安盛打算把鹤若少爷先送回宅邸。但是很快他就想到了，这群强盗分明是为了抓住少爷和夫人而行动的，而且强盗的数量如此之多，完全不像是以往为了劫掠财物而行动的强盗。

"也许是什么阴谋！"安盛的脑子里忽然想到这样的结果，"如果真的是阴谋诡计，那么少爷就算平安回到宅邸也会遭遇不测，必须把少爷安顿在绝对安全的地方！"于是走到半路的安盛立刻折返，带着鹤若去了长柄的村庄中，将鹤若交付给了自己值得信任的叔父，并要求他保守这个机密，不向任何人说起鹤若的真正去处。

这之后的安盛在难波和长柄之间奔波往返，继续追查着夕雾夫人的下落。五天后，安盛离开难波前往长柄，刚到土堤，摆渡的船就已经开走了，没办法，只好在岸边等待下一艘渡船。这天的天气一直阴沉沉的，河水静静拍打着堤岸，岸边已经有三五个人在等着渡船。安盛走过去，看见人群簇拥着在围观什么，他好奇地过去一看，原来是河面上漂来了一具尸体。

尸体似乎从上游漂过来，用草席裹着，上半身露在了草席外面，美丽的面容，一头又黑又长的秀发挂在了水边的芦苇上。

"哎呀，好像是被人卷在草席里扔进水里了啊……"

"真是惨啊……到底是多大仇啊，竟然把这么漂亮的女人给杀了……"

"穿得这么华丽，应该是京城里有钱人家的小姐或者妇人吧……哎……八成是被强盗什么的杀了吧……搞不好家里的父母兄长都不知道她死了，还在四处找她呢……真是可怜……"

围观的人一言一语地同情着死去的女人。安盛听说是有一具女尸，心里顿时涌起不祥的感觉，赶紧凑近一看，果然是夕雾夫人。

安盛顿时悲从中来，但是又不能表现出来，只能强迫自己掩藏好心绪，想要表现得寻常些，便开口道："这女人该不会是京城大官家里的妇人吧，估计是被恶贼抓了扔进河里的吧……"

原本只是寻常的搭话，可惜安盛此时心中悲痛，话语无比沉重，让周围的人全都觉察出异样，转过头来看着这个京城来的男人。

"哎，是听说近来京城都不太平啊，大兄弟知不知道哪个大户人家走失了人的？"一个面黄肌瘦的老大爷问道。

"有啊，最近到处是强盗土匪，有时候是打劫大户人家的轿子，有时候甚至还冲进大户人家的宅子里面。也就是四五天以前吧，听说轻大臣的夫人就在半路上被埋伏的强盗给抓走了，连随行的家仆都被强盗杀死了。到现在都没人知道那位夫人是生是死呢！总之就是乱得很啊！"

安盛顺着老大爷的话聊了几句，但他的心里只想着快些把夕雾夫人的尸体打捞上来，这样浸泡在河水中实在让人于心不忍。

"这女子也不知道是谁，泡在水中实在是太可怜了，不如把她打捞上岸吧！"

围观的人们也都点头同意，但毕竟是死尸，没有敢主动上去打捞，大家也就都不出声。这会儿安盛开了口，大家纷纷表示同意，却也没有人主动上前。

"我都一把老骨头了呢，还是由年轻力壮的人来吧。"面黄肌瘦的老大爷说道。

"能遇上也算是一种缘分吧，就让我来把她捞上来吧。"

安盛挽起了袖子，一点点走到水岸边，把夕雾夫人的尸体抱了起来，轻轻地放在沙土上。安盛想用自己的衣裳为夕雾夫人遮挡一下，然后把紧裹的草席解开，但是又怕这样做惹人怀疑，只好就地将尸体放下。

见尸体被打捞上来了，面黄肌瘦的老人对着人群中的一个年轻人说道："权作啊，你去看看那个摆渡人的木屋里有没有干净一点的草席啊？拿来挡一挡吧，要是被什么野兽咬坏了就太可怜了啊。"

那个叫权作的年轻了应了一声，飞快地往摆渡人的小木屋跑去，安盛总算是放下了一颗心，想着，应该先去通知宅邸的人夫人的遗体找到了呢，还是去告诉少爷，让少爷把夫人接回家去？细细想了一番，安盛决定先回宅邸去通知一下，夫人已经遭遇不测，可是敌人的阴谋还没揭晓，无乱如何也要好好保护少爷。夕雾夫人的下落还是晚点再告诉少爷吧。

权作果然找来了一块干净的草席，把夕雾夫人的上半身全都盖了起来。

不一会儿，摆渡船就来了，众人在码头排着队准备渡河。安盛一个人站在原地，在旁边的草丛中摘了一朵野花，放在夫人的旁边。渡船载满了人去了对岸，安盛独留在岸这边，转身往京城方向去了。

四

那一年鹤若才十三岁，安盛告诉他母亲的死讯，他没有来得及见母亲最后一面。宅邸中的仆役们为夕雾夫人料理了后事，安盛悄悄带着鹤若去城郊的墓地中吊唁自己的母亲，鹤若在坟前失声痛哭。

很快新年就过了，官府一直在追查是谁杀害了夕雾夫人，但是却毫无头绪，很快，秋天来了，轻大臣的使节团回国了。早就听说使节团的船只已经达到了九州港口，鹤若一天天地掐着手指算着父亲回家的日子。

使节团的行程是经陆路从山阳回到京城之中，使节团刚刚到播磨的时候，安盛就迫不及待地跑到了印南野去迎接主人。

使节团一行有几百人，还有许多运送信件书籍的马匹，他们都在大唐见识了大唐帝国的灿烂文化，急切地想要把自己的所见所闻分享给国内的人们。此刻的田野间清风白云，唯有鸟儿在空中上下翻飞，阳光慵懒而温暖，令人心旷神怡，田间的稻谷都泛着金黄的光芒，沉甸甸地低着头。安盛独自待在这风景如画的田野上，焦急地等待着使节团。

远远地，马儿的响鼻声传来，还有马儿脖间的铃铛叮叮作响，使节团缓缓出现，安盛早已望穿秋水。安盛看着人马一点点过去，队伍里有多治比真人，还有石上朝臣麻吕等等，可是怎么都没有看到自己的主人。安盛睁大了双眼生怕错过了，就在这时，使臣身后的家仆随从也慢慢走过来了。

"你是轻大臣的家仆吧？"多治比真人的一个家仆认出了安盛。

"是啊，小的是轻大臣的家仆呢，请问我家主人呢？"安盛一边询问，一边不断搜寻着自家主人的身影。

"哎？你不知道吗？轻大臣他在大唐的时候就失踪不见了！"

"什么？主人他失踪了？"安盛顿时觉得天旋地转。

"对啊，在大唐的时候，轻大臣被大唐皇帝的臣子约走，结果半路不见了。我家主人还有其他出使的大人们都很着急，想了许多办法去找，可是都没有找到。都不知道该怎么跟轻大臣的家人交代呢！"

"竟然有这样的事……"安盛惊呆了。

"既然你是轻大臣的家仆，那就劳烦您转告吧，轻大臣在大唐失踪了，估计……哎……请节哀啊……"

正在安盛震惊的时候，多治比真人骑着马停在了安盛的面前，安盛低着头不知如何是好。

"我们都是与他一起出使的使臣，他在大唐发生了意外我们也有责任，他的妇人和年幼的儿子还不知道他的遭遇，我们也很难交代。等到了京城我再把事情的细节全都告知你，现在骑着马前行也不方便说话。你跟在我们的队伍里走吧。"

多治比真人说完便催促马儿前行，其他的使臣也跟在后面。

"安盛！安盛！"跟随轻大臣一起出使的家仆泪流满面地冲了过来，他与安盛都跟随在轻大臣身边许多年了。

"泰远啊……"两个人双手紧握，顿时涕下沾襟。

"都怪我啊！主子那天接到某位大人的邀请，过去拜访，正巧有一顶轿子来接主子，我以为那就是某位大人派来的，就送主子上了轿。结果主子就这么不见了！去问了某位大人，他们根本没有派过轿子来。主子就这么被人送走下落不明了！我赶紧在城里四处寻找，可是完全没有主子的踪影。要是让夕雾夫人和大少爷知道了，肯定会难过得要命的！都是我的错啊！我都没有脸面再见夫人和少爷了！"

"泰远啊……去年出了许多事啊，夕雾夫人被歹人害死了，少爷也下落不明。"

"什么？夫人她……少爷……"

"就在去年春天的时候，主子刚去大唐没多久，夫人就带着少爷去住吉祈求平安，回来的路上被一大群强盗袭击了！连小黑和黑绳都战死了，只剩了我一个……没过几天，夫人的遗体就顺着河水冲到下游被人发现了……她是被人裹在草席里扔进河中的啊……少爷至今都下落不明……"

"这……"

"至今我们都没有找出杀人的凶手……"

两个人绝望地站在原野上，许久之后才发现使节团的队伍已经走远，赶紧抹干眼泪追去了。

五

轻大臣失踪了，宅邸没有了俸禄，原有的仆役也都另谋出路去了，连安盛也不再出现在宅邸中，而是常住在长柄村庄中的叔父家。安盛与鹤若每天去山上以打猎为生，时刻关注着京城的事态，用各种方法寻找轻大臣的下落，同时寻找着杀害夫人的罪魁祸首。

一晃五年过去了。局势越发动荡不安起来，四处都流传着长安王意欲谋反的传闻，有人说长安王已经召集了一帮强盗土匪，不仅有朝鲜来的僧人，还有轻大臣同父异母的哥哥秀康。许多人都声称自己看见秀康在长安王的府上进进出出。

天皇也谨慎起来，在京城地区征召护卫来加强对皇宫的保护。安盛经常前往京城寻找新的线索，这一天，他和往常一样来到京城，本想打探一些新的消息，可惜一无所获。正在街头瞎逛的时候，忽然有人叫住了他。

这天下着雨，路面上全是各种车痕，此时正有一辆牛车路过，一个佩刀男子路过。安盛看了一眼，便继续往前走。

"安盛啊！好巧！"带刀路过的男子正是安盛旧日的好友。

"忠信？"

"安盛！自从轻大臣家出了事之后我一直和挂念你啊！怎么样？最近还好

吗？"

"也就那样，在老家打打猎混口饭吃！"

"那也不错啊，现在政局不稳，天皇都在征召勇士护卫呢，我现在就在近卫府里当差，你要不要过来？"

这时候，几个普通百姓从这边经过，抬眼看见是两个佩刀的男人在说着话，上下看了好几眼才离开。一会儿又走来两个贩售小物件的女人，一个患有眼疾的老太太和一个年轻一点的女人，她们把货物顶在头上的篮子里，看见这两个佩刀的男人，慌慌张张地跑了。

忠信转头目送着那个年轻一些的女人，说道："这几天一直在征召护卫和勇士，大家都人心惶惶，不知道是不是要打仗了啊？"

"鬼才知道呢，流言蜚语到处都是，可谁也不知道是真还是假。"

"你知不知道轻大臣的哥哥？同父异母的那个，叫秀康的。"

"知道啊，就是那个成天和强盗为伍的坏秀康啊。听说他又跑回京城来了！到处都在说，官府的人每天都在搜查他的下落。也有很多人说见过他，不过问讯起来又说不清楚是不是他。忠信你看见过秀康没？"

"我也只听过他的名字，没见过他！"

"哎呀，要是能逮住这个十恶不赦的大恶棍，那我们就扬名立万了！不说他了，安盛你要不要来做护卫？没准真的打起仗来了，要是有战功以后也能混个小官当当。"

"说得也有道理，我家里还有一个表弟，今天满十八岁了，我早就想着与其在乡下打猎倒不如想办法进宫当当差，一直没找到门路。这样吧，我改天带他一起去找你！"

就这样，安盛辞别了好友，回到长柄之后立刻收拾了东西，然后带上自己的"表弟"回到京城，找忠信加入了近卫府，成了皇宫内左近卫的一员。左近卫的在皇宫的日华门，右近卫在皇宫的月华门，就在紫宸殿的两边，每天负责护卫紫宸殿。

左近卫的值班时间是午夜的丑时到子时，右近卫值班的时间是丑时到寅时。时值五月，梅雨绵绵，从早到晚雨下个不停，这天一早，雨大得惊人。刚值完班的护卫们坐在日华门旁的值班房间里，靠在炉火边边喝酒边闲聊。突然有一个护卫讲起了自己知道的一个大新闻：

"我弟弟在式部卿府上当差，那天晚上他亲眼看见的事呢！就在前天夜里，原本养在泉殿附近的狗大半夜忽然狂叫！一直叫一直叫，把家里的仆役都吵醒了，只好起来看看怎么回事，奇怪的是刚走到院子里面，那狗的叫声忽然就变了！原先是凶狠地叫，突然变成惨叫了！连式部卿都被吓醒了，披了衣服起来看是怎么回事。这狗啊，式部卿都养了好几年了，平时只要他稍微叫它一声，那狗就跟撒娇的小孩子一样跑过去缠着他。可那晚式部卿喊了它却一点动静都没有，连声响都没有了。家里有都觉得奇怪，明明刚刚还在叫唤。可是天太黑，根本看不清，等到大家举着火把灯笼过来找，却都没看见狗！找了好大一圈，竟然发现泉殿门口啊，有一个血淋淋的狗头，狗身子却不见了！所有人都吓坏了，赶紧到处找，结果发现狗身子在小桥下面躺着！地上还有许多可疑的痕迹呢！肯定是有强盗毛贼进来了，然后打狗发现了就使劲儿叫唤，他们见行踪暴露就把狗给砍了。全府上下都吓坏了，赶紧四处搜查，最后啊，在西北角的墙上找到了脚印，肯定是翻墙进来的！不过哪有毛贼敢到式部卿府上去偷东西啊，肯定不会是一般人！我一听我弟弟说的，我就知道是谁干的了！"

"搞不好就是那个秀康干的吧！"另一个躺倒在地的护卫插嘴道。

"可不是嘛！我就觉得这事肯定是秀康干的！他八成是想除掉这个式部卿呢！你们怎么说？"

叽叽喳喳说了没多久，大家又转移了话题，丑时将近的时候，都不自觉地坠入了梦乡，炉火一点点熄灭了，只留了一些小火星还在闪耀。

外面的雨一点点变小了，安盛的表弟也躺在护卫堆里打起了盹儿。他做了一个梦，梦中有一个美丽的女子，穿着一身淡红色的衣裳，远远地向他招手，他往前走几步，那女子便退几步，不管怎么追都追不到眼前的女子，只有一抹淡红色在眼前萦绕着。没错，这个"表弟"就是一直藏身在长柄的鹤若。

梦中的鹤若只觉得脚下像是踩着棉花一般不着力，奋力地想要去追母亲却追不到。

"快来人！有刺客！"

突如其来的叫喊声把睡梦中的鹤若喊醒了。此时屋外的雨已经停歇，鹤若飞快地抓起自己的弓箭，快步跑到紫宸殿附近。屋外一片昏暗，看不清周遭情形，鹤若索性闭上了眼睛，全神贯注地听着周围的声音。忽然，一阵踏入水洼的脚步声响起，鹤若睁开眼睛一看，三两个黑影从前方一闪而过。

正在这时，原本遮月的云朵就在此刻透露出一道缝隙，星光顿时洒落，鹤若借着星光开弓射箭，"不许动！"，人影听见鹤若的声音顿了一顿，立刻往紫宸殿飞奔，鹤若嗖嗖地射出两箭，人影顿时扑倒。巡逻的护卫们在听见动静后也赶了过来。

整个皇宫都惊动了，所有的护卫将皇宫仔仔细细搜查了一遍，宫内宫外全都被严密包围起来，以防刺客还有别的同党。一番搜查下来，没有见到其他的可疑分子，唯有两名身着黑衣的蒙面男子被射死在了紫宸殿前的台阶上。

天皇派人检查了这两具尸体，没想到死的两名刺客是长安王的贴身侍从！一个叫作野宿奈麻吕，一个叫作秀，射死他们的弓箭上刻着"轻鹤若麻吕"的名字。

天皇震怒，连夜就派兵将长安王的宅邸团团围住。穷途末路的长安王亲手杀死了自己的夫人，然后纵火烧毁了宅邸，自己也葬身火海。包围在外的士兵把四散逃亡的仆役全部捉拿。没过几天，长安王的其他几个党羽也全部都被流放到偏远的地区。

就这样，几乎在一夜之间，长安王的势力全部被连根拔起，所有的余党都被送往弹正台接受审问。此时的鹤若已经成了长官，在弹正台听审。审到秀康的一名部下，他交代说当年轻大臣出使大唐，其实是因为他得罪了长安王，长安王为了除掉他才策划了阴谋。连夕雾夫人都是被秀康残忍杀害的。

鹤若终于知道了自己父母受害的始末，不禁伤感起来。

六

长安王的叛乱被迅速平息之后，政局稳定了许多。夏天来临的时候，决定派出遣唐使出使大唐。这一次的出使队伍极其庞大，各种大小官员齐备。

鹤若早就因为护驾有功，当上了参议，于是大家都称呼他为"弼宰相"，安盛始终陪伴在他的左右。鹤若也在出使的队伍之中。这一次的出使是鹤若主动要求出使的，他原本就想着去大唐寻找一下父亲的下落，正巧朝廷有使节团出使，于是主动要求参与，通过了层层筛选。当年父亲在不明不白的情况下被送往大唐，而长安王又通过贿赂勾结大唐的官员，联手将父亲除去。虽然鹤若心知父亲活着的机会应该十分渺茫了，但是有时候他又忍不住想，自己被安盛保护在长柄平安地活了这么多年，万一父亲有得到好心人的庇护，平安地活着的话……想到这里，鹤若就迫不及待地想要去大唐寻找父亲。

一路过海十分顺利，达到大唐的额宁波港后，使节团便换车马前往大唐的都城，抵达都城后，大唐的官员将使节团安排在了鸿胪馆休息。休息整顿了几天，使节团选了一个黄道吉日进皇宫将天皇的国书交给了大唐的皇帝陛下，并把带来的诸多贡品一一奉上。

大唐的皇帝新登基不久，先皇因为遭遇内乱而被害，皇子快速地平叛并登基成为新帝，使节团的到来让新帝十分高兴，在华清宫亲切地召见了鹤若一行人。

使节团在大唐停留期间，使节团的人都潜心研究大唐的制度，鹤若在闲暇的时候四处探访轻大臣的下落。轻大臣当初是被大唐的官员邀请去府上拜访，但这个官员却收了长安王的贿赂，派一顶轿子把轻大臣接走。这个官员与前代的叛军一起都被新帝平叛后满门处斩了，现在鹤若想要了解事情的真相也不知该如何下手。

鹤若思前想后，决定还是在大唐的权贵中找一个来帮自己探查，在新帝尚未登基的时候，总督唐尧明就是他的得力干将，而且此人一向心地善良，鹤若心想，如果能得到他的帮助，一定能尽早探明自己父亲的下落。于是鹤若决定登门拜访。

其实也算是缘分，新帝在召见使节团的时候唐尧明也在旁边，对这个年轻的副使有不错的印象，仆役汇报说是鹤若前来拜访，他便立刻换好衣服接待他。鹤若带了翻译来，由翻译向唐尧明大人表达了谢意并献上了一些见面礼。唐尧明对日本的风物十分感兴趣，询问了许多日本的风俗，鹤若细心地回答了他的问题，让唐尧明十分开心。

闲话一番之后，鹤若道出了此行的真正目的，他把自己的父亲如何被人设计出使大唐，又如何失踪的事告诉了唐尧明大人，说到伤心处不由泪流满面。唐尧明同情地望着鹤若，在翻译完完整整将话语转述给唐尧明大人之后，唐大人仔仔细细地听了一遍，并将鹤若没有说清的细节确认了几遍。

"使者放心，我一定会把这件事报告给圣上，帮您寻找令尊！"

唐尧明十分赞赏鹤若的一片孝心，鹤若听到唐尧明愿意给予帮助也是十分感激，原本鹤若想跪拜唐尧明以谢他的大恩，但是唐尧明却把他扶住不愿接受。

鹤若欣喜地离开了唐府，盼望着唐尧明能早些帮他找到父亲，这也是现在唯一的希望了，有办法总比没有办法好。但是就算有人帮助，鹤若还是不愿坐等消息，有时候他总想着在大街上刚好能遇上自己失踪的父亲，空闲的时候，鹤若便和安盛一起在京城中四处探访。

刚入冬的某一天，鹤若带着安盛一起走到了京城郊外的一个镇子上，此时已经过了午饭的时间，两个人早就饿得前胸贴后背了，再走下去又要走上前不着村的乡野去了。正在二人想着要找个小饭馆吃饭的时候，眼前出现了一个小酒馆，门口插着酒器，鹤若与安盛迫不及待地走进了酒馆。

这酒馆看起来并不大，里面却摆了四张大桌子，另外还有三四个人坐成一桌在吃饭。鹤若在大唐待了有段时间了，在这种小酒馆吃饭并不陌生，他找了个位置坐下，然后招呼店里的一个女子过来。穿着蓝色衣服的女人见他们进来，便已经跟在他们身侧，鹤若从口袋里拿出一些钱，然后做了一个吃饭的动作。女子笑着点了点头，收下了钱往厨房走去。

　　厨房就在店门的左边，那里有个人高马大的男人正举着菜刀剁肉，见女子过来和他说了几句，便打开了一边的橱柜取了一些东西出来摆在菜碟中，身穿蓝衣的女子把这碟菜端到了鹤若与安盛的面前。鹤若看了看盘中的东西，似乎是肉丸，两人早就饿得头晕眼花了，闻着香味立刻大快朵颐起来。没多久，店里的另一桌客人就结账离开了。

　　就在两人快吃完的时候，穿着蓝色衣裳的女人和切肉的男人交头接耳地说着话。鹤若吃完了便起身打算走，刚走到门口，穿蓝衣的女人忽然走到了他们身边，轻轻地招呼着他们。鹤若与安盛都不懂汉语，只觉得可能是有什么事。

　　"她要做什么啊？"

　　"是让我们过去吗？"

　　"过去干吗？"

　　"不知道啊，过去看一看吧。"

　　两个人商议了一番决定先跟过去看看情况。

　　女人一直看着鹤若和安盛两个人，见他们走了过来，便继续招手，然后推开了另一扇房门。鹤若和安盛丈二和尚摸不着头脑，全然不知道她这是要做什么，只好跟着走进了房间中。

　　这间房并不大，不过显得更干净整洁一些，放里面也是一张大桌子。女子做了一个请坐的手势，两人便也顺从地坐了下来，结果二人一坐下，女人就自顾自地出了房间。

　　"叫我们到这里干吗？"

　　"不知道啊，难道还有什么饭菜？"

　　"不会吧，我们的都吃过了。"

　　"是卖其他东西吗？"

　　"也许吧……"

　　女人出去没多久就再一次推门进来了，这一次她带了一壶酒来。女人把酒壶放在大桌子上，取了两个碗，倒满了酒，然后笑着做了一个请喝的手势。

鹤若和安盛心里纳闷，一时没有反应过来，女人立刻又做了一次喝酒的动作。鹤若心想一个女人应该不会有什么恶意，于是端起碗喝了起来，安盛见鹤若喝了起来，便也端起酒碗。

"真是美酒啊！"安盛一口饮尽，刚打算放下酒碗，却觉得双手不听使唤，酒碗哐当一声摔碎在地。安盛正奇怪，自己的手是怎么回事？抬头打算问一问鹤若，却发现自己连口都开不了了。

"中毒了吗？"

安盛刚反应过来便眼前一黑，完全失去了知觉。

当安盛清醒过来的时候，自己正头痛万分，他睁开眼睛发现四周是一个昏暗的房间，自己竟然一丝不挂地仰面躺在草堆上。

"这是什么地方？"安盛努力地回忆了一番，只记得自己和鹤若被穿着蓝色衣裳的女人招呼去屋里喝酒，那可是不错的美酒啊。只是喝完之后便觉得手脚都不听使唤了。之后的事自己完全想不起来了。

"主人呢？"安盛连忙四处张望。鹤若此时也已经被扒得精光，正趴在安盛附近的草堆上。在草堆上还有另外一个没穿衣服的男子仰面躺着，知觉全无。

"到底发生了什么？"安盛正准备坐起来却听见门外传来脚步声，他不敢轻举妄动，赶紧躺下，眼睛眯成一道缝看着房中的情形。进来的正是酒馆中剁肉的男人。

男人似乎十分谨慎，他先是认真地观察了一番三个人的脸，然后挑选了那个不认识的裸男，抓住那个裸男的一只脚把他就这么拖了出去。

安盛顿时吓出了一身汗，原来这是一家黑店，他们被喝的酒里被下了迷药。那个被拖出去的裸男估计是凶多吉少了，安盛回想起刚走进酒馆时那个人高马大的男人恶狠狠剁着肉的情形。

"必须快点逃命啊！"

安盛站了起来，活动了一下筋骨，虽然力气还没有完全恢复，但不妨碍自己的行动。他快速地环顾四周，在角落里找到了自己和鹤若出门时穿的衣服，佩刀还在边上。

"有刀就好多了！"

他扶起鹤若使劲儿拍打着鹤若的背部，但是鹤若就跟烂醉的人一般根本没有反应，安盛心知此地不宜久留，立刻把衣裳盖在鹤若身上，将两把佩刀都插在腰间，之后拔出了其中的一把握在手中，另一只手扛起了鹤若。

安盛小心翼翼地推动着门，大概是觉得屋里的人都在昏迷不醒，所以门并没有上锁，安盛反复推了几下就打开了门。

门外是一个长满杂草的院子，此时天已经暗了下来，夕阳一点点下落，安盛扛着鹤若往院子的侧门走，穿过了一片小树林走到了一条乡间小路上，确认周围的环境之后安盛放下了鹤若，按摩着他的背部和四肢，鹤若终于清醒了过来。此时皎洁的月光已经洒落下来。

发生了这样的事之后，鹤若再也不敢在外就餐了。他每日都在翘首盼望着唐尧明的消息传来，可是日子一天天过去，却没有一点音讯。起初，鹤若不好意思直接登门询问事情的进展，但是这样等待的日子实在让鹤若坐不住了，他亲自跑到了唐府。正巧唐大人准备出门去，见到鹤若便宽慰他说现在确实没有找到什么线索，但是他已经把这件事上报给皇上了，皇上一直很关心这个事情，总是问起，相信再过段时间一定会有进展的。

鹤若的心里又有了一丝希望。

七

冬天很快就结束了，春天也一点点消逝，夏天来临的时候，使节团的回国日程也渐渐被提了上来，然而鹤若还是没有父亲的线索。鹤若有点失望，但是他始终觉得父亲的遗体没有被发现，也没有证据表示父亲已经死去，那么他一定还活着。鹤若开始思考起来，想着有什么办法能让自己留在大唐，好接着寻找父亲。

但是如果自己想要留下来，那么唯一的办法就是躲起来，让使节团的人找不到自己，但是他怎么也想不出合适的方法来。

时间很快就到了临行的前一天。这一天，皇帝在宫殿中大摆筵席招待即将回国的使节团，众多的大唐官员与使节团的人们一起举杯畅饮，无数美貌的宫女端菜倒酒，各种乐官演奏着精彩的音乐歌舞。所有人都喜笑颜开，唯有鹤若兴致全无。热闹的宴会反而使他觉得悲伤，于是他起身离开，在回廊处徘徊着。

日薄西山，宫殿变得灰暗起来，鹤若这才发觉自己离席已经太久，赶忙回到宴会之中。此时宫殿中已经燃起了灯火，他重新回到自己的位置，往皇帝所在的方向看了一眼，却被他背后的灯台所吸引。这些灯台左右各一排，约摸五十多个，好像是身穿黑衣的人所排成，每个人的头上都是灯盏。

"好特别的灯啊！"和鹤若一起出使大唐的藤原押使转头对鹤若说道。

"是啊，我也看见了，这到底是什么呢？"

使节团的人从未见过如此特别的灯，忍不住交头接耳地议论起来，宴会变得更加热闹起来了。

此时一位侍从走到鹤若的身旁，屈身道："皇帝陛下召见您。"

鹤若不敢耽搁，立刻起身。随着侍从往皇帝的身边走，只见唐尧明等权贵官员随侍在皇帝的身侧。鹤若行了跪拜大礼。

只听翻译在自己的身边说道："皇帝陛下非常同情您的遭遇，只要轻大臣还在世，陛下一定会派人打探出他的下落，再把他送回日本去。您就安安心心地回去吧！"

鹤若将自己的满腔感激说给翻译听，翻译再次将话转述给皇帝陛下，此时的鹤若已经是泪流满面，他退开一步跪下行礼。就在这个时候，皇帝身后的一座人形灯台忽然发出悲鸣的声音，颤抖着将头顶的灯盏都打翻了。

皇帝陛下身边的侍从立刻走到灯台前，阻止灯台的行动。皇帝陛下与周围的大臣都惊讶地望向那个人形灯台，只见灯台伸出右手在口中咬破，任鲜血流淌下来。热闹的宴席登时安静下来，如此有失国体的事情在此时发生让所有人都呆若木鸡。

灯台人跪在地上，用沾满鲜血的手指在地上一笔一画地写着。原本呵斥灯台人的侍从看见血字后惊惶失措地跑到唐尧明等诸位大官的跟前汇报。唐尧明神色突变，立刻往灯台人的方向走去，鹤若也忍不住往那边看去。而那个灯台人分明是在望着鹤若，他举起手来向鹤若招手。鹤若一时不知道何如是好。

唐尧明立刻冲到了鹤若的身边，把他拉到了灯台人的身边，低头一看，地上的血字清晰地写道："原是使臣越海来，偏受苦无归处。流落他乡历劫难，每逢佳节倍思亲。此身沦为灯台鬼，只求他日归故里。"

鹤若恍然大悟，立刻抱住了眼前的灯台人，眼前的灯台人正是自己失踪多年的父亲。那时候的轻大臣被人下了迷药，嗓子被毒哑，历经磨难变成了灯台鬼，而此时终于和鹤若团聚了。父子二人抱头痛哭的声音在宫殿中久久不散。

山王传说

一

日本是一个怪谈文化繁荣的国家，各种妖魔鬼怪的传说精彩纷呈。

相传，18世纪，在如今的广岛地区，有一名少年名叫稻生平太郎。他自幼跟随剑术师傅苦学，剑术了得，获得了一个"稻生小天狗"的美名。在他出生前，他的父母从亲戚家过继了一位养子，叫作新八郎。然而新八郎身体不好，常年生病，没办法，他只好回到生父生母家，如此一来，平太郎家里只剩自己和一位仆人。

平太郎有一位关系不错的邻居，名叫权八，是个退役了的相扑好手，身手不凡。五月的一天，平太郎去权八家作客。两人相谈甚欢，聊着聊着，他们聊到了"大熊山的妖怪"。两人口中的大熊山在广岛西北部，相传，山上不仅有妖怪，还有一颗素有"天狗杉"之称的大杉树。

权八觉得，上山历险定是一件妙事。素来好奇心强盛的平太郎也跃跃欲试。于是，权八提议抽签，谁抽中谁就上山看看，看能否与妖怪来个"邂逅"。平太郎欣然应允，他们商议，各自做好准备，无论抽到谁，都在亥时动身。

平太郎赶忙回家吃了饭，带上斗笠和蓑衣后，又回到权八家。最后，是平太郎抽中了签,他的冒险旅程就此开启。

平太郎全副武装向大熊山进军。但天色实在太黑了,伸手不见五指,天空中又飘来了阵阵小雨。平太郎只能摸索着前进。有时他会不小心踏进稻田,有时又会被树枝、荆棘挡住去路,行程十分缓慢。平太郎进退两难:前路险阻实在不好走,但如果半途而废,又实在有失颜面。思索片刻,他只能硬着头皮前进。

过了一会儿,他来到了山脚,离目的地更近一步了。这山本就不好爬,再加上雨天路滑,困难重重,然而平太郎却觉得颇有乐趣,一想到有可能会碰见妖怪,他就精神十足。

不知不觉,平太郎来到了传说中的三次若狭守府邸遗址。这是一小块平地,再往上爬,他看到了模糊的三次塚。平次郎在三次塚旁伸出手向后摸,摸到一棵大树,这应该就是那棵"天狗杉"了。

此时雨并没有停歇的意思,黑暗中,平太郎席地而坐,他屏住呼吸,等待妖怪的现身。然而,半个时辰过去了,除了风吹树叶响,一切都很平常,没有什么妖怪出现,也没有什么奇怪的事发生。平太郎有点失去耐心了,想着不如回家吧。为了证明自己来过这里,他从地上拔了一小撮草,然后将草拴在三次塚顶端。做完记号,平次郎起身返程。

返回到那块平地时,平次郎突然察觉身旁有响动,没搞错的话,应该是什么奇怪的东西刚刚擦身而过。他二话不说,拔刀就砍,一砍不中,再砍一刀。

然而,他只看到刀尖与硬物相撞迸发出的火花,却没能真正砍中对方。正当他准备再度战斗的时候,传来了他熟悉无比的声音!

"我是权八呀!"

平太郎闻声,立刻停下手中的动作。然而,他还是半信半疑。

"你走之后我怎么都放心不下,就跟着上山来了。"

平太郎这才放下心,两人收回彼此的刀,结伴返程。

这段冒险之旅就这样收场了。

二

不知不觉，夏日悄然而至。平太郎依旧经常和权八结伴而行。这一天，两人前去河边纳凉，正畅快地聊着，他们看到大片乌云从大熊山飘来，看样子有一场大雨将要倾盆而下。

果然，没一会儿就打起了响雷，紧接着，大雨如期而至。平太郎和权八慌忙失措，快速跑回各自的家中。

两个人都被雨水淋得湿透了。平太郎换上仆人送来的干净睡衣，一阵困意袭来，他干脆躺在床上准备睡觉。

正当他昏昏欲睡之际，突然听到仆人痛苦的呻吟声。平太郎立刻起身，跑到仆人的房间一瞧，发现自己的仆人正魔怔般整个人仰躺在地，四肢扭动个不停。

"喂！六助！发生什么事了？你快醒醒！"平太郎大声叫道。

仆人听到叫声清醒过来，站起来回话说："小的好像梦魇了，刚才我梦见一个健壮的和尚把小的按倒在地，简直要令小的喘不过气来了，还好您把小的叫醒了……"

他一面说一面还向四周打量，一副心有余悸的样子。

"哎呀我还以为什么事！你的胆子也太小了。"平太郎听罢仆人的解释，不以为意。

回到自己的房间后，平太郎已经丝毫不觉得困顿了。

突然，屋里的纸灯被一阵不知从哪儿刮来的风吹灭了。平太郎看到纸门外竟然烧起了大火。眼前的景象令平太郎瞠目结舌，他想要去开门，却发现怎么也打不开那门，平太郎只好踹开纸门，然而，屋外的景象再度令他大吃一惊：哪有什么大火，连一个火星都见不到！

一连发生这么多怪事，平太郎不禁开始认真思索。正当他冥思苦想时，他发现自己也如同被定住一般，丝毫动弹不得。此时，平太郎听到一旁有响动，他移动视线，看到了一个凶神恶煞的和尚就在庭院内。

那和尚向平太郎缓缓走来，一把揪住平太郎的领子，两只眼睛犹如铜铃一般令人害怕。即使一向胆量过人的平太郎也被吓到了，他试图挣脱开来，却重重地摔在了地，打了个滚。不过这倒让他滚回了枕边，他摸到了自己的佩刀，朝和尚发起猛烈的进攻。哪里想到，那和尚居然施展了遁地术，钻进了榻榻米下！

平太郎二话不说，朝榻榻米就是一阵狂捅，希望能捅死对方。可怕的是，眼前的榻榻米竟消失不见了。他揉了揉双眼，不敢相信眼前发生的一切。摸黑点亮纸灯后，他惊讶地发现，榻榻米不知何时被何人堆在了角落里……

当平太郎与那和尚做着激烈争斗时，隔壁的权八听到了响动。他想前来一探究竟，结果在平太郎家门口看到一个十多岁的小姑娘走了出来。正疑惑时，那姑娘竟一把掐住权八的脖子将权八掐晕。直到黎明时分，他才得以醒转。权八担心平太郎出事，在院子门口大声喊着："平太郎！发生什么事情了？"

然而并没有人作答。权八只好自己开门进入。刚进院子，他就看到，举着刀的平太郎朝自己砍来……

权八扛住平太郎握着佩刀的双手，大声喊叫震慑，平太郎这才清醒过来……

三

经历了诡异骇人的一夜后，仆人六助在村里绘声绘色地描述着前一晚发生的怪事。一传十十传百，很快，整个村子都知道了平太郎家闹妖怪的事。

平太郎有三个朋友，知道了这件事以后，便自告奋勇前来捉妖。累了一整晚的平太郎很是疲惫，无精打采，于是将捉妖重任委托给了他们。

三个人围着纸灯而坐，讨论着妖怪的事。有人觉得妖怪属于无稽之谈，有人倒想借此开开眼界。不知不觉就到了后半夜，三人干坐着有些无聊，便想喝茶消磨时间。没料到，正当其中一人起身拿茶具时，茶杯突然自己飘了起来，并且在空中飞来飞去。

三个人被眼前的景象惊呆了，呆若木鸡地站在原地，此时，纸灯和火盆竟也飞了起来。那火盆一路高升，撞到天花板后砰然翻落，三个人满面炭灰，吓得夺路而逃。

从此，平太郎家闹妖怪的事更是被传得有鼻子有眼，许多没见过的人谈起来都好像自己亲身经历过一般。平太郎的伯父听闻此事，想把平太郎接到自家住，以防出现意外。

谁知道，平太郎胆子很大，他婉拒了伯父的好意，坚持住在自家。

经历了一连串怪事后，平太郎的仆人六助有些待不住了。他生性胆小，一来二去更加吓得睡不了觉。无奈之下，他拜谢过平太郎，决定不再在稻生府当差。新八郎的生父生母听说后，就派自家仆人前来侍奉平太郎。

每一天，都有不少村民络绎不绝地来到平太郎家，想要看热闹，村官见状，认为这会扰乱民心，更妨碍农作，于是贴出了告示，禁止无故聚集在稻生府。

四

又过了几日，新八郎来到稻生府看望平太郎。天公不作美，下起了大雨。直到傍晚雨还是没有停的意思。平太郎便留新八郎住了下来。

无法回家，新八郎只能留下，他自小就是小胆量，生平最怕妖魔鬼怪，虽然有平太郎作陪，依旧神经紧张，但凡听到一丝声响，就惊慌地四处查看，唯恐遭到袭击。

担惊受怕的新八郎突然听到有什么东西掉落下来，弹到了蚊帐上。他惊慌地问道："什么东西？"

只见平太郎习以为常地答道："没什么，由妖怪闹吧。"

平太郎不慌不忙，语气平淡，这依旧无法安抚新八郎内心的惊慌。他盯着那掉落之物仔细查看，才发现那是只木屐，正是他白天穿过的，正当他瞠目结舌之时，那木屐竟消失得无影无踪。新八郎惊魂未定，心想，妖怪既然已经捣过乱了，应该不会再现身了吧？哪知，他刚打算闭眼，就看到自己脱下的外衣袖口中钻出个小脑袋，那小脑袋还冲他笑了一下。

这下可把新八郎吓坏了，他蒙头缩进被窝，浑身颤抖着，一整晚都没能入睡。

翌日，新八郎一大早就踏上返程。平太郎随他一起回家，直到黄昏才返回自家。到家门口，他发现又有几个壮年等着在他家守夜。

看着他们自告奋勇的样子，平太郎觉得有些可笑，但对方是一片好意，他也没再推辞。

这五六个青年围着火盆，认定了茶杯、纸灯自己飞来飞去都是妖怪作祟，嘲笑之前那三个人大惊小怪，一副胸有成竹的样子。

夜越来越深，空气安静得有些可怕，屋里也越来越冷。几个人有别方才的侃侃而谈，渐渐默不作声，相互看着对方，没人发现火盆中的火越来越旺。突然，那团火变成一个火球，缓慢腾空，又重重地落下，发出震耳欲聋的巨响。几个壮年吓得屁滚尿流，争先恐后地逃出了屋子。

火球落下的声音搅扰了平太郎的好梦。他来到壮年们原本待着的房间，发现房间里已经空无一人，房间中央有一块焦痕。平太郎微微一笑，神情自若地回到自己的房间。

这一晚，新八郎毫无征兆地染上重病，卧床不起。

五

过了几日，平太郎有要事要和一位旧友商议。他前往老友家里，直到晚上才踏上返程。

那天气候宜人，抬头是皎洁的明月，沿途是一路芬芳。平太郎沿着一条小河，不疾不徐地走着。没过多久，他发现河边的草丛中趴着一个人，看样子是个女子，不知是否受了伤。

那女子纹丝不动，露出了白嫩的小腿。

平太郎救人心切，赶忙冲过去将女子晃醒。"你怎么了？"

那女子醒转过来，看向平太郎，鹅蛋脸上满是惊慌。好一个美人。

"姑娘莫要惊慌，在下是稻生府武士平太郎。敢问姑娘，是遭遇不测了吗？"

那女子略显羞赧，快速整理好衣衫，答道："小女子命苦，自幼失去双亲，一直借住在伯父伯母家。前不久伯父不幸罹患重病，为报答伯父养育之恩，小女子决定瞒着二老卖身筹钱，好替伯父治病。没想到，家里的熟人竟是歹人，说好的安排小女子去某个长崎人家里做侍女，却和那人合伙将小女子骗到那荒僻地界，想要欺侮于我。小女子奋力逃出，无奈奔逃到这里时体力不支，不觉昏迷过去……还望这位大人救我……"

平太郎不由对这女子心生怜悯，便将那女子领回了自己家中。

平太郎让女子在客厅等候，自己回卧房换了换衣裳。他寻思着怎样把女子送回家，想要再细细询问女子身世。哪知，等他走回客厅时，竟发现那女子已消失不见了。平太郎到处寻找，也未能发现女子身影，纳闷之际忽又恍然：这女子，八成也是妖怪！想到此处，平太郎哭笑不得。

六

稻生府经常有猎人出入，作平就是其中之一。他知晓驱散妖怪的方法，给平太郎出主意道："西行寺的菩萨很是灵验，去那里拜拜佛，请一幅佛像，回来念经，就能赶跑那些妖怪。"

于是，平太郎将这一重任拜托给作平。

作平出发前往寺庙的时候已是黄昏时分，没走几步，天就暗了下来。他选择了一条竹林小道前行，若在平时，月光照耀，小路很好走。不巧的是，当天乌云密布，月亮被遮挡在乌云后，竹林里一片漆黑。但因为是猎人，摸黑前行对作平而言是易如反掌的事，所以作平也未觉不妥。

走着走着，作平看到不远处有人提着灯笼前来。无独有偶，来人竟是自己的熟人——武士曾根。

"作平老弟，这么晚了你还要去哪儿？"

"哦，有点小事要前往西行寺。"

"啊呀，你怎么连灯笼都不备上一个？天这么黑，你独自一人可不好走呀。反正我也快到家了，要不，我把灯笼给你？"

作平本想推辞，但曾根十分热情，硬是把灯笼塞进他的手里。

作平提着灯笼，脚步快了许多。但走到一片松树林时，他突然发现一个人高马大的和尚目露凶光瞪向自己。作平突然间吃了这一吓，竟晕了过去。

过了一会儿，作平苏醒了过来，他发现那和尚已不知去向，乌云也散开了。月光之下，眼前不再是一片漆黑。但即便如此，遭受了惊吓的作平还是打消了前往西行寺的念头，慌慌张张地跑回了家。

翌日，作平想起前一晚匆忙之中把曾根的灯笼落在树林中了，于是前往曾根家说明情况。

"曾根大哥，不瞒您说，昨晚我遇到个凶神恶煞的和尚，慌乱之中遗失了您借给我的灯笼。我这就去取回来还给您。"

"我的灯笼？"曾根竟一脸的迷茫，"我昨晚连门都没出过，什么时候借过灯笼给你了？你没有记错吧？"

这话一出，作平心中一惊……

说回平太郎。平太郎等作平一直等到半夜，见他没有回来，心想恐怕他是不回来了。眼见天就要蒙蒙亮了，平太郎打算去睡一会儿。正当他起身回卧房时，感觉到自己的袖子被什么人拽了一下。回头一看，不是别人，正是之前他救助的姑娘。

平太郎当机立断，拔出佩刀朝那姑娘就是一刀，然而方才还在眼前的人转眼就不见了。平太郎无奈一笑，收刀入鞘。第二天天亮之后，作平急急忙忙赶回来，向他诉说了前一晚发生的诡异事，平太郎付之一笑。

从稻生府离开后，作平继续自己的寺庙之行。这一次，他终于从寺庙请了幅佛像回来。平太郎毕恭毕敬地将画像挂在佛龛中。当晚入夜后，他神情严肃地端坐在画像前，有条不紊地念经。

出人意料的事情再度发生，画中佛像竟然自行从卷轴中飞了出来，绕着屋顶飞来飞去。面对眼前发生的一切，平太郎已经见怪不怪，他神色泰然看着一切发生，没一会儿，那画像就自己回到了卷轴中。

是夜，半夜醒来的平太郎发现自己的床榻周边挤满了各式各样、大大小小的脑袋，有一些脑袋在哈哈笑，有一些脑袋在平太郎的蚊帐里到处翻滚……

和妖怪共处成了平太郎的日常。有一天，他在自家卧房中央看到一个孕妇，那妇人大腹便便躺在地上，样貌极其骇人。平太郎胆子极大，不但不怕，反而笑呵呵走上前去，径直坐在了那女人的肚子上。

女人的肚子爆裂开来，从里面爬出许许多多蛆虫，恶臭熏鼻。

七

关注着平太郎家，想要为平太郎献计献策的人可不是就只有一个作平。

某日，平太郎的朋友向他介绍了一个名叫重兵卫的猎人。据说，这猎人尤为擅长使用捕兽夹，曾经抓住过一只道行很深的狐狸精，也捕获过一只在祠堂吓唬人的猫精。

来到平太郎家后，重兵卫四处查看了一番，最终在院子边的一个角落里布下了捕兽夹。

当晚，重兵卫躲进厕所，在厕所门上戳了个小洞，他一动不动盯着捕兽夹周围，期待能一举抓到妖怪。

夜色沉重，犹如一条厚重而光滑的毯子，点点星光衬得周围更加冷清。

重兵卫紧贴着厕所门，聚精会神盯着角落里的捕兽夹。突然，厕所门嘎吱嘎吱响起来，重兵卫还没来得及反应，一只粗壮的大手伸过来，竟将他扔出了厕所。

在卧房休息的平太郎听到院子里"咣当"一声，他心想：莫不是那妖怪被捉住了？

然而，等他举着油灯跑出房门一看，却发现只有重兵卫躺在院子里昏迷不醒，捕兽夹依旧孤零零地待在角落里。

平太郎放下油灯，试图叫醒重兵卫，好不容易重兵卫才苏醒过来。恢复意识的他惊恐地说道："这妖怪可不是什么狐狸和猫，那是天狗啊！"

看到他害怕的模样，平太郎彻底打消了驱赶妖怪的念头。他想，既然如此，那只能看谁能耗到最后了。

自那时起，再有人想要帮他驱妖，他一律婉拒。

过了几日，平太郎儿时的玩伴正太夫前来拜访。他携带着一把宝刀，据说那宝刀是藩主御赐给其兄之物，很是厉害，任何妖魔鬼怪都难敌此刀。看正太夫斩钉截铁要留在稻生府斩妖除魔，平太郎便应允了。

许久不见的两人痛快地畅聊许久，正当两人停下话头时，竟有一个人头从厨房滚了出来。说时迟那时快，正太夫上前就是一刀。人头被劈开了，随即却凭空消失了。正当两人聚精会神等待妖怪再度现身时，那把宝刀的刀身居然从刀柄上掉了下来，弹到柱子上的刀身也断裂开来……一把宝刀就此被毁。

望着眼前的场景，正太夫无比气愤，他悲壮地说："既然宝刀已毁，那我也只能以死谢罪。"说罢，他就要用匕首切腹自尽。平太郎见状赶忙阻止，他劝道："你并非有意毁坏宝物，而是出于好意，想要解救在下，才不小心将宝刀损毁。不如等天亮后，在下同你一起去府上谢罪可好？"

"兄台好意我心领了，但一人做事一人当，这是身为武士最基本的精神……"话没说完，正太夫就用短刀切了腹……

平太郎拦截不及，眼睁睁看着正太夫在自己面前自尽而死。

一直以来，虽然妖怪在自己家里横行，但尚未因此致他人于死地。此时此刻，亲眼看着挚友因自己的家事而亡，平太郎觉得自己无论如何也无法脱了干系——正太夫是因他而死的。他越想越心痛，觉得无颜面对正太夫的家人，而且想到自己也很可能有一天会丧命于妖怪手中，苟且活下来也会受尽世人责难……想到最后，他也生出了自尽的心思，要与正太夫共赴黄泉。

平太郎决心已定，便留下两封遗书，分别留给伯父和新八郎。

正当他拔出刀准备切腹时，突然冲出一个人拦住了他。

"喂！你在做什么傻事？"来人竟是前些日子一直卧病不起的权八。

平太郎将来龙去脉告诉权八，直言自己决不能苟活。

权八听完后问道："话是如此没错，但你先告诉我，正太夫的尸首上哪儿去了？"

这时，平太郎才发现周围已空无一物，躺在身边的正太夫的尸体早已不见踪影，方才断掉的宝刀也消失不见。此时的他终于醒悟过来：哪有什么正太夫，哪有什么宝刀，分明是妖怪在作怪！方才自己是命悬一线，倘若不是权八及时出现，自己就真的上当了。

八

七月最后一天，算起来妖怪已经在平太郎家闹腾了整一个月。平太郎对前一晚发生的事依旧难以释怀——如果没有权八的及时出现，自己的命就没了。他不住地责怪着自己的愚蠢。

怅然良久，平太郎再度抬头时，发现一个武士装扮的人立于自己面前。平太郎二话不说，拔刀就砍，然而那"妖怪"不慌不忙，隐身于墙壁之中。平太郎愣住了，他感觉到此妖不同于以往那些妖怪，定然法力强悍。

不一会儿，墙壁里就传来声音："不要徒劳了，你无法伤到本王的。本王在此现身，是要跟你交代些事。还不放下你的刀！"

平太郎只得听从那妖怪的吩咐，将佩刀放回原位。片刻后，"武士"从墙中走了出来。

"本王不是你们凡人口中的猫精狐狸精，而是山王，常年往来于各座高山之中。前些日子，你曾前往大熊山，当时，恰巧在大熊山的本王发现你头顶凶兆，难以活过七月。本着普度凡人的善念，本王才派出各种小鬼为你挡灾。若非如此，恐怕你早就命丧黄泉了。"说罢，"武士"手持一幅卷轴，声称卷轴中是治病救人的咒语，平太郎乃有缘之人，所以将此轴赠予他，希望他早日学有所成，好去帮助更多的人。

按照他的吩咐，平太郎虔诚跪地，接过卷轴，并诵读一遍。

等平太郎读罢，山王起身离开，嘴里说道："至此，你我缘分已尽。"

平太郎内心涌起不舍，他追上前去，发现自家院子里有一顶颇为气派的坐轿，周围是五六十只神态各异的天狗，想必都是臣服于此山王的小鬼。当山王走到院子时，所有的天狗都跪到地上磕起了头，山王不紧不慢地坐进轿子。

此时，不知从哪儿飘来的一朵云缓缓下落，坐轿和天狗们驾云升入空中……

水魔物语

一

　　被官稻荷神社隔壁有一家小酒馆，在这小酒馆里，经常能够听到附近街头人们的叫嚷声。

　　从这个小酒馆里走出来一位女子，她要去浅草神社后面的观音堂。就在她绕过一棵银杏树的时候，树后面突然窜出来了一个男子，他们擦肩而过，女子瞟了一眼男子，裹紧了大衣，继续向前走去。

　　男子径直走往小酒馆旁边的一家荞麦面馆，行至围墙的拐角处。那里挂着一个牌子，上面写着"公园第五区"。

　　"你是，山西？"一个声音从男子的背后传过来。他回头，发现身后有一名头戴鸭舌帽的男子。

　　他看清了那人的脸，正是他的朋友岩本。

　　"是你啊，你这是干吗？"

　　"我没事啊，随便逛逛。你干吗呢这是？"

　　"我啊，我本来约了一个人，现在有点状况，只好改天再说了。"

"别骗我了，你其实还是想不开是吗？"岩本笑了笑，走了过来。

"管我干什么？你还不赶快去找你的保姆去。"

"哎哟，别这样嘛，是不是那个老太婆？每次都在长椅上坐着的那个？"岩本说着，眉毛一挑一挑的。

"别瞎说了，我才不会理那种女人呢。"

"不是她那会是谁？对，是不是那个卖假花的女人？"岩本将手放在山西的肩膀上，轻轻地拍着。

"哎呀，你瞎猜什么，那种野花我怎么可能去找。走了，别在这儿聊了，去酒吧吧。"山西抖了抖肩，岩本将手放了下来。

二人朝经常去的那家小酒馆走了过去。

他们这些个不务正业的地痞流氓总是来这酒馆坐坐玩玩，岩本每天靠贴电影海报生活，而山西的爸爸则开了一家理发店，他能够在那里帮帮忙。

酒吧里的人很少，他们选择了一个合适的位置坐了下来，点了啤酒。

"你到底怎么了？看上谁了？"酒杯和啤酒被服务员端上来了以后，岩本忍不住问山西。

山西端起面前的啤酒，喝了一口，环顾了周围，说道："那女子原是柳桥的，现在可不一样了，那脸蛋长得那叫一个漂亮，那身材，真是让人垂涎欲滴啊……"山西尽量将自己的声音压得低低的。

"不行吧，你可别轻举妄动，小心警察盯上你。"

"要报警就报警吧，我没办法。"

"你忘记局子里有多冷了吗？虽然现在开春了，可也冷得厉害。"

"我可不怕，我有厚厚的衣服。"

两人说着喝着，不一会儿就喝完了眼前的啤酒。于是，他们又叫了一杯。

"等着吧，有你羡慕我的时候。"山西的嘴角向上扬起。

"你这么有自信呢？那到时候你可要记得好好地跟我聊聊。"

二人一边喝着啤酒，一边说着一些香艳的话题，酒吧里的人渐渐多了起来，不一会儿，就到了十点半。

"我得走了，不能再跟你待下去了。"岩本将帽子好好戴在头上。

"你这是要去哪儿啊？"

"我得去办我自己的正经事了。"

他站起来，向门外走去。等了一会儿，山西也叫了服务员买单，走出了酒吧。

在路上，他想到了一件事。

那信，她应该收到了吧。

二

山西从酒吧里出来的时候，正赶上电影院和话剧院散场，街上一下子多了好多的人。皎洁的月亮在他的头上散发着光亮，他顺着街道向前走着。

他突然想起了那女子，她经常来理发店，所以他经常见到她。他知道她本是被一名会议员包养的小三，怎料她与一个伶人竟然有着不清不楚的关系。于是，他顿时觉得自己的机会来了，他想要逼她就范。

于是，他给她写了一封信：

如果不想你的事情暴露的话，你就从明日开始，十天内，每晚八点到九点的时间里到浅草公所旁的酒吧里来找我，到时候我的大衣上会系一根红丝带，很容易辨认。如果你不肯的话，全城的人都会知道你的事情。

山西越想越开心，脸上不自觉地露出了笑容。

他走上土桥的时候，迎面走来了一个少女，看起来只有十六七岁的样子，那白嫩的皮肤，那美丽的身影，一下子吸引住了山西的目光。

他们两个擦身而过，山西回头看了看少女，又看了看周围，只有几个喝醉的男人，没有什么其他的人，便跟上了她。

他起了歹意，一路跟着少女往神社后的小巷子里走。他一边跟着少女，一边环顾着四周，确定没有其他的人盯着。

路过一片小树林的时候，山西看到远处的长椅上坐着几个女人。只看了一眼，他便认定那几个女人一定不是什么良家妇女，她们在一旁搔首弄姿，大声谈笑。

但是，前面这个少女，山西有把握一定能够搞到手。

树林里的萤火虫飞出来了，在山西的眼前飞来飞去。他和少女保持着一定的距离，因为他不能把那女孩吓着，而且也担心会被巡查的警察发现。那少女的衣裙就在山西面前晃来晃去，搞得他心神不定。

又跟了一段时间后，山西顾不上有没有警察了，他走上前去，喊了一声："嗨！嗨！"

少女回过头来，可爱的脸庞展现在山西的面前。

"你这是要到哪里去啊？"山西十分和气地柔声问她。

少女转过了头，笑了一下，脸蛋上出现了红晕，山西被她迷住了，顿了一下，才回过神来。

"我陪你一起走走吧？"

少女转回身去，向前走去。

"告诉我，你的家在哪里呢？"山西走上前去，此刻他们的距离已经离得很近了。

他们向前走去，来到了一座雕像喷泉的池子边，山西这时候想要伸手去拉少女的手，但是，前面有几名歌妓经过，他只好将手缩了回去。

山西看了一眼那喷泉池子里的雕像，转过头来想要拉住少女的手，发现自己身边什么人都没有了。

他左看看，右看看，依然没有找到少女的身影。

山西不甘心，又返回到树林里找，还是没有找到。

三

山西在约好的酒馆里等着那个小三的到来，他挑了一个好位置，抬头正好能够看到酒馆的大门口。

墙上的表一分一秒地流逝，就快九点了，但山西还是没有看到那女子的身影。

他将衣服上的红色丝带摆好，眼睛依旧瞟着酒馆的门口。

忽然，坐在不远处的一张桌子的年轻人站起身来，走出了酒馆，山西断定他一定是去招妓了。

差十分钟就要到九点了，酒馆门口还是没有那女子的身影。山西有些着急了：她是真的不怕吗？看样子，我还得再写一封信给那女子啊。

山西这么盘算着。突然，他想起了昨夜的那个少女，那婀娜的身姿，那白皙的脸庞，真的是好漂亮啊。

此时，墙上的钟表打了一个钟，提醒着山西已经九点钟了。他想，看样子，那女子今天是不会来了，于是他向酒馆门外走去。他想着，今天要是再遇见那个少女就好了。

他朝着昨天晚上走的那个方向走去，希望能够遇见那个少女。他走上土桥的时候，果然看到了那个少女。她还是那样娇羞，那样美丽。

一看到她，他的心都要跳出来了。

那少女也看到了他，面带笑容，朝前走来。

山西想，今天我可不能够再跟丢了，我要一直紧紧地跟着她。

"月色这么好，要和我一起走走吗？"山西上前去，在少女的身旁停住，问少女。

少女低着头，瞟了一眼他，没有说话，向前走去。

"嗨，你昨天可真神奇，你是怎么溜走的？你叫什么名字啊？"山西跟上去问道。

"美奈和。"对方终于开口了。

"美奈和……美奈和……你叫美奈和。"山西一遍一遍重复着少女的名字，少女依旧朝前走着。

"你的家在哪里啊？"

少女没有回应。

"我们一起走吧。"

山西见少女朝着远处的山上走去，以为她是要到那山上的长椅上去坐一坐，便开心地尾随过去。

他们穿过池塘，上了一座桥，走上桥后，山西准备伸手去拉少女的手，发现……

身边的少女，再一次不见踪影。

山西寻找着少女，依旧一无所获。

四

过了一日，山西一开始还是在酒馆里等着那名小三，结果还是没有等到。于是，他又想到了前一日消失的神秘少女，就走了出来，去往遇见她的那个土桥上。

但是，他依然没有等到。他又到山上的长椅上坐了一会儿，还是不见那少女。

这时候，夜已经深了，许多商店都拉下来了门帘，准备睡觉了，但是山西不想就这么回家去，他想起了在邮局附近一家肉铺里帮忙的女子，也还蛮好看的。

他走下山去，向那肉铺走去。他走到商街中央的时候，面前出现了一个熟悉的身影，恰是那屡屡消失的神秘少女。

"哎，是你啊，昨天你又溜走了。"山西走上前去与少女搭话。

少女没有说话。

"你这是要去哪儿啊？"

她的脸转向电车大道的方向。

"我陪你吧。"山西经历了两次失败。这一次，他可不想再让她溜走了。

少女点头同意了，山西赶紧跟在她的身后，眼睛一直紧盯在她身上，生怕她再次消失。

穿过街道，走过了吾妻桥，少女继续朝前走。山西心想，这女子一定是要把他带到一个廉价的小酒店里，再好好地与他缠绵。

"还没到吗？要不然我带你去一个地方吧。"

"跟着我。"少女说。

山西没有放弃，继续跟着少女向前走去。他们路过一个站岗的警察，山西心里有些害怕了，于是他装作一副很关心少女的样子来，蒙混了过去。

少女没有停下来的意思，依旧往前走去。

他们路过沈桥，远处就是河岸了，旁边有一个公共厕所。少女到了那公共厕所的时候，立即朝前跑去。

山西害怕少女跑掉，也向前跑去追她。

过了那河岸的石堤，少女没有停留，直接跳进水中。山西跑过来，却愣在了原地，他不知道该怎么办才好。他在石堤上走来走去，在水中寻找着少女的身影，可是没有任何结果。

慌乱之下，山西都把腰带解开了。但他又仔细一想，这样让别人看到了真的是无法解释了，他就将腰带系好，看了看周围，见附近没有人，就走了。

五

他心里一直以为，少女因为他而跳河自尽了，心中十分害怕。他不敢出门，不敢去经常去的酒馆。每天收到最新的报纸，他就匆匆浏览一遍，看看有没有有关失踪少女或者在河边捞到女尸的消息。

一连好几天，报纸上都没有有关的消息。山西舒了一口气，觉得自己应该没有什么危险了。这时候，他已经在家待了好几天，是时候出去转转了，不然会让人产生怀疑的。

他出门了，突然记起千束町那儿有家假花店。于是，他朝那边走去，穿过一道道小巷子，来到了一家小餐馆。

他走进去，招呼老板来一瓶烧酒。

"好嘞，先生你先坐。"

老板答应着，从柜子上拿下来一瓶酒，拧开盖子，递给身后的服务员。

"再来点什么吗，先生？"

"有乌贼吗？"

"这个今天没有了，不过油豆腐还是有些的。"

"那就来这个吧，再来一壶酒。"

"好的，先生稍等，美奈和，再烫一壶酒给这位先生。"

美奈和？

等等，这个名字为什么这么熟悉啊，这不是那失踪的神秘少女的名字吗？山西突然想起来。

此时，那服务员转过身来，将烧酒放在山西的面前。

山西仔细看着她的脸，那张脸分明就是那失踪少女的样子，是她，就是她。

山西的眼睛就要吓得瞪出来了，他丢下了手里的筷子，赶紧结了账，跑出了小餐馆。

他跑出来，想着到底是怎么回事，难道那少女对他怀恨在心，要来报复他？他不知道。

走着走着，他发现眼前有一个小酒馆，他走进去了，坐在了一个座位上。

"先生，你想要来点什么呢？"一个服务员走过来了，对他说。

山西抬头看了一眼那服务员，那张脸，依旧是那少女的脸！

他惊恐万分，一句话有没有说，连忙跑了出去，一路上他用自己最快的速度跑着。

跑到一半的路程，他遇见了岩本。

"喂，山西，你怎么了？"

"没事。"

"你不会被什么给迷住了吧？"

"没有没有，刚刚受到了一点小惊吓。"

"那我们到常去的酒吧坐坐吧。"

山西心里想，去那酒吧应该没问题吧，那儿可是他经常去的地方。二人到了以后，山西刚进酒吧就开始环顾四周，看到每一个服务生的脸都是正常的以后，终于放心地坐了下来。

"你这几天去哪儿了？我怎么都没有见到你？"

"没事，理发店忙。"

"不是吧，你是不是被警察逮住了？因为那小三？"

"不是不是，你想什么呢，真的是因为理发店忙。"

此时，酒吧的服务生告诉山西有人找他，他转头向门口看去，发现真的有一个女仆站在那里，他心里想，是不是那小妾派来的人啊，于是他走了过去。

那女仆看到山西走过来，问他："麻烦问一下，您的名字，是山西时次吗？"

"是的。"

"这里有一封我们家主子给您的信，还劳烦您回复一下。"

山西打开那封信，果然是那小三写来的，信上说，要让山西悄悄地跟着女仆走，去找她，她有事要跟他商议。

于是，山西回过头来给了岩本几张纸币，让他结账。

"那个小三吗？她中计了？"

"应该是。"说完后，山西转身就走了，留下了岩本一个人。

岩本想，这事我可不能够错过，结了账后，跟在女仆和山西的后面就出去了。

他看到二人穿过了好几条街道，来到了一个门口挂着"山口花"的屋子前，那屋子一看就知道是女人住的地方。

女仆领着山西从旁边一个黑漆漆的小门钻进去了，那样子，看起来是个后门。

六

山西已经有五六天没有回家了，他的母亲着急坏了，只好去找他的好朋友岩本。

"什么？山西已经五六天没有回家了？"

岩本将他知道的事情都告诉了山西的母亲，随后他们去了那个挂着"山口花"牌子的屋子。

敲了门后，有一个老太婆出来了。

"请问，我的儿子在这里吗？"

"谁是您的儿子啊？"

"啊，他的名字是山西次时，这位朋友说，他亲眼看见你家女仆将我的儿子带了进去。"

"抱歉，你们应该是弄错了，这里没有什么山西次时先生。"

"不可能，我亲眼看见那个女仆将他从后门带进去了。"岩本不敢相信。

"哦？那你说的那个女仆是什么样子的？"

"很年轻，皮肤白白的。"

"那你一定是搞错了，我家的女仆都是年龄很大的老婆子了。而且，我们家院子后门是一片湖泊，不通陆路的，只能走水路。"

岩本不相信，去屋子的后面看了看，果真是一片湖泊。

他们在水边看了看，一种阴森恐怖的感觉袭来。屋子的周围也都是邻居的院墙，没有任何能够进去的小门。

过了一段时间，这城里的人都知道了"水魔"的故事。而山西次时自此便失踪了，再也没有回过家。

骑在尸体上的男子

这个女人的尸体已经停留在房间里好几天了，心跳早已停止了跳动，血液也已经凝固，身子僵硬如冰。

尸体就那样静静地躺着，无人问津。因为大家都知道，即便是将这个女人埋了，她的怨气和愤怒也会将厚重的坟墓掀开。所以，住在她附近的人能躲则躲，纷纷搬离此处。

这个女人是因为悲痛和愤怒而死去，她被自己心爱的男人休掉。这份哀怨之气，即使她命丧黄泉，也难散去。是的，她要等着那个负心汉回来。

女子辞世之日，那个男人正在外地游玩。当他听闻此消息后，对女子的阴魂未散尤为恐惧，寒气从脚底而起，不禁让他不停打战。

"天黑……天黑之前没有人帮我的话……"男人自言自语道，"她一定会来找我，她会把我撕成碎片。"

男人变得疯癫，拼命向某处跑去。他深知，虽然此刻只是辰时，但往后的每一秒钟，都决定他是否能活过今夜。

不久，男子找到了一位道行高深的道士，乞求他能伸手相助。道士曾经见过女子的尸首，对于她的故事也有所耳闻。于是，道士思量些许，对男子说："事已至此，你已难逃此劫。但是万事皆有余地，我会尽力助你化解，但你必须完全听从我的指挥。"男人点头同意。

道士接着说道："目前，能让你逃过此劫的只有一个法子，但此法凶险。

要么你斗胆尝试，赢来生还的希望；要么你将被她活活撕成碎片。此事由你来定，如果你有勇气尝试，便在日落时找我。"

男子听后不寒而栗，但为了能够继续存活，他答应了道士的所有要求。

日落西山，燕雀归林。男子找到道士，随道士一同前去女尸所在的屋子。入院，道士推开屋子的门，让躲在身后的男子进去。男子不由自主地后退，并失声道："我不敢！"他紧闭着双眼，不敢向屋内瞧，冷汗浸湿了男子的衣襟。

男子哀求道："我连看她的勇气都没有。"

"去看她与你将要做的事相较，可谓小菜一碟。"道士义正词严地说，"你先前答应过照我的意思去做，进去！"

在道士的强迫下，男子颤颤巍巍地进了屋子，一步三回头地走向女尸。此时，女尸正面朝下地放着。

道士说道："现在，你必须骑到她的身上去，然后像骑马那样紧紧地坐在她的背上。"道士见男子不动，催促道，"快点！你已经别无选择，必须如此。"

男子抖动着，为了生存，他咬咬牙，一屁股坐在了女人的身上。

"你现在用左手抓住她的一半头发，右手抓住另一半。"道士接着说道。

男子按照道士的吩咐，小心翼翼地将女尸的头发抓起。

"双手要用力！就像是握缰绳那样紧紧勒住。对，就这样。"道士见男子照做，点点头，语气稍缓，"准备工作已经结束，能否救自己，就看你接下来的做法……听我说，你必须保持这个样子，直到明天天亮。夜里可能会有极其恐怖的事情发生，原因有许多，但是无论发生什么，你都要牢牢抓住她的头发，切莫松开。因为，一旦你松了手，哪怕只有一瞬间，女尸的头发就会变白，那时，即使是天上的神仙下凡，也只能束手无策。"

男子点点头，他紧闭着双眼，双手牢牢抓紧头发，双脚死死扣住女尸的身体。道士俯首，在女尸的耳边轻轻念了几句咒语，起身对男人说："好了，剩下的事情全靠你自己了。我需要离开这里，保证你的安全。待明天清晨，我再来看你。"道士又叮嘱道，"切记，无论发生什么，你都必须保持这个姿势，千万不要松开她的头发。切记，切记，今晚就看你的造化了。"

说完，道士拂袖而去，关上了房门。屋子里只剩战战兢兢的男人和冰凉的女尸。

时间一分一秒过去，对于男子来说，这每一秒都是煎熬。夜深人静，黑暗将男人拖入无限的恐惧之中，每一丝毛发都能感觉到咄咄逼人的寒气。

终于，男人受不了这份恐惧，绝望地尖叫着，叫声划破了这死一般的沉寂。突然，女尸有了动静，她猛然地跳了起来，左右摇晃着身子，试图将男人摔下自己的身子。边摇，女尸边喊："太重了，太重了！我要找伙伴们来帮我。"

说完，女尸便推开房门，向屋外冲去，在苍白的月色下，只见其背上一直背着那个男人。

男人被吓坏了，他感觉到死亡已经扼住了自己的喉咙。但是，他丝毫不敢忘记道士的话，牢牢地、紧紧地抓住女人的头发。男人手中冷汗热汗交杂，已将女尸的头发浸湿。骚动中，男人紧紧地闭着双眼，他不知道女尸跑了多久，也不知道她跑到了哪里，更不知道周围发生着什么，他只听到啪啪的脚步声，以及她发出的嘶嘶喘息声。

又不知过了多久，女尸停下了脚步，此刻她已经疲惫不堪。最后，女尸又跑回了原来的屋子，躺在她原先躺着的地方。此时，女尸只是喘息间连带着哀叹，不再管骑在她身上的男人。

直到天际泛白，一声鸡叫宣告着第二天的伊始。阳光穿过云层洒向大地，当阳光透过窗户照进屋子时，女尸再无声息。此时，男子已经吓得魂飞魄散，只是僵直地坐在女尸身上，双手仍紧紧抓住女尸的头发，等待着道士的到来。

道士走进屋子，看了看女子的头发，并未变白，满意地点了点头，笑着对男子说："很好，你都按照我说的做了，并未松开过她的头发。"然后他俯下身子，又在女尸的耳边念了一些听不懂的咒语，对男子说："现在好了，你可以起身了。"

男子呆呆地站了起来，余惊未了。道士见此，安抚道："想必你度过了一个十分恐怖的夜晚。但是别无他法，仅有此法可以救你。庆幸的是，现在你已经安全了，她不会再来报复你了。"

　　故事到此已经结尾，负心人未受到惩罚，可怜女尸也未有结果，不符合道德传统观念的结局也只能放下。据说，男人只是激动地流下了泪水，万分感激地跪拜道士。据说故事中骑尸男子的孙子，以及道士的孙子，依然活在那个小井镇里。

银簪恨

冲绳曾有过一段被称为琉球国的年代。在那个年代，社会等级制度盛行，阶级划分相当严格，连佩饰也都严格遵照等级制度以金、银、木的方式进行划分。王侯贵族是金制饰品，士族女性是银制饰品，而平民则是木制饰品。因此，作为女性日用装饰品——发簪，自然也是有所差异的。那时候，发簪不仅是女人身份的象征，更是维护自己贞操的武器。也就是说，当女人受到非礼待遇时，便可以拔下那头上的发簪，通过刺穿喉咙终结生命的办法，保持清白之身。

而后，发簪不仅在寻常人家流行起来，还逐渐在妓女间流传开来。而那些妓女们所佩戴的发簪，和士族妇女是一样的，都是银制品。

对于妓女而言，发簪的意义不仅仅是装饰品那么简单，更是她们唯一的财产。因此，能制作出这些精美华丽发簪的金匠们，在妓女们眼中更有着不一样的地位。

其实，要做一枚上等的发簪并非易事，它不是一朝一夕能做好的，而是需要金匠师傅们用多年积攒下来的经验技术，细细打造，才能完成。技术不精湛的金匠是做不出好的银簪的，更别提做出那种内部雕成中空的高技术发簪了。

大约在明治三十年，一所名为香香小筑的青楼内，有位叫作荷花的漂亮妓女。而她头上所佩戴的银色发簪，是一枚相当精美华丽的银簪，闪烁着耀眼的光芒和绚烂色彩，与荷花的美貌相形映衬。据说，这发簪实为名匠比嘉的得意杰作，而荷花本人，也甚是喜欢这个银簪。

时间飞逝，转眼，已经过去了十几年。当年的名匠比嘉早已退隐，而接替他的便是现年二十七岁的森宫三郎。三郎自小学习这门手艺，接替其师的职位之后，技艺与其师相比较，是有过之而无不及。因而，每天慕名而来的妇女和妓女都很多，生意较以前兴盛不少。再者，由于三郎至今未娶，更是因此吸引了不少年轻貌美的女子和妓女前来定制发簪，而三郎也将自己的全部心思放在事业上，对情爱事宜并不在意。

有一天，一位名为小曼的妓女来三郎这儿定制发簪。三郎被这位美丽的妓女所迷，从此经常出没青楼。凑巧的是，这里正是当年荷花所在的香香小筑。

妓女小曼所在的房间，位于一楼最内侧，是一个淡雅舒适的六平方米大的房间。墙角摆放有两种颜色相宜的衣柜，梳妆台和琴则摆在床铺旁边，房间中央摆着一个长方形的火盆。而窗外，则是一片绿意盎然的景象，让人心旷神怡。

事情发生在此后的第三个月。在两人交往的三个月后，某天夜里，三郎与小曼一番亲热后，倦意丛生，便躺在床上睡着了。可就在三郎熟睡之际，他却若隐若幻地听到似有女人的哭泣声。三郎很是疑惑：如此夜深，会有谁在呢？

一开始三郎以为是幻觉，可是，这声音却是如此真实，而且，就在距离三郎不远处发出的。三郎循着这哭声望去，只见有奇怪的光芒从那火盆旁发出，甚是不可思议。

"是谁在那儿呢？"三郎说道，"我不知道你是谁，但是你是青楼卖笑的吧？误闯客人房间是很不应该的行为。今晚之事，我会当作没发生过的，请你也快些出去。"

三郎不带一丝怪罪地和那坐在火盆前的女子说着，女子没有做声。

"你怎么不说话呢？是没听懂我的意思吗？"

女子依旧沉默，只是偶尔听得她似乎在低声抽泣。突然，女子哀叫起来："好痛！好痛！我的眼睛……我的眼睛好痛！"

在一阵哀叫后，女子又转而开始低声抽泣。而她刚才的那番哀叫，已让三郎内心相当苦闷，而那并不是自己所深爱的女子的声音，而是充满凄楚、苦涩和痛苦的声音。听着这种声音的三郎似乎被这凄楚的声音所撼动，他略微探出头去，想看清这哭泣女子的真容，而那女子，也刚好转过身来。

三郎原本就因为那凄楚的哭声闹得有些紧张不安，结果，对方那转过来的面孔，让三郎顿时惊恐不已：毫无血色的脸，凹陷的双颊，还有那早已苍白不已的嘴唇……更为恐怖的是，那女子没有鼻子，她的一只眼睛里插刺着一枚银簪，而血，则似血泪般，一股股缓缓流下。

女子又一次发出哀叫："好疼，好痛！眼睛！我的眼睛！"

这一次，女子不再是坐在原地哀叫，她缓缓地朝三郎逼近，三郎受到惊吓，当场昏死过去。也不知道过了多久，三郎的意识才渐渐恢复，他睁开眼，却看到小曼正在一旁看着他，显得很是担忧。

三郎并没有对小曼提及当夜那极度恐怖的事情，因为他知道，即使说了，也没有人会相信这种怪谈的，更何况，堂堂七尺男儿，竟被一个女子吓晕，这说出去也不是什么光彩的事。

可是，事情却并不是一次就了结了。从那天起，以后每当三郎在小曼那儿过夜时，总能碰到那女子的亡魂在抽泣，而那女子，每次都出现在同一个地方，说着近乎一样的话："眼睛好痛，眼睛好痛！求谁来帮我……请帮我拔掉这银簪！我将来世报答！"

这件事使得三郎很是困扰，这种困扰一直累积着，直到有一天晚上，他的忍耐已经到了极限。这一晚，他惊叫着大呼救命。由于他的惊叫声，小曼飞奔到房间里，而后老鸨、妓女们和一名寻芳客也纷纷赶到。

"到底怎么了？"

在小曼的搀扶下，三郎才稍微镇定下来，恢复了神智。三郎开口将自己看到的事情一字不漏地告诉了大家。结果。在场的老鸨和妓女们听罢，都万分震惊，害怕不已。经过一番犹豫之后，老鸨终于道出事情的真相。

原来，这是关于妓女荷花的故事。当时的老鸨也不过就是一名普通的妓女，而荷花是她的好朋友，两人常在一起探讨关于恢复自由之身的事情，彼此都希望能开一家属于自己的店面。可是，当年，荷花在一次奔赴老鸨的宴会时，却突然生病去世。而那天，老鸨正好跟她借了那枚她最宝贝的银簪。

老鸨说："荷花的突然病逝，让我有些措手不及，等她要入棺的时候，我才记起还有这枚发簪没有还她。于是，在惊慌中，我拔起发簪就朝棺内扔去……"

"怪不得那女子的眼睛插着银簪！"三郎大惊，说，"不过那银簪定不是普通的银簪，绝对是名师之作。因为那样的银簪，就连我都无法制作出来。"

"大约是因为我们没有去拜祭荷花的缘故，所以她现在才会变成这样。"老鸨哀叹着，"当年，我就不该往里面扔那银簪。"

第二天，老鸨便带着荷花昔日的好友、女伴们一同前往拜祭荷花。当然，三郎也随同小曼一起去拜祭了她。

青蛇

乳白色的灯罩微微透亮，似白月光。光打在阿叶的瓜子脸上，将她的美照得无处可藏。

阿叶动作轻柔地为客人的酒杯斟上酒。酒水从酒瓶里倾泻到几近见底的酒盅，发出泉水流动般的乐声。

"怎么样？"客人问阿叶。

说话的人是野本天风，他曾是个记者，就职于一家报社，如今却沦落为中国人所谓的"文妖"。但其实，中国人讲的文妖，说的是影响社会正统思想的文人，而非他这样的沦落记者。但既然大家都这样叫他，就姑且如此吧。

野本天风年纪在五十岁左右，身材矮胖，黑黑的圆脸油得发亮，却戴了一副与气质极为不符的金丝边眼镜。他今天穿的是一身褐色的斗篷，斗篷底下配了一套竖条纹的衣服，这套衣服一眼看上去是不怎么显眼，但事实上却是用名贵的大岛绸丝织物裁成的。因为"文妖"需要在风月场所靠和富人攀关系赚钱，不免就要穿得好些，不然都入不了富人的眼。

阿叶对着天风淡淡地笑了一笑，用轻得只有他俩才能听到的声音回答道："可以的呀，但是到哪里去呢？"

原来，在这短短的五六日里，天风一直都在讨好阿叶，又是小费，又是带着对方去拍照，花了不少心思。

阿叶的话让天风的脸上即刻露出了笑容。

"公寓酒馆，随阿叶挑。"

天风的说话声并不大，但阿叶还是怕被同事们听到。她偷偷看向同事正在招呼的那张桌子——和他们仅隔了一个火盆的距离——有两个客人正在向她的同事要茶水。

阿叶又压低了声音道："都可以。"

"那你来得了吗？"

"十二点差二十分的时候可以，不过你要先出去等我，因为一起出去太惹人注意了，就在吃鳗鱼的地方等吧。"

"嗯，那就这样。"

天风一下子答应了，然而他手上仅剩的钱就只剩二十日元了，给阿叶十日元后，仅剩的十日元去吃个鳗鱼是够的，但是却付不起车费了。天风后悔刚才的满口答应，然而刚才谁让他自己说，一切都是阿叶说了算呢？

不过随即他又想，吃鳗鱼就吃鳗鱼吧，反正天一亮就可以问朋友去借点钱的。他有个朋友，在神田开了杂志社，对方应该能借给他一些钱。有了可行的法子，天风就又期待了起来，他瞥了一眼左手，上面是他的手表。

"已经十点过十分了，阿叶真的会来的吧？"

"我为什么要骗你呢？一定会去的。"

"哦，那我这就先过去，阿叶你帮我买单吧。"

"结账！"

阿叶立即去店铺的大理石柜台那儿取了小票，一共是一百五十银币。

"记得，十二点差二十分，可别迟到了哦。"

"行行，知道了。"

天风这才肯离去，走出门口的时候，店门口的女服生们态度亲切地同他道再见。天风走在冷风呼呼的街道上，看不到一个行人，也见不到任何小摊，冷冷清清的道路开阔得都有点不像话。

没多久，天风就走到了电车轨道交汇的一个十字路口，因为有车站，他的视线里终于有了行人的身影。寒冷的天气里，站台上的乘客都裹着披风，冷风吹得他们都缩着身子不愿说话。

天风急于在这冷天早些赶到约定的地点，过马路时都不等呼啸而过的汽车喷出的尾气消散，就匆匆忙忙穿行过马路。电车是一长串的，天风只能等电车走远，再上人行道。这一路急急忙忙走来，嗓子本身就不好的天风感觉自己的胸口有些不舒服。为了让呼吸恢复顺畅，天风的脚步停了下来。

然而，当他在一处站定的时候，脑中莫名其妙地就出现了一条小蛇。那小蛇肚皮惨白，背上的颜色却是鲜艳欲滴的青色，小蛇扭啊扭，让刚吃过饭的天风恶心得想吐。

他是不该去吃鳗鱼，因为本就已经吃不下了。

天风觉得他会突然想到蛇绝不是莫名其妙，应该同他最近的一次采访有关。身为记者的天风也开设了一个报纸专栏，专栏的内容是一些店铺的介绍，专栏名字没什么新意，就叫"店铺寻访"。今晚，一位自家店铺不久前被报道过的相机店老板，为了感谢天风，赠送了他二十日元的零用钱。相机店老板还请天风吃了一顿中餐。席间，中餐店的掌柜热情地向天风讲解各种关于中国美食的知识，天风也摆出一副懂行的样子。中餐店掌柜看天风对着中华美食侃侃而谈的样子，便以为天风是个真行家，就拿出一罐子蛇泡的药酒来，正是那条肚皮惨败、背上青绿的蛇。架不住掌柜的盛情邀约，再加上天风人前好面子，于是就那样强忍着恶心，将那泡了蛇的药酒灌进了肚里。

"好好喝啊！"他那样说着，其实胃里早已翻江倒海，还得附和着老板夸赞这里的蛇羹鱼翅。

此时再回想起来，那种作呕的感觉依旧不变，强烈地冲击着天风的胃，逼得他要吐。如果不是同阿叶有约，天风此时马上会调转脚步去一家咖啡馆，喝一杯能中和胃酸的威士忌苏打水。

天风和阿叶相约的地方有些偏僻，隐蔽在从大路分叉出去的小巷子里。天风一路穿过有警亭的人行道、马路的十字路口，再拐进道路左边的小巷子。半夜的小巷非常寂静，只有几扇窗子的灯还亮着，那无一不是在准备天明后营业的食品店发出的，黯淡的窗子都是属于住宅区的屋宅的。

　　因为天风走的是小巷里的路，所以能直接从鳗鱼店后门进去。有个同天风还算相熟的女服务员从他一进门，就直接带他上了二楼。

　　"两个的位子，但另一个人还没来。"

　　"是约了人啊。"

　　"对，半个小时之内就会到。"

　　"好的。"

　　他们一边说一边走到了二楼走廊的尽头。店里的包厢都在墙上安了壁龛，小小的，排成一列。天风被带到了最右边的那个包厢。

　　女服务员问他："这间可以吗？"

　　他点头回答不错，就径直进去，一屁股坐到了矮桌跟前。

　　"咦，你那位常客呢？"他坏笑着问女服务员。

　　女服务员知道天风说的是谁，答道："回去了，怕太晚了他家那婆娘又问起来。"

　　天风听到这样的回答，却没有像往常那样和对方打趣调情，因为他已吃饱喝足，阿叶又有随时赶到的可能，所以天风选择了老老实实地点菜。

　　"来之前已经吃过了，鳗鱼就不要了，要些啤酒吧，另外还有什么东西？"

　　"让我想想……太和汤、生鱼片、烤山鸡……"

　　"有烤山鸡啊，那就要个烤山鸡吧。别的等我约的人来再点吧。"

　　在为天风拿来啤酒之前，女服务先为他上了茶水。天风点了一支烟，开始等阿叶。

　　女服务员为他倒酒的同时开始打趣天风："对不起啊，我没有和你相约的那人一样美，委屈你了。"

　　"但在她出现之前，就只有你了。"

"你要的美人是怎样的人啊？是歌女还是女招待？"

"我只能告诉你，她是个既年轻又美丽的女子。"

"啧啧，听得我鸡皮疙瘩都起来了。"

女服务员倒完酒后就出了包厢，留天风一人在包厢内思绪纷飞。年轻女人裹着作画用绢布的曼妙身体，出现在天风的幻想里。事实上，天风是一个还保留着小青年才有的那种伤感情怀的男人，即使他经年出入于风月场所，已和众多女人周旋过。然而，没过多久，美好的女子胴体便消失了，取而代之的是他老婆丑陋的身体。短小的躯体、老而干瘪的皮肤、浓重的黑眼圈，和那凌厉得有点可怖的眼神，一具完完全全令人厌恶的身体，让天风即刻兴致全无。天风想起，离开家时，妻子像得了失心疯一样朝他大吼大叫，还把锅碗瓢盆都砸得稀巴烂的情形。

"你这个负心汉，就这样抛弃了为你付出了那么多的我！"

妻子还说了许多难听的话，说话时那狰狞的面目让天风都怕了，从那之后，天风对妻子不再是讨厌，而是像黑洞一样无尽的恐惧。

他们之间原本不是这样的，就在两人一起去横滨之后，事发突然，他们的关系有了变化。那期间，丈夫天风去会见了他办了杂志社的友人，妻子则用着短短的两三天学习花艺。然而不知怎么的，妻子在那之后，一回到家，就变了模样。天风被弄得精疲力竭……

"怎么眉头都拧成疙瘩了，是有什么麻烦吗？"

天风要的烤山鸡上来了，女服务员放下盘子后动作自然地坐到了他旁边。

天风装作若无其事地说："我只是在苦恼，约的美人这时候还没到啊。"

说完，他开始吃相夸张地嚼起那烤山鸡的肉串来。

"味道真不错啊，不错！"

"哇，你这也太夸张了吧。"

张牙舞爪的妻子又继续侵入天风的大脑，她先是以一个渗着冷冷汗珠的白得发青的身体出现，转而又变成了一条白肚青背的蛇。天风的胃马上迎来一阵恶心的翻腾。

为了缓解这股恶心，他停下来喝了口啤酒。

"味道真不错。"

他要继续掩饰着，结果那个女服务生却已经不知在什么时候出去了。因为那样狼吞虎咽的关系，再加之想象所产生的恶心感，天凤的胃里又开始一阵翻涌，他不该那样狼吞虎咽的，要是待会儿吐在计程车里，那又会搞坏气氛……

"大美人来了。"

女服务生领了阿叶开门进来。她边开门边和阿叶热络地交谈着，看样子她们像是熟识。

"嘿，我还以为你说的大美人是谁呢，原来是阿叶啊！野本先生，你应该到时候请我吃顿好的。"

"可以啊，"天凤笑着回应，打算捉弄她一下，"咦，不是啊，你刚还对我很热情呢，说要叫我去小酒馆里好好聊聊，现在怎么换说法了？"

女服务员笑嘻嘻地递了阿叶一个眼色，表示她和天凤之间并没什么，并问阿叶："阿叶点什么吃的？"

"其实我也不饿，要两份鳗鱼装起来带走吧，我拿回家去给爸爸妈妈吃。要请人开车送到我家。"阿叶看向天凤，"可以吗，野本先生？"

"为什么不可以？我也不饿。"

等女服务员走出包厢后，天凤抬手看了看手表，转而对阿叶说："不早了，再五分钟就十二点了。先走吧，如果等下饿了，再找个地方吃些吧。"

"咦，野本先生为什么这么着急呢？让我看着鳗鱼打包送走再走吧。"

"哦，那要么先喝点酒吧。"

"我不，什么酒都不想喝，让我来给你倒酒吧。"

说罢，天凤的酒杯里就咕噜咕噜冒起了啤酒泡沫。

阿叶不想喝酒，但对一旁的烤山鸡倒是很有兴趣，她问天凤："可以吃一些吗？"

"当然可以，这鸡是山鸡，味道很好，要不要我再点一些？"

"这些已经够了，别再点了。"

阿叶拿起一块烤鸡肉，开心地吃了起来。天风便在一旁盯着她那红艳嘴唇和细白整齐的牙齿看。

顷刻间，大半只烤鸡都被阿叶消灭了。

天风看阿叶又拿起之前他要吃的那块鸡肉，便赶紧问阿叶："我还是再给你点一份吧。"

"够了够了，不要了，我喝你一口酒吧。"

拿帕子擦了擦手后，阿叶就拿过天风的啤酒灌了一口。女服务员则在这个时候进了包厢。

她同他俩说道："鳗鱼已经好啦。我想着你们应该不会再要别的了，就做主把小票打出来了，直接可以结账了。"

然而天风的胃十分难受，没有精力讲什么幽默的话。直接拿出装有照相机店老板给的零用钱的钱包，像是不缺钱一样，潇洒地取出其中的十日元票子，给了女服务员。

结了账后，阿叶又提议："还是你先出去吧，走到马路对面的小巷子口那儿，我一会儿到那和你汇合。我怕和你一起出门被人碰见，那样就糟了。"

"好的。"

"那你现在先走吧。"

"嗯。"

虽然天风这样说，但女服务员还有找零的钱没给他呢。一共五块钱，如果算小费，也就给女服务员两日元，还有三日元是他的。天风想拿了这三日元再离开——可是他要是这样说了，就没什么面子了。天风无可奈何，最后还是一个人出了包厢。好在，女服务员正拿着找零要回包厢。

"有两日元是给你的小费，其余的都给阿叶吧。"

"那谢谢你了，我这就去给阿叶。"

天风装作阔气地径直出了店铺，内心却心疼得要命。那两日元都够他打车了，阿叶还可以拿另一张十日元的钞票……他边走边想着这些，半晌才回过神来。

一会儿之后，天风走出了幽静狭窄的小巷子，电车轨道在他的左手边，他沿着轨道走了一小段，拐进了另一条更加昏暗的小巷。小巷两边是有高有低的棚户，棚户里有几盏光亮微弱的小灯亮着。天风步履不停地往前，一直走到巷口。在巷口，天风看到了一幢正在出租中的两楼高的出租办公室，还有印刷店在前面。

阿叶一直不来，天风在巷子口左等右等，不免急了起来。他想起阿叶与那女服务员熟络的样子，猜她也许还在谈天说地，如果是在聊天，还聊这么久，那阿叶实在是太过分了！

当天风又一次朝巷子那头看的时候，终于看到了一个人影。

阿叶终于来了，天分这样想着，情绪总算有所缓和。他立马活动起快要冻僵的身体。

然而，当天风看清走来的人影时，他两眼圆睁，不敢相信眼前所见。如月光一样的朦胧光线笼罩着那身影——这是一具看不见头的身体。天风一开始还以为是阿叶用什么包住了头，于是准备去拉阿叶的手。然而，随着目光过去，他看清女子两手提着的东西——右手上是一个脑袋，精致美丽，和他苦等的女子一模一样的面容。左手，则是一个食物盒。

天风直接大叫一声，吓得晕倒在地。

后来，天风被巡逻的警察发现了，当时他晕倒在巷子口，没有一丝意识。快天亮之前，野本天风被送回了家。

自此之后，天风因病卧床不起。

荒宅怪女

天色一点点地暗了下来，像是一块黑色的绒布覆盖着一切，雨滴穿过绒布洒落下来，密密麻麻地形成一块幕布，横在三岛让回家的路上。三岛让看着湿漉漉的地面和已经被雨滴溅湿的裤脚，只能继续走着。

藤原学长的劝告还回响在耳边："她的身份应该还是有些可疑，我觉得你应该再去仔细研究研究，总不能随便就这样和捡到的女人同居吧？"

藤原学长是法学部的学生，自然会比较谨慎小心。

但三岛只是不置可否地耸了耸肩：现在男女之间发生一夜情应该不是什么离奇的事情吧？

何况，就算他连这个女人的名字都不知道，更不知晓她的经历的时候，但是总不会比自己的出身更差吧？

三岛摇摇头，继续往前走着。学长家住在这座山上，现在刚刚过了 10 点，四周的居民区便安静得像是没有人居住一般，估计也不会有计程车从这里经过吧，毕竟下午的时候这边也没有计程车出现，看来搭车去电车站的想法只能放弃了。

可是她还在家里等着自己呢！三岛让脑海之中出现了小情人坐在客厅专心等待着自己的模样，顿时心中一暖，脑中不禁回忆起了遇到这个小情人的那一天。

三岛出生在海边的一个小城，当医生的父亲与承担照顾家庭责任的母亲一直非常恩爱。直到三岁的时候父亲去世，母亲迫于生活的压力，才带着他改嫁到从事渔业生意的人家。他从小便体会到寄人篱下的滋味，等到母亲也去世的时候，继父一家对他的冷漠与厌恶让他终于下定决心离开，他到了现在的城市，准备开始参加高等文官的考试。

考试之前，他突然想回到海边放松几天，也许是童年的记忆一直在内心怂恿他吧？他这么想着，便订好了去海边度假的票。

这个季节的海边并不是太舒适，黏腻的空气让人感觉好像全身都有细小的昆虫在蠕动。三岛从旅馆的沙滩椅上起身，看着远处的落日散发出昏黄色的光芒，再投射在松树林上。松树林并不是很宽阔，连接着一片栎树林。三岛此时便信步走到了这片栎树林中，此时的栎树的鲜绿已经变为金黄，风吹过的时候，金色的波浪便与林外的稻田连成一片。

风拂过的瞬间，三岛感觉到一身轻松，连脸上、身上的黏腻感都忽视了。他心头一动，径直往林外的稻田走去，田边有一条小河，蜿蜒着向前。而河堤上的柳树下通常会有人坐在那边钓鱼。

穿过栎树林，看着稻田中金色的稻子，还有一小畦种着萝卜、大葱等青菜的菜地。三岛转过头来，河堤上依然有好几个人正坐在那边钓鱼。

三岛其实每天都会穿过树林散步，每天都会看到同样的风景，但是不知道为什么，今天他似乎感觉到了一点不同。只是不知道，是垂钓者人数的变化，还是鱼篓之中鱼的种类有变化呢？

三岛没有走过去看，他只是信步往前走着，不一会儿就走到了小路的尽头——那儿是一座板桥，此时有一个男人正站在板桥的桥墩边。手中拿着钓竿，正在钓着鱼。三岛看了看板桥上铺着的一层薄土，目光再次落在男人身上。男人看上去很严肃，脸上的颧骨十分突出而脸颊又深深陷落下去，嘴唇上留着的胡须又粗又硬，看上去让人感觉到他的个性也是生硬的，也许他是个警察或者老师？

"钓到什么鱼了？"三岛眯着眼睛看了看男人的鱼篓，"这是虾虎鱼啊？"

一般在河堤钓鱼的人当中会有几个游客，平常三岛看他们钓到的多是小鲫鱼，虾虎鱼偶尔才会有。

"唔……"垂钓的男人看了三岛一眼,"今天阳光不算亮,还算钓了几条吧!"

"太亮了不行吗?"三岛随口问道。

"嗯,不行,阳光太亮会把水底照得清澈透底。你看今天……"男人指了指天空,"云还是少了点儿。"

三岛顺着他的手指看了看天空,尽管已经是夕阳西下了,但依然照得他眯了眯眼睛。

伴随着回忆,行走在回家路上的三岛也抬了抬头,天上依然是一片漆黑,但不远处一户人家的门口亮着一盏灯,三岛的目光不禁被吸引了过去:那盏灯其实是被绑在一根柱子上的,而柱子周围种着几株竹子,这竹子长得十分喜人,雨滴从狭长的叶片上滑落,再滴了下去。围墙外面还有一棵榉树,榉树将灯柱遮住,只露出了明亮的灯罩。远远望去,灯从木质的围墙里面发出幽幽的光芒。

三岛收回视线准备拐弯赶路,却忽然发现灯光似乎有些变化,他疑惑地盯着那盏灯看了看,好像灯罩之中有一团黑影在移动。

突然,黑影静止了,三岛这才看清楚,那团黑影竟然是一只壁虎,这只壁虎大概是发现了猎物,便向前抻着脖子,脖子猛然间长了数倍,让三岛鸡皮疙瘩起了一身。看着眼前开始旋转着的灯罩,三岛一阵头晕加恶心,马上掉头便往另一个方向走去。

刚转过弯,三岛疾走了几步,便看到一个女人正站在路边含笑看着自己,他没来由地心头一紧。

女人的笑容一看就不像是良家女子,加上身上飘过来若有若无的醉人香气,三岛感觉自己有点儿恍惚。

"您好。"女人突然开了口。三岛再次看向女人,她却是眉头紧皱,一幅乖巧天真的模样。

三岛摇摇头,看来刚刚是自己眼花了。可是明明是不一样的相貌,甚至连身上的气质都不同,为什么会想起家里的小情人呢?

三岛并不是一个未经世事的男人，烟花巷也去过不少次，但是，在海边旅馆，小情人紧张的样子还浮现在眼前。三岛并没有想到，她竟然还是处子。这么一个单纯清白的女人，为什么会刚好被自己捡回来呢？还让三岛有了一些责任感。

　　"不如就和她结婚啊！三岛君早晚也要成家的不是吗？"学长的调侃还仿若在耳际，在当时，他觉得是无稽之谈，现在却觉得完全可行。

　　三岛简直想要马上到家，告诉小情人他想要和她永久地在一起。本来这次他便是想租下房子与小情人同居，所以才找学长商议。现在看米，不如租好房子直接结婚。

　　"请问您知道从这条路怎么去电车站吗？"面前面容乖巧的女人打断了他的想法，嫣红的嘴唇一张一合地翕动着。她的声音非常清脆，就像是未经世事的少女。

　　三岛停下了脚步，看着站在路灯下的女人，路灯后面便是悬崖。

　　"是的，沿着这条路往前走，看到分岔路口的时候左拐，再走一小段，再次看到岔路口的时候右拐，一直往前就可以看到电车站了。"

　　这么说了一通，三岛觉得有点复杂，不知道这个女人能不能记住。

　　"啊，原来是这样走的。我第一次走这条路呢，一直很忐忑，幸好遇到您，真是太感谢了。"女人对着三岛致谢。

　　"没关系，这条路确实比较难走。"三岛礼貌地回答了便想要再次赶路，想着家里的小情人，便顾不上其他了。

　　"是啊，太荒凉了，您也是走这个方向的话，我能不能和您同路走呢？"女人跟上他的脚步，侧首提议。

　　三岛感觉身边女人其实有些跟不上他的脚步，他觉得她的速度太慢了，但却不知道该怎么开口拒绝，毕竟男人很少能拒绝女人的求助。

　　"是啊，这边很荒凉，好像还没有出租车可以坐。"三岛放慢了脚步往前走着，但仍能感觉到女人亦步亦趋地跟在后面。

　　"所以……有些害怕呢。"女人似乎有些不好意思。

　　三岛不由想起刚刚见到的诡异场景，伸长脖子的壁虎和旋转的灯罩，顿时感觉又起了鸡皮疙瘩。如果这个胆小的女人见到那幅场景，一定会更加害怕吧？

"您从哪边来的呢？"三岛随口问着，脑海中却依然是小情人苦苦等待的模样。

"我从柏木来的，坐山手线的电车过来。"

"咦，那怎么会在这里下车？"

女人笑了笑，侧过头，三岛这才发现女子脸上画着浓厚的妆容，将眉眼勾勒得十分精致，加上身上若有若无的香气，让他有些心猿意马。

"我听说前面的电车会比较快，所以想沿着这条路走去那里坐车。"

"这样啊！"

三岛沉默了下来，山上的风吹过，让他从刚刚的诱惑之中清醒过来，只想马上回到小情人的身边。

两人一前一后地往前走着，也许是气氛过于安静，女人再次开口道："请问您是住在哪里呢？"

"我住在本乡。"三岛这么回答了一句，觉得不太礼貌，便继续说道，"您一个人不该走不熟悉的路，天也这么晚了。"

"等走过这一段路，前面我应该就熟了。本来从朋友家出来，朋友让我留宿的，但家人病重需要照顾。而且，我姐姐就住在附近，也可以去那里留宿的。"女人像是打开了话匣子，开始倾吐着晚上的遭遇。

"啊，这么晚了，那您还是要回家吗？"三岛再次闻到了女人身上的香气，他警觉地快走了几步，直觉有一种危险的诱惑。

"其实我犹豫着要不要住姐姐家里呢。从朋友家出来的时候还挺热闹的，走过这一段路真让我有些害怕了。"

女人的声音变得柔弱，害怕的情绪似乎可以从语气中传达出来。

三岛又想起了海边的小情人，她也是这样害怕，甚至慌乱……

那一天，三岛晃悠着在海边的小河边散步，原本准备到河堤上走走的他，看着河面金色的波纹，也不由站住了脚，欣赏了好一会儿。

抬起头时，便看到河对岸似乎站着一个身形十分纤弱的女人，夕阳照在她白净的脸上，十分好看，那些钓鱼的游客似乎也在看着她。

女人原本站在河边发着呆，突然，她那双黑亮的眼睛抬了起来灵活地转动了一下，似乎看向了三岛的方向。三岛这才发现，女人比之前他以为的还要年轻，她身上穿着深紫色的绸缎服装，樱花和白鹤的图案勾画得十分细致，看她单纯的样子，应该还是个女学生吧？听说河对岸是度假别墅区，兴许是哪户人家的小姐。

三岛除了感叹女人的美丽之外，也不作他想，再停了一会儿便往河堤旁一棵松树下走去。这棵松树十分高大，树下有一块树根看上去像是一条长椅。刚到海边的时候，三岛散步到这里，感觉是个看书的好去处，便天天在这儿看会儿书。

三岛像平时那样坐下，拿出收在衣服里的杂志，翻开了封面。想了想，他又抬头看了看河面，夕阳慢慢地落了下去，不知道还停留在河对岸那个小姐的脸上吗？

也许是无意识的，三岛的目光往河对岸刚刚那位小姐站立的地方看去，那个紫色的身影不知道什么时候已经消失了。三岛环视了一下对岸，完全没有人影。

他走到树下不过两分钟，那位小姐这么快就消失了，走路还真是挺快的。

三岛不以为意，便低下头来翻阅手中的杂志。杂志上的现实主义者正在对世界局势进行分析评论——华盛顿回忆与缩小军备、人权与生存权等事件都有人认真探讨，还有人引申到哲学与宗教的范畴。这么看来，世界上好像唯有海边这块地方，还有着安宁和闲适。

三岛刚好准备参加高等文官考试，很快便被杂志上的内容吸引，投入地阅读了起来。夕阳从热烈到柔和，最后一点点沉入海底。

天色几乎完全黑了下来，三岛这才从文章之中回过神来。

之前旅馆的人都是这个时间做好了晚餐，说起来，海边的空气和土壤都很好，这边的海鲜和蔬菜都十分美味，三岛感觉到自己空虚的肠胃，便站起身来，把杂志收好准备返回旅馆。

刚站起身准备离开，他眼角的余光便瞥到草地上似乎有一个紫色的身影，和刚刚河对岸的女人似乎一模一样。

三岛疑惑地侧身打量了一会儿，看着衣服上精致的白鹤与樱花，很快便确定这就是刚刚的那位年轻女子。

女人此时双腿微微屈起，纤长白皙的手放在膝盖上，微微低着头，满头的黑发便落在紫色的衣裳上，几缕发丝遮住了她的脸，三岛完全看不到她的表情。

只是她低着头似乎在思考着什么，样子看上去仿佛有什么难以启齿的事情。难道她有什么心事不能对家里人说吗？还是遇到什么为难的事情？

三岛刚刚心里还有些疑惑，为什么女子要从河对岸跑到这里来休息呢？据他所知，河两岸的草地并没有什么不同。看女人的样子并不像是有闲心散步的人……三岛原本并不是一个多管闲事的人，可是见到这样美好的女人为难的样子，他还是忍不住想要上前。

只是，过去又要怎么才能开口询问呢？直接问的话，她会不会以为自己有什么过分的企图呢？

三岛有些犹豫，想了想，还是轻轻咳嗽了一声，往女人的身后走去。女人听到三岛的咳嗽声，轻轻扭动她柔嫩的脖子回头看了看他，然后又回过头去继续陷入沉思，连她脸上的表情都没有任何变化。

三岛疾走几步，从女子身边转到她面前去，结果衣服却被一边的乔木丛紧紧勾住。他只能一边扯开衣服，一边对女人说道："您好……"

女人抬头看向他，神态之间有些阴郁忧伤，"哦，您好呀。"

"您是来这边度假的吗？"三岛觉得自己站在坐着的女人面前有些别扭。落日此时已经完全隐入海面，四周一片灰黑，只有小河边的路灯远远投射过来一道光，照在女子年轻姣好的面容上。

"不是呀，我到这儿还没多久呢。"女人再次低下头，双手无意识地绞在一起。

"现在还不回旅馆去吃饭吗？现在应该是吃晚饭的时间了。"三岛试探性地询问道。

"我还没有找旅馆呢！"

"你是在等人吧，天色都这么晚了，我看你一个人，所以来问问。"

"谢谢你。"

不知道为什么，三岛总感觉，女人的声音似乎带有哭腔。

"这样吧，我就住在栎树林那边的旅馆，如果你需要帮助的话，来旅馆找三岛让就可以了。"三岛见女子并没有什么心思交谈，便留下自己的信息给她。

"三岛先生，谢谢你了。"女人点点头，再次致谢。

告别了女人，三岛开始往回走，但是回旅馆吃晚饭的心思已经被压了下去，现在脑海之中都是女人沮丧忧伤的样子。

看她的样子，好像是在等什么人，却没等到呢……三岛不由得想起了那种报纸上经常会有的报道：女学生和情人私奔，情人却没有出现，最后女人只好自杀。

想起这个女人忧郁的模样，她不会是想要在海边自杀吧？

这样想着，三岛终归还是不大放心，但女子拒人千里的样子让他只能远远地看着女人，谨防她突然跑到海边自杀。

女子又发呆了一会儿，突然将头埋到双膝上，肩膀开始抖动起来，看起来像是在悲伤地哭泣。

三岛正犹豫着要不要走过去安慰她一下的时候，女子突然站了起来往另一侧的树林走去。

树林那边就是海边了，莫非她真的是要去寻死？

女人的脚步踉踉跄跄，仿佛悲伤得无法自持。

三岛大惊，连忙跑了过去想要拉住女人。但是女人听到脚步声，只短暂地回头看了一眼，便马上再次往树林跑去。

"请等一等，等一下！"三岛马上大喊，"我是三岛啊，我只是想帮助你而已。"

女人的脚步有些迟疑，但依然没有回头。三岛趁这个机会连忙跑上前去拉住了女人的手臂，她宽大的袖子已经滑了下去，三岛感觉到她手臂的皮肤十分顺滑。

女人停下了脚步，慢慢回过头来。三岛这才发现，她的脸湿漉漉的，而她的长睫毛还在颤抖着，又滚落下一串眼泪。

"我是来帮你的，有什么事情能和我说说吗，是不是遇到什么为难的事情了？"

女子侧过头去再次抽泣了起来，嘴中只喃喃说道："怎么办呀，我该怎么办呀？"

"天色太晚了，不如我们回旅馆吃点东西，坐下慢慢说，好吗？"三岛原本拉着女人的手臂，此时慢慢拉住了她的手。

女人不知道是不是太过于悲伤，并没有拒绝三岛的动作。

一切发生得都是那样顺其自然，那样恬静乖巧的女人好像真的是从天而降到他身边。据小情人说，她是从东京到这座海边小城想要结束自己的生命。之前她都在东京给大户人家当女佣，后来，经人介绍，她成了一个有钱人家的女仆。只是她并没有想到，"女仆"需要承担的工作，并不只是单纯的劳动而已。女人没有办法，只能偷跑出来，但是她又无处可去，便来到了海边……女人很依赖三岛，乖巧听话的样子，让三岛想要马上回家陪在她身边。

"这边终于亮了一点。"身边传来女人的声音，将三岛从回忆之中拉了回来。

"是啊，但是还是挺晚了，不如还是去亲戚家住一晚吧？"三岛看着女人，建议道。

"去亲戚家里虽然不远，但有一段路没有路灯……"

"这样啊，那我送您到那儿吧。"

"那多谢您了。"

女人似乎放心了，主动走到三岛的左边开始和他并排走着，三岛礼貌地放慢脚步，照顾她的步伐。

"是走这儿吗？"三岛看着眼前的分岔路口，问道。这个路口一边是昏暗的小巷，另一侧则是一家安静的酒吧。

女人点点头说："麻烦您了，再走一小段就到了。"

三岛点点头，拐弯走入了小巷里。小巷里果然没有路灯，只有远处人家门口的灯光投射过来，但这灯光也十分朦胧。

"小心哦，这里很黑。"女人的声音变得模糊，如果脚下没有在机械地赶路，三岛觉得，听了女人的声音，自己会睡着。

"这附近都没有人家吗？"三岛提提神，问了一句。

"已经到了哦。"女人伸出手指指前面的一幢房子。

三岛顺着她指着的方向看了过去，那里有一道看起来有些年头的黑漆大门，门上的油漆都已经斑驳，门上亮着的灯，照亮了门前的一小块区域。

"好，那您进去吧！"

"可以再陪我走一小段吗？里面还有一段路呢。"

三岛有些奇怪，这房子明明比较陈旧了，里面的院子难道很大吗？可能这是没落的大户人家吧。

既然已经送到这里，不妨把她送进去吧，三岛点点头，跟着女人走向大门。

三岛走近大门才发现，大门旁边还有着一道小门，女人推开小门示意三岛走进去，三岛先踏入门中，女子也跟了进来，身后的门又无声地关上了。

院子里并没有灯，但明亮的月光将院子照得十分清楚，地面上的青草生长得十分茂盛，此时正轻轻摇曳着。

"这儿种的什么花啊，好香啊。"三岛闻到了一股香甜的味道，直直地钻入了他的鼻孔。

"这是我姐姐种的花。您进来坐会儿吧！"女人一边朝屋子走过去一边对三岛说道。

"我需要马上回家。"

三岛看着地面上茂盛的青草，只觉得有哪里不对，刚刚外面那么黑，怎么里面的月光这样明亮？

"姐姐，我来了。"女人拉开了门对着屋子里喊了一声。三岛只听到，里面传来一声娇媚甜腻的应答声。

三岛感觉自己的头一片混沌，思考的能力已经消失。他想着，等女人出来，他就要告辞，赶紧回家。

这时候，他突然找到了花香的来源，那是一棵生机勃勃的花树，树上的花朵好像都在旋转着。

　　三岛有些迷怔似的盯着花朵看，暗自思量：为什么今晚看到的东西都在旋转？

　　"您请进来吧！"女人出来对着三岛的脸轻轻说道，一阵轻柔的香气传了过来。

　　三岛摇摇头，再看向花树，树上的花朵又静止了下来，他看了一眼格子门道："不用了，我还有别的事情。"

　　"我姐姐说，她想当面谢谢您送我回来。"女人继续对着三岛的脸说话，三岛闻着轻柔的香味，只能机械地跟着女人朝着房子里走去。

　　远远望过去，一位身材窈窕的女人正站在门口，笑着看向他，道："真是感谢您能送我妹妹回家，快进来坐坐吧！"

　　"谢谢您的好意，但我需要回家了，不然家人会担心的。"三岛礼貌地致谢后便想要离开。

　　女人突然挽住了他的手臂，亲热地看着他说道："没关系的嘛，进来坐坐不碍事的，家里的人等一下有什么关系？"

　　女人脸上露出了促狭的笑容，三岛这才看到她的脸，她长得十分精致，简直美得好像一个假人，相比起来，家里的小情人却是那样的生动。

　　"那好吧，就坐一下我就离开。"三岛挣脱了女人的双臂，无奈地坐下，女人顺手接过了他手中的帽子递给旁边的女仆。

　　女仆大约不到二十的年纪，低着头露出后脑上简单的发髻。

　　三岛身子轻飘飘的，微微摇晃着坐正身子。

　　女子在他正对面坐下，假人一般的脸上却有一双乌黑水灵的眼睛，紧盯着他，笑了。

　　三岛微微有些不自然地侧过身子避开了女人的目光，心里却总觉得自己忘记了什么事情一般。

　　"夫人！"刚刚的女仆端着一个精致的盘子走了过来，盘子上放着两个精美的杯子和一个水瓶，水瓶十分精巧，侧面是一条青蛇形状的把手。

"放下吧！你去叫小姐出来陪陪她的恩人啊。"女人对着女仆命令道。

女仆恭敬地将盘子放到两人面前的桌子上。三岛打量了一下房内的环境，这才发现房间内的摆设十分华丽。面前的桌子上铺着花纹繁复的桌布，身下坐着的椅子是红木雕花的东方大椅子。四周的摆设，也可以看出所有物品的价值不凡。

"小姐说她不舒服，想要休息一下。"女仆低头回答。

对面的女人身着金色的纱织长衣，此时正拿起水瓶倒在两个杯子里，道："那让小姐休息一下，我来陪客人……您不介意吧？"

女人抬起妩媚的眼睛，笑着看向三岛。

三岛有些奇怪，这户人家看上去条件很好，为什么小姐会像是风尘女子？

"既然那位小姐不舒服的话，那我就先离开吧！"三岛担心家里的小情人会担心，再次告辞。

"别急嘛！难道您嫌弃我这个老太婆招待不周？那还是等我妹妹休息一下给您当面致谢吧！"

"这个……"

"您先喝一杯，就当是我对您的感谢，怎么样？"

女人端起了两个杯子，将其中一个杯子递到了三岛的面前，三岛看着她修得十分精致的指甲上有鲜红的蔻丹，映衬着杯子里奶白色的液体，十分诱人。

三岛无奈地接过杯子，说："那恭敬不如从命了，我叫三岛让，多谢夫人的款待了。"

女人看着三岛喝下了那杯液体。这液体应该是某种酒，竟然是甜甜的，像是什么植物酿成的。

"我们不用这样客气了，如果您愿意和我这个老婆子交朋友的话，就再喝一杯，以后也常来坐坐陪陪我。"女人再次将三岛面前的杯子满上，深邃的眼眸紧紧盯着三岛的眼睛。

三岛无奈，心中暗想：再喝下这一杯就一定要走了。

"那这是最后一杯了，喝完这杯我就告辞了！太晚了，我真的需要回家了！"

"不用着急嘛！晚上能有什么事？难道是和小情人之间有什么事？晚点回家她才会更加渴望你哦。"

"真的不行……"

女人直接站起身来走到三岛的身边，拿起酒瓶将三岛面前的杯子满上，道："您就再喝一点嘛，难道是瞧不起我？"

女人尖翘的下巴正对着三岛，她眺起眼睛看着三岛，似笑非笑的样子。

三岛只能干笑了一下，端起酒杯一饮而尽，便想要站起来。

女人伸手按住了他的肩膀，拂袖之间，一股刺鼻的香味传了过来。三岛头晕了一下，被她直接按在椅子上动弹不得。

女人的上半身轻轻倚靠着三岛，让三岛有些尴尬起来。

"再等一下我妹妹，好吗？她马上就来了！"女人对着三岛的耳边说道。她的声音十分轻柔，刚刚刺鼻的香味也变得朦胧而又柔和，三岛感觉自己好像进入了仙境一般。

"滚出去！"三岛本来迷迷糊糊已经被女人抓住了双手，此时突然听到一声喝骂，顿时清醒过来。

必须马上走，不然今晚肯定得留在这儿了！

女人像是看出了他的心思，"如果今晚回去不方便的话，您不如留下来？"

"不行！"三岛挣脱了女人的手，站起身来，顾不得拿起自己的帽子便往门外跑去。

谁知，刚踏出房门，三岛便被人猛地抱在了怀中，一个苍老的声音从身后传了过来："先生，您等一等再走啊！"

"你是谁啊？放开我，我要回家！"

三岛拼命挣脱着，无奈，那个人的双臂像是钳子一般，紧紧地将他搂在怀中动弹不得。

"我只是有几句话想要跟您说，您跟我来听完就可以了！不会耽误太长时间的，您放心。"

三岛看着身后的门，那位夫人并没有追出来，便点点头答应了老妇人。

老妇人松开了双手，侧身让出走廊一侧说道："请您往这边走。"

三岛有些惊疑不定，无奈老妇人将通往院子的路堵住了，他只能往老妇人指的方向走去。

"有什么事情不能就在这里说完吗？我真的有很急的事情需要回家啊！"三岛有些不耐地抱怨着。

"不行，一定要去房间说才可以。请您放心，不会要很久的。"老妇人看起来明明年纪很大，却不知道为什么有那么大的力气。

三岛没有办法，走近了妇人打开的一间房间。房间里面灯光十分昏暗，摆设不像是日本的风格，外间靠墙摆着一些形状各异的椅子，而远处的内间则露出了垂地的纱帐，那儿似乎是一张床。

她把我带到卧室做什么？三岛有些惊疑不定。

"您到底想要跟我说什么啊，麻烦您快点讲明白，太晚了，我要回家了。"三岛转身看着矮小的老妇人。

老妇人已经是满脸的皱纹，此时露出了一个笑容，在昏暗的灯光下看起来有些吓人。

"您别急嘛。"老妇人示意三岛坐下，她那不急不缓的样子，让三岛看得十分着急。

"您再不说的话，我就告辞了！"三岛刚坐在墙边的椅子上，又马上准备站起来。

"先生，您看我家夫人怎么样？"

三岛想起那个女人精致的脸和诱人的香味，只觉得完全不像是一个真人。

"贵夫人很好，待我很周到。"三岛只能回答道。

"哎，我家夫人寂寞很久了，漫漫长夜却没有人陪她，您又觉得她也很好，不如您来陪陪她，怎么样？"

"这是什么话？"三岛惊得站了起来，慌忙拒绝道，"我家里有人在等着呢！"

"夫人不会让您白陪的，您想要什么她都可以给您。您不想要吗？"

"不行，我要回去了，多谢贵夫人的好意。"

"我家夫人可是难得的美人，钱财也多得是，这样两全的好事，可是很难得的哟！"

三岛躲开老妇人拉开门便想走，老妇人却拉住了他的手，她的手十分滑腻，三岛感觉自己像是握住了一条蛇。

"别走嘛！您再和夫人谈一谈怎么样？"

"我都已经说了不行！不行！"三岛不耐烦地想要挣脱老妇人的手。

"您再想想吧，想想我老太婆的建议，不会害你的。"

"我是不会做这种事情的！"三岛大喊一声，挣开了老妇人的钳制，拉开门跑了出去。

三岛刚跑到走廊便陷入了迷茫之中，他感觉走廊已经不是刚刚进门之前的样子了，而走廊上的灯也变得十分昏暗。

他只能凭记忆去找刚刚进门的那个玄关，因为路灯间隔并不远的原因，三岛感觉整个走廊上都布满了自己的影子。

他慢慢往前走着，却没有注意到身后的某个影子突然动了一下。

在走廊上不知道走了多久，三岛有些惊慌起来，按理来说，现在总该碰到那个通往院子的玄关了呀！他不安地跑动了起来，却突然碰到了一道墙壁。

他往左右摸索了一下，原来遇到了走廊尽头的分岔路口。凭借着最初的印象，他犹豫了一下便选择了往左边走去。

走着走着，三岛感觉不对劲儿：这儿已经没有了路灯，连一丝风都感受不到，反而像是一个密闭的空间。他只能回头想要再次回到分岔路口。

刚转身，他便再次撞上了墙壁，身后的路竟然已经消失了。三岛慌张地四顾，只看到前面不远处露出了一点昏黄色的灯光。

三岛没有办法，只能死马当成活马医，硬着头皮往前走。

走到灯光前他才发现，这儿是一扇窗，窗口很小，三岛只能紧紧贴着窗户往里面看过去。窗后是一间房，房间里什么都没有，甚至连地板都只是用黄泥铺就。房间的中心有一张椅子，椅子上用绳子绑着一个面色苍白的少年。

少年双眼紧闭着，似乎瘫软在椅子上。而椅子周围站着的，正是刚刚那位夫人的妹妹和年轻的女仆，两人对着少年似乎在说着些什么。

三岛将耳朵贴紧了窗户，想要听听他们到底在说什么。

"你不要再抵抗了，乖乖就范吧！我们夫人一定会好好疼爱你的。再这样下去也不会放你走哦！"女仆低着头，对着少年说道。

但是少年闭着眼睛，纹丝不懂，三岛怀疑他已经失去了知觉，但是那两个女人却还在说着些什么羞辱他。

"你为什么这么倔强呢？再这样下去只会受更多的苦哦，姐姐和婆婆不会轻易放过你的。"那个妹妹围着椅子转了一圈，半真半假地叹了一口气，"我和姐姐会很疼爱你的，你就答应了吧！再抵抗又有什么用呢？"

"是啊，你就听小姐的话嘛！你是扛不住的，我们劝了你这么久你都不听话，夫人看上的人，你以为还能离开这里吗？你太傻了！"

"真傻，再这样下去，我只能去喊婆婆来了，婆婆来了之后你只会受更多的苦，然后成为我们的食物哦！"

妹妹抬起手摸了摸少年的脸，声音很是温柔，但说出来的话却很骇人："你看起来还真是很美味呢！我只是不忍心你受苦，既然这样的话，不如去喊婆婆来喂药吧！"

女仆听着妹妹的话笑了，那声音听起来十分瘆人："我再问你一次啊，我不想跟你再多说了，你仔细听着吧！既然被我们夫人看上就没有反抗的必要了，夫人是不会放你走的，但如果你乖乖答应的话，夫人一定会好好对待你的，到时候你坐拥荣华富贵和夫人那样的绝世美人，想做什么就能做什么呢！怎么样？你答应吗？你到底答不答应呀？"

少年依然一动不动，只是瘫软在椅子上。

"行了，你去把婆婆喊来喂药吧！顺便看看那个人怎么样了！"

三岛知道，她口中的那个人正是自己，便吓得有些腿软。

妹妹看着女仆走出房间，便攀附在少年瘦弱的身体上，一边亲吻着他的脸，一边在低声诉说着什么。

三岛看着她血红的嘴唇与少年苍白的脸色交映在一起，只觉得头晕目眩，只想要马上离开这儿。

正在这时候，有两个人走进了这间房中，正是刚刚出去的年轻女仆和一位满脸皱纹、双眼凸出的老婆婆。

"他还是不肯听话吗？"老婆婆张口冷冷地问道。她双眼朝着窗户的方向看过来，吓得三岛瑟缩了一下。

"是啊，没有想到他竟然那样倔强呢！"妹妹轻轻开口说道。

"没关系，喂了药就好了！"老婆婆抬起手来，手中拿着的是一只硕大丑陋的癞蛤蟆，此时还在活蹦乱跳。

"刚来的那位呢？怎么样了？"

"哼！那是个被狐狸精缠住的傻瓜，也是不开窍，怎么都不肯就范呢！"老婆婆将手中的蛤蟆提上来，她苍老的双手看起来分外有力，只是轻轻一扯，伴随着她喉咙中发出的古怪声音，那只蛤蟆就被撕开了。

女仆早就准备好了一个杯子在蛤蟆下面，此时，蛤蟆的血刚好从撕开的口子里流了下来，很快便有了大半杯蛤蟆血。

"婆婆，这么多够了吧？反正他都已经这个样子了。"妹妹突然开口说道。

"我看看……哦，是的，应该是够了！"老婆婆看了看杯中的鲜红色的蛤蟆血，将手中的蛤蟆扔开，再把手指上不小心沾到的蛤蟆血弹进杯子里。

"好了，给他喝吧，如果喝了药还不行，那只能再慢慢折磨他了！"妹妹斜眼看着少年，轻声笑了笑。

老婆婆也张开嘴笑了，她那没有牙齿的嘴好像是黑洞一般，发出嘶嘶的声音。她伸出手握着少年的下巴，少年便张开了嘴。兴许是嫌他张开的嘴太小，婆婆又将手指塞进他的口中，将他的嘴撑大，再接过女仆手中的杯子，将一杯血都倒入了少年的嘴中……

只听见咕噜几声，少年将血吞了下去。

三岛看着眼前荒诞又诡异的场景，感觉自己背后满是冷汗，他只想要快点离开这里，逃离这个奇怪的地方。

他轻声离开了窗边，仔细地寻找可以离开的地方，可是奇怪的是怎么都找不到来时的路了，到处都是坚硬的墙壁，将他的去路截断。

三岛越来越着急，慌乱地在墙壁上摸索着。不知道过了多久，他终于摸到了一个仅供一人通过的小洞。

不管洞的那边是什么，总比待在这个诡异的走廊上好。三岛来不及思索，便低头钻进了小洞。

他伸出头一看，外面是明亮的月光！

难道已经到了院子里？三岛惊喜地环视着四周，真的是刚刚进来的院子，院子里的青草似乎在摆动着！刚刚还觉得奇怪的院子，现在看起来竟然十分亲切！到了院子，就离跑出去不远了！

三岛很怕被那几个女人发现，便猫着腰往院子里走去。正在这时，另一侧传来了开门的声音，三岛连忙蹲下躲在黑暗之中。

开门出来的是一个老妇，老妇手中提着什么东西往院子里走来。

"你们都饿了吧？"老妇自言自语着，脸上都是爱怜的神情，看起来很诡异。三岛一动都不敢动，看着老妇轻轻呼唤了几声，布满院子的青草便摇动得更加厉害了起来。

很快，三岛便明白了为什么青草都在摇动了，那是因为，有无数条黑色的小蛇从草丛之中游了出来，全都聚集在老妇的面前！

看着密集的蛇群，三岛小腿肚子都软了，根本站不起来，也不敢乱动，只能继续盯着老妇看着。

老妇看着小蛇们笑了，将手中提着的东西放下。原来，那是一个很深的桶子，她将手伸进了桶子里，拿出了一团血红色的东西。那应该是某种动物的肉吧？上面的血还在往下滴着，大妈脚下的蛇吐出信子争相夺食，纠缠在一起的样子好像会动的线团。

三岛又是恶心又是害怕，站起身来的时候两眼发黑，只能再次退回房子，躲入了黑暗之中。

心脏还在拼命地跳动着，三岛喘着气想着离开的办法，身后突然传来了那个苍老的声音："孩子，你去哪里了？"

三岛吓得叫了一声，差点摔倒在地。回头一看，正是刚刚抱住他的老妇人。老妇人笑着看向他，伸过手来想要拉他，"你不要这么不听话哦！这样我可是很难做的呀！"

"你放开我，我家里有重要的人在等我回家！"

"胡说！还有比夫人更重要的人吗？你的小情人有什么可重要的？"

三岛惊慌地盯着老妇人，她怎么知道自己家里有小情人的呢？也许，她只是猜测吧？

"我告诉你，你的小情人可比不上我们夫人的。跟我到夫人那里去，你再犟下去不会有好处的！赶快跟我来，和我们夫人在一起，你一定会忘了你的小情人的！"

"不行，你放开我！"三岛竟然完全挣脱不开老妇人的双手，只能被她拖着，再次到了那间满是椅子的卧室。

这次老妇人没有再让三岛坐下，而是直接将他扔到了那垂地床幔的里面。里面是一张很大的床，床边装饰的屏风和挂画看起来都很奇怪，像是某种巫蛊之术。

"来吧！"之前的那位夫人坐在床上看着三岛，那双幽深的眼睛眨也不眨。

"夫人，他来了！"

"你放我走吧！"三岛还在挣扎着想要下床离开。

"你不要再喊啦！再喊也走不了的，到了我这里，我怎么会轻易让你离开呢？听话一点，乖一点，才不会受苦啊。"夫人笑嘻嘻的样子让三岛不寒而栗。

三岛还在挣扎着，却被老妇人用力推回床上，"你就在这里陪着夫人，知道吗？"

夫人拉过三岛的手，说："你先坐一会儿好不好？"

三岛自知没有办法绕过老妇人离开，只能坐在床上看着夫人，心里暗想，不如先听她们的话，再想办法离开。

可是，他的脑子却完全无法思考。那种混沌的感觉又回来了，他只能痴痴地看着夫人的眼睛。

突然，他想起了家里的小情人，顿时清醒了过来，马上用力推开了夫人的手，说："我要回家去了！放我走吧，求你们了。"

夫人的脸色冷了下来，"你家里的小狐狸精有什么好的？既然这样，我就让你看看你的小情人到底是什么！"

三岛完全听不进去，只想往外跑，他心里只有一个想法，便是马上离开这儿。

"你这个傻瓜。"三岛刚拉开门便被门外的人推回了房间，门外站着的正是那位妹妹和女仆，两人面色潮红，手中拿着刚刚绑住少年的绳子走了进来。

三岛不由得想，刚才那位少年去哪里了呢？

"你这么不听话，那我们只能这样做了哦！"妹妹鲜红的嘴唇朝两边咧开，露出一个让三岛不寒而栗的笑容。

"你真是傻啊！简直是无法挽救的蠢啊。"老妇人用力将三岛拉回床上，按夫人的指示将三岛牢牢绑在床上。

夫人俯视着三岛，"现在我就让你看看你的小情人是个什么东西，然后，我再来慢慢地、好好地折磨你！"

"那我们呢？"妹妹一边拿着绳子靠近三岛，一边问着夫人。

"放心，等我玩够了，再让你们一个个玩！"夫人轻笑了一声，这句话让其余的三个女人都面露喜色，贪婪地看向三岛。

三岛挣扎了几下，却是徒劳，只能被老妇人按压着牢牢地绑在了床上。

紧接着，他再次闻到了一股刺鼻的香味，紧接着便失去了知觉。朦朦胧胧中，他只感觉到有什么东西压在他的身上……

不知道过了多久，有人狠狠地卡住了他的脖子，将他的头拉了起来。

"你好好地给我看看，看看你的小情人到底是什么东西，看看你的小狐狸精是怎么被我们折磨死的！"

三岛睁开迷蒙的眼睛，只见那个老妇人手中抓着一个女人，女人披散着头发似乎已经站立不稳。尽管看不到她的脸，但那娇小的身形，分明就是他从天而降的小情人啊！

三岛慌忙喊道："你们放开她！"

他不住地开始挣扎，那绳子却越缠越紧，让他连呼吸都变得困难，只能徒劳地靠在床上看着老妇人掐着小情人的脖子。

"蠢东西，你看看你的小情人是怎么死的！"夫人冷笑一声，拉起了三岛的头，然后对大妈说："动手吧！让这糊涂蛋看清楚一点！"

老夫人得到了指令，马上双手发力，将小情人白嫩的脖子掐得扭曲不已，小情人挣扎了几下，慢慢变成了一只有着红色皮毛的小动物。

三岛有些不敢相信自己的眼睛，只能盯着红褐色的尸体看，耳边传来了那几个女人张狂的笑声，"你还喜欢你的小情人吗？她死了，你是不是该难过了呀？"

"哈哈哈哈……"

三岛眼前再次陷入黑暗，腥臭又湿润的味道扑面而来，那是一条长长的舌头，从他的头部开始舔舐，让他的身体如堕冰窟，开始不住地战栗着……

几天之后，新闻上播出了这么一条消息——

昨日，在早稻田的某处荒宅之中发现一具男尸，死因尚不明确。经调查，此人为数日前前往海边旅行的三岛让。三岛让原计划参加高等文官考试……

人面疮的故事

故事发生在幸若八郎去往皇城途中的木曾路上。

沿途风景优美，一碧如洗的天空下，连绵的群山环抱，流水如玉。因时至深秋，山谷里的树叶已变得深红，秋风一吹，翩翩飞舞，如蝴蝶轻舞般，最后落到了小径上，积累在一起，淹没了马蹄。山谷幽深处，有山溪在潺潺流淌，只是被秋风所掩盖了声响。山中有鹿，但不见身影，八郎一路与车夫闲谈，已经好几次听到有鹿的叫声从林间传来。

"请问，是幸若八郎大人吗？"当八郎赶路至一处小树林时，一个武士打扮的男人突然跑到他的面前，向他如此问道。

那是个清冷的山脚，因为成片成片茂密的杉树阻挡了阳光照射的路径，尤显得昏暗。

八郎听闻，露出诧异的表情，因为他并不认识来者，更奇怪为什么在此处还会有人找他。

"正是在下，敢问阁下是……"

听到八郎肯定的回答，对方脸上立即绽放了欣慰的笑容，"太好了，两天了，终于让我等到您啦！"

这下子，八郎更觉得奇怪了，对方还在这儿等了他两天。八郎扶了扶帽子，开始好好打量起眼前的这人来。而对方像是能看透八郎的心思似的，立即对八郎解释起了这其中的缘由来。

"是这样的，幸若大人，其实小的在这儿等您，是受了我家老爷的嘱托。我家老爷原本也是一个显赫的人物，只是二十多年前的一场变故让他身患怪症，不得不卸去身上职务，归隐于这山林。现今，我家老爷年事已高，在世之日恐已不多。临终前，老爷只剩一个遗愿，那就是能亲眼看到幸若大人您跳幸若舞。不知道幸若大人能否屈尊到鄙府小歇一晚，让我家老爷能走得无憾呢？"

八郎初有疑虑，但转念一想，对方身为武士，如此恳求他，又是一个在世不多的可怜人，实在是不好拒绝。

"竟是这样，八郎愿尽一份薄力。"

既答应下来，八郎便下了马，先将一路的酬劳结清，打发马夫离开后，便随着来人进了满是杉树的林子。

走了约摸两里路，一座架了小桥的河出现在了八郎面前。为八郎带路的男人过了桥，示意继续向前走，八郎也就在他后面跟着，来到了河对岸的一块巨石跟前。

那是块灰色的巨大岩石，若不是有带路的男人，八郎还发现不了这巨石后面藏有一间茅屋。茅屋的院门是用枯树枝搭建而成的，红叶蔓草缠绕着枯枝，密密麻麻的，男人手放在满是红叶的院门上，轻轻一推，院门便开了，八郎也跟着进去了。

八郎一进去，便看到房门口长长的竹板凳上端坐着两名家臣，他们身穿裙裤，表情严肃。

"我把老爷要找的幸若八郎大人请来了。"领着八郎来的男子向他们说道。

穿裙裤的家臣们便立即朝八郎表达敬意，庄重地鞠了一个躬。

"幸若八郎大人一路赶路，一定很是疲惫，你们就带着他进屋休息吧。"

八郎听到此话，便脱下鞋子，准备到室内去歇息。两位家臣为八郎带路，那领着八郎来的男人却不知在什么时候离开了。在去往房间的路上，八郎遇到了不少人，他们无一例外都对八郎表示出了极大的恭敬，只有八郎从他们身边走过，才会从地上起身。

这名命不久矣的老爷的住所并不小，八郎随着家臣穿过了三个大房间，经过一处套廊、一个萧条幽静的院落，才走到目的地。

八郎同家臣们一样，在院落里换上了木屐，然后再继续沿石板路向前走。四周的景色本就有点荒凉，再加上血色的夕阳，就更显得凄惨。

在一处小茅屋前，家臣们停下了脚步，那里就是他们老爷的住处吧。八郎这么想。

果然，他们向屋内的人禀报道："老爷，幸若八郎大人来了。"

"快请他进来！"屋内的人急切地回答，还发出了一连串的咳嗽。

门外的家臣照着吩咐，拉开了房间的纸门。屋内的布置很雅致，八郎不知道那到底算是茶室还是什么房间。此外，还有一个脸色蜡黄、两颊消瘦的长发男人，正靠在房间的矮桌上。八郎估摸着，对方差不多有五十岁了。

"这应该就是那个身患怪症的武士吧。"八郎心里这样想。接着，他又仔细打量起这个笑得落寞的患病武士。对方虽然一副身患重病的样子，气质却依旧高贵难掩。八郎缓缓走至房间一侧，轻声说道："大人，在下便是幸若八郎，听闻大人身患怪症……"

"是啊，老夫这一病就是二十多年，那怪症不但不曾好转，还不断加重。想来，老夫该是今年就要去了。这次听闻幸若大师您前往京城表演的途中会路过此地，便冒昧地找了下人到路边候着。这其中的原因大师应该已经清楚了，还请大师能发发善心，满足老夫临终前的这一个请求。"

"八郎技艺不精，承蒙大人厚爱，实是受宠若惊。只是八郎有一点好奇，不知大人所患何症，能否相告。"

"大师既能为我跳一支幸若舞，老夫怎还敢隐瞒，等到舞台都布置妥当了，老夫再将一切事情的缘由从头到尾讲给大师听。"

说完，他便转头对一旁的家臣道："赶快去为幸若大师准备酒菜，要好好款待大师才是。"

得到了老爷的命令，家臣们立即带着八郎去了主屋，八郎在主屋享用了好酒好菜后，方才再回到了那老爷所在的小屋。屋里点起了一盏微弱的烛灯，跳动的烛火显得病人的神色分外的落寞和孤单。

"八郎谢过大人款待。"

因为酒精的作用，八郎的脸就有些发烫发红，老爷也受此感染，露出了略带喜悦的表情。

"这荒野山林，也没好东西可以招待大师，真是抱歉了，"说着，那老爷又瞥了眼一旁的家臣，"我有事要与幸若大师相谈，你们都离开吧。"

从刚才就在那儿守着的两位家臣听到老爷发话，即刻恭敬地离开了房间。年迈的老爷挪动身子，在确认房间里只剩下他同幸若八郎后，脸上浮现了一丝笑容。

"我的名号没什么好提的，不过要是幸若大师想知道该怎么称呼我，不如就称我为'山中猿右卫门'，或者也可以称我'鹿五郎'。"

说完这一番话后，这位老爷才缓缓地道出了他怪症的秘密。

"那时，我也不过是个毛头小子，只是承蒙祖上功德，享有世代的厚禄。又加之藩主的厚爱，所以才二十出头的年纪便跻身于高官之列，羡煞旁人。日子原本便该这样继续，然而，不知是命运的捉弄还是为偿还前世所欠的债，老夫竟然与家中的一个婢女惹出了一番是非来。"

"一天，因为不必上朝值班，老夫就在房中看小说解闷，这一看便是一整天，从早上看到晚膳后。时值夏季，月光皎洁柔和，如同闪光而缓缓流动的清水，阵阵蛙鸣从庭院的池塘传来，老夫不由得有了去庭院散散步的兴致。等走了一圈再回到房间，房间里不知什么时候出现了一个貌美的年轻女子，她正挂着蚊帐，她的手纤细而修长，在玉色的灯光下好像精致的艺术品。老夫就那样一下子被她迷住了，当晚便把她留在了房中。那时老夫还尚未娶妻，那女子也是刚入府几日的婢女，当时倒并不觉得有什么妨碍，只是等老夫发现了此女善妒的本性，才黯然悔恨起来。那是个极其善妒的女人，哪怕老夫同旁的婢女多讲几句话，她都会打翻醋坛子，与老夫吵上一番。

"未出几日，府中上下都知道了我们的关系。自然有家中的老臣提议将此女送走，然而谁知她听闻此事后竟变本加厉，大闹府中，原本凶狠的面目完完全全展露了出来。出于无奈，全府上下只能对她又哄又劝。之后不久，老夫便生了一场大病，卧床不起。而这期间，那女子丝毫不体谅老夫，不论白天还是黑夜，随意闯入老夫的卧房，不断在老夫耳边发牢骚、瞎念叨，害得老夫连觉都睡不好。老夫实在难以忍受，早想对她动手，而她还一直那个样，没有丝毫会改变的意思。终于有一次，我忍无可忍，顾不得身上病痛，一把将她推倒在地，抄起床头的扇子，朝她身上抽去。谁知，挨了抽的她反而更泼辣了，抓住老夫的衣袖大喊：'少爷你这般恨我，不如亲手杀了我吧！'那时老夫也是少年心性，气涌上头，便回说：'好啊，你想让我杀你，那我就杀了你！'说罢我便抽出刀，一刀下去，她的头便从脖子上掉了下来，而掉到地上的头滚了一圈，最后是脸的那一面朝向了我。她的脸上没有痛苦的表情，有的只是一丝笑意。起初，我以为是自己看花了眼，谁这样死去的时候还会笑呢？然而当我冷静后仔细再瞧，果真她脸上是带着笑的……"

听至此处，八郎背上直冒冷汗，顿觉恐怖异常，而老爷的故事还依旧在继续。

"事发后没多久，老夫就后悔了，但是木已成舟，一切都无法挽回了。在和家臣商量过后，马上举办了她的下葬仪式。然而，就在那天晚上，老夫突然发了高烧，大腿生出一个肿块来，疼痛难忍。之后，那肿块一直在变大，形状也越来越奇特怪异。家里替我求医问药，请僧作法，但都没用。被逼得走投无路了，我们就用了刀削、火烤的办法，然而不管是用何种办法，那肿块最终都会原模原样地长出来。没有办法，老夫自那后就以'身染恶疾'的名义归隐山林，而这一归隐，就是二十余年……如今，老夫的身子是越来越不行了，应该撑不过年底了，现只有一个心愿未了，那就是在离世前能一睹幸若大师您优雅的舞姿，这也是我此次派人在路边拦下大师您的缘由。"

一旁的八郎听了，眼眶里不由闪现出泪珠。

"鄙人学艺不精，只要大人不嫌弃，鄙人今夜一定竭尽所能，令大人尽兴。"

当晚，八郎如其所言，整夜都为卧病在床的老爷跳幸若舞，直至鸡鸣天亮，方才歇下。

这一晚的舞，不但老爷看得有滋有味，连一旁陪坐的家臣们也随着露出了喜悦的笑容。

舞毕，老爷又一次向八郎表达了郑重的谢意："实在是太感谢大师了，老夫这二十多年的阴霾，都因为大师的舞蹈而消散了，现在可以放心地去了。"

家臣们在老爷的吩咐下，又为八郎准备了酒菜，按老爷的意思，八郎用过膳后再好好歇息一会儿，迟一些再由家臣护送上路。

"大师请看，这就是老夫那怎么都无法消除的肿块。"老爷卷起他右腿的裤腿，向八郎展示了那个八郎也很好奇的肿块。

裤腿一直褪到老爷的大腿跟，八郎向老爷示意的大腿内侧看去，竟看到了一张女子的脸！那张脸，从老爷的膝盖处一直长到大腿以上，逼真得像小号的真人脸一样。

"大师有看清吗？这张脸，和老夫杀死的那婢女的脸，一模一样。"老爷说这话的时候，目光有些呆滞。

对面坐着的八郎早已惊讶得说不出话来了。

"这奇妙的东西，就当是给大师您看个有趣吧。"

八郎还是没有说话，但对着老爷行了一礼。

在吃过一顿丰盛的早餐以后，八郎稍加歇息，便准备继续启程。在八郎正准备离开的时候，老爷的一名家臣送过来古色古香的中式香盒一个、砚台一块。

家臣告诉八郎，这是他家老爷交代的临别赠品。

"一份心意，还望收下，以作留念。"

八郎痛快笑纳。十多位家臣为其送行，走的时候，八郎就十分惦念这名身染怪疾的大人，原先是想着在回程的路上再次登门拜访，然而因为各种各样的事情耽搁，导致回途时换了道路，因此，他再没和那位老爷见过面。

无耳琴师芳一

七百多年前，日本下关海峡的坛浦海湾地区，平家和源氏一族为了结束持续多年的争战，终于选择在这里进行最后的决战。结果，平家全面战败。当时的安德天皇仅有八岁，连同着平家满族的老幼妇孺，在这海湾会战失败后，全部丧生了。

后来的七百年里，坛浦海湾及附近一带海域，平家的怨灵一直徘徊在此地，不肯离去。有人曾经在坛浦海边捉到过长着人类脸孔的螃蟹，当地人都说，这是平家的鬼魂化身而成的，所以这种螃蟹也被人们称为"平家蟹"。

这一类传说一直被流传下来。这一带的海边，至今仍有许多传奇之事断断续续地发生。

当夜晚来临的时候，这一带的海面上，总会出现一些如萤火般的白色光球，阴森诡异，有时候会随着海浪起舞，四处摇曳。附近的渔夫们都对这种诡异的白色光球习以为常，并称这个为"鬼火"或者"魔火"。 每当有暴风雨来临的时候，海面上还会传来凄惨的哀号声，就像是千军万马在对峙一样，冲杀、呐喊，声音不绝于耳。

据说，在早些年的时候，平家的这些冤魂们闹腾得比现在厉害得多。半夜有船经过这片海域时，它们会悄悄地从夜航的船上冒出来，把船弄沉；来海边游泳的人，一个不留神，就会被冤魂们拉入海底淹死，再也出不来了。所以，为了平息平家亡灵们的愤怒，附近的村民们自发筹款，在赤间关（现今之日本下关）修建了一座阿弥陀寺，用来祭奠亡灵，祈求上苍的佑护。除此之外，人们还在寺庙附近的海滩开辟一块墓地，竖起了墓碑，还定期举办佛事，为死去的幼帝以及平家的家臣们诵经念佛，祈祷他们早登极乐世界，同时也为生者祈福求平安。

寺庙和墓地建好以后，平家冤魂们的怨气果然稍微变小了一些，但还是隔三岔五地会有一些毛骨悚然的事情发生。有的人说，这是因为平家的怨灵太多了，很多冤魂都未能投胎转世，无法安息。

就这样，一百多年过去了。

这一年，赤间关来了一位名叫芳一的琴师。这位琴师自幼双目失明，但是却有着一手高超的技艺——弹奏琵琶。芳一从小跟随老师苦练琵琶技艺，少年时便已经超越了所有的同门，成了一个职业琴师。芳一最拿手的曲目，就是弹唱以源平之战为背景的《平家物语》。每当他唱起平家一族在这一战中举族被歼的悲壮故事时，天地都为之动容，鬼神听了都难免为之潸然泪下，更别说人了。

在没有成名之前，芳一的日子过得极其艰苦。幸好阿弥陀寺的住持是一位喜欢附庸风雅的人，喜欢诗歌雅乐，因此时常邀请芳一到寺庙演奏。住持听过芳一的演奏过后，非常欣赏他的才华，又听说他家境困难，因此干脆把芳一接过去，把他安顿在寺中，让他免去颠沛流离之苦。芳一十分感激住持的相助，因此也更加卖力地为住持弹奏。每当夜幕降临，住持不那么忙碌的时候，芳一便会悉心为住持弹唱一曲，久而久之就变成了习惯。

一个夏天的晚上，寺庙附近有一位信众过世了，住持带着小沙弥去丧者家中举办法事，只剩下芳一一人留在寺庙中。这天晚上天气闷热，芳一一人呆坐在房中，觉得十分无聊，于是便想到房间外面的走廊上乘乘凉，休息一会儿。从寺院的走廊往外看，可以看到后院。

芳一一个人坐在走廊上，然后随手弹起了琵琶。弹着弹着，时间不知不觉过得飞快，转眼便是子夜时分了。芳一见住持还不见归来，自己也无心睡眠，一个人在走廊边上等着，边等边弹琵琶。

突然，芳一听到后门传来一阵脚步声，好像有什么人进来了，而且正渐渐接近走廊。这声音非常陌生，听上去并不像是住持的脚步声。芳一正在纳闷的时候，脚步声停了下来，然后，一个粗鲁且嘶哑的声音传了过来："芳一！"

这声叫唤既低沉又阴森，听上去让人顿生寒意。那人说话的口气，像极了武士使唤下人的样子。

芳一明显被这突如其来的声音吓了一大跳，一时间不敢开口。这时，那个声音仿佛更加暴躁了，叫喊声也变得严厉起来："芳一！"

"在！"芳一忙不迭地答道，声音因为恐惧而变得有些颤抖，"请问您是谁？对不起，我的眼睛看不见……"

"不要害怕。"来人的语气顿时变得和缓起来，"我是住在这座寺庙附近的邻居，这次来找你，是有要事想跟你商量。我家主人身份尊贵，这次他率领众家臣出游，刚好停在赤间关休息，顺便瞻仰一下坛浦会战的遗迹。我家主人听说你是弹奏《平家物语》的高手，因此很想请你过去一趟，听你亲自弹奏一曲。所以，带上你的琵琶，现在跟我走一趟吧！"

在当时那个时代，平民百姓是没有资格违抗武士的命令的。芳一只好起身，穿上鞋子，抱着琵琶，跟这位陌生来客一起动身。

武士灵巧地拉着芳一的手，走在前面给他带路。芳一能感觉到，这个武士的手如同铁棒一样僵硬而且冰冷，伴随着脚步声的，还有武士身上传来的铿锵的钢铁碰撞声，一听就知道，他的身上穿着甲胄。芳一心里推测，这个武士可能是某个王公贵族府上的值夜武士。

想到这里，芳一先前对这个武士的恐惧、压抑之感一扫而光，反而有些受宠若惊。他刚才听武士说过，他的主公是一位身份地位都非常显赫的大人物，那有没有可能，这个大人物就是一个地位尊贵的大名呢？

芳一想着想着，心里渐渐地有些兴奋起来。不久后，武士突然间停住了脚步，似乎是在一扇大门前停了下来。

芳一这时觉得有点奇怪。按理来说，这方圆百里，除了这座阿弥陀寺外，几乎没有人家，又怎么会出来一个大门呢？真是太诡异了。

正在芳一纳闷的时刻，武士对着前面大喊道："来人，快开门！"

开门的声音传来，武士带着芳一走了进去。穿过长长的庭院，他俩终于在另一个门口停了下来。这时，武士对着前方大喊道："快来人，我已经把芳一给带过来了，马上出来迎接吧！"

接着，门里传来一阵急促的脚步声，然后又是门窗滑动的声音、女性低声说话的声音。从女人们交头接耳的言谈中，芳一推测，她们肯定是大公卿府里的侍女。但是，他现在到底身在何方，这仍然是个谜团。容不得他多想，他被人搀扶着，接连着上了五六级台阶。到了最后一级阶梯的时候，有人命令他脱下自己的草鞋。

这时，一个女人的手伸过来抓住了芳一的手，带着他走过了一大段细心打扫过的光滑的地板，然后又穿过了许多走廊以及隔扇门，最后来到了一个充满异香的地方。芳一猜想，这里应该是达官贵人们聚集的场所，地板上铺着厚厚的地毯，高级丝绸滑过地板，发出细微的摩擦声，就像森林中微风拂过落叶一般温柔。周围有人在低声交谈，说的都是宫廷中常用的敬语和官话。

这时，有人走了过来，在芳一的面前放了一张细软的坐垫。

"请入座吧！"一个声音传了过来，打断了芳一的思绪。

芳一在软垫前安坐下来，调整好琵琶的音弦。这时，一个苍老的女声对他说："请开始吧，唱一段关于平家的故事，这是我们主人最想听的曲子！"

听这人的口气，芳一推测，她可能是府邸里的女侍长。他谦卑地欠了欠身，恭恭敬敬地说："平家的故事很长很长，而且故事很多，估计几天几夜都唱不完。不知道您想听哪一段呢？"

女声轻轻地回道："那就唱坛浦会战吧！那是平家故事中最哀怨、最惨烈的一段。"

芳一手指不停地拨弄着琴弦，不再答话，缓缓弹唱起来。

琵琶声凄切，歌词哀怨，芳一缓缓唱来，在座之人无为之不动容，仿佛多年前的那场战役就发生在眼前：摇橹的声音传来，战船破浪的前进声、箭矢划破天空的摩擦声、士兵们厮杀的呐喊声、军队踏步前进的声音、刀剑砍杀到铁甲的声音、战败者的尸体坠入大海中的声音……

这些声音，都缓缓地通过他手里的琵琶，形象地表达出来。这时，不断地有赞美声传入芳一的耳朵里：

"多么登峰造极的技艺啊！"

"多么优秀的琴师啊！"

"我从未在自己的领地内听到过如此动人的弹唱！"

"普天之下，估计再也找不到比芳一更好的琴师了！"

芳一听到这些赞扬，弹唱也更加卖力起来。宾客们也不再发一言，静静地聆听着芳一的演奏。

不久，芳一终于唱到了平家满门遭遇不测的那一段。这可是整个平家故事中最哀怨、最高潮的部分——由于战败，平清盛的妻子二位尼，抱着幼小的儿子安德小天皇投水自尽。

唱到这里的时候，四周发出了低低的哀泣声，夹杂着恐怖和痛苦的呢喃。伴着歌词，芳一将一曲琵琶弹得如泣如诉，犹如波涛怒吼，又如刀剑相迎，让四周的听众都入了神。渐渐地，低泣和呢喃变成了撕心裂肺的叫喊和大哭，宾客们无不放声哭泣，哀号声与琵琶声交织到一起，气氛顿时变得无比沉闷。

芳一被他们的举动惊住了，手一抖，琵琶声戛然而止，四周的声音也渐渐停息下来。

又过了好一会儿，还是那个苍老的女声悠悠地传来：

"您真不愧是一流的琴师，是这个世上难得的演奏者！虽然我们之前早就听说过您的大名，但是若不是亲耳听到，很难相信您能拥有如此高超的技艺。您的琴艺，比外面的传言有过之而无不及！我们的主人特地吩咐了，一定要好好酬谢你。不过，他还想继续听您的弹唱，明天晚上同一时间，还请您务必到这里，我们会派昨天去接您的那个武士继续接你到来。不过，我们主人在赤间关这件事，请不要告诉任何人，这是机密。今天就到这里为止了，请您回去吧！"

芳一向那声音传来的方向鞠了一躬，表示感谢。然后，又有一名侍女走上前来，牵着他的手，带着他走出大门。穿过重重的走廊和大门后，再由那个武士将他送回寺庙里。

等芳一再次回到庙里时，天色已经大亮，寺里依然不见人影，住持回来得很晚，以为芳一早早睡下了。因此，谁都没注意到芳一几乎整夜都不在寺中。

第二天白天，芳一守约，没有跟任何人说起昨天发生的事。这一天，他美美地睡了一个好觉。等到午夜时分，那个武士果然再次前来，带着他去昨晚到过的豪华府邸，为那里的主人弹唱平家的故事。

跟昨晚的情况一样，芳一的精彩演出再次赢得了在座所有人的热烈掌声。

但是这一次芳一外出的时候，一个小和尚无意中发现了他离开的身影。因此，黎明之时，芳一刚刚回到寺庙，立即被人请到了住持的跟前，接受住持的训导。

住持担心芳一的安全，因此再三叮嘱道："芳一！你眼睛不方便，还一个人大晚上跑出去，实在是太危险了！如果有什么难办的事情，你大可告诉我，我吩咐别人帮你去做。为什么要一个人偷偷摸摸地跑出去呢？万一出了点什么事，那可怎么办才好！你老实告诉我，昨晚你干什么去了？"

芳一被住持一通训话，心里有点虚，支支吾吾地答道："我……我有点事情没办好，因此晚上出去办……对不起，请您原谅。"

住持见芳一闪烁其词的样子，加之他脸色发白，面无血色，更加疑心他没说实话。他的心里忽然升腾出一种不祥的预感，隐约觉得好像有什么不好的事情正在发生。他担心，这个糊涂的青年很可能被某种妖物附体了。他没有再继续追问下去，暗中吩咐寺中所有的小和尚，留意芳一的一举一动。如果发现他还在晚上溜出去，一定要及时回报，并打探清楚他的行踪。

当天晚上，寺中一个佣人果然再次发现芳一独自外出。只见他一手抱着琵琶，另外一只手举在空中，像是被什么人牵引着，一步步走出了寺院。

佣人提着灯笼，一声不响地跟在芳一身后，远远地跟着芳一。

这天晚上，天下着细雨，视野非常黑暗。佣人好不容易才跟上芳一，可是等到他走到街上时，哪里还能看到芳一的影子。这真是奇怪，芳一双目失明，竟然还能健步如飞，这委实让人难以相信。

佣人在黑暗中找了一大圈，还去了芳一平日里最爱去的地方寻访，但是都没有找到他的身影。熟识的人都说，没有看到过芳一。

佣人无计可施，只好沿着海边的小路返回寺中。就在这时，他突然听到阿弥陀寺的墓园中传来清亮激扬的琵琶声。佣人不敢相信自己的耳朵，急忙赶了过去。

过去一看，佣人差点就吓晕过去。墓园里一片漆黑，几簇忽明忽暗的鬼火幽幽地飘浮在空中，看起来格外阴森诡异。

佣人定了定心神，鼓起勇气往墓园深处走去。他穿过了杂草丛生的草地，来到墓地前。

借着昏暗的灯光，佣人看清了眼前的一幕：芳一独自一人坐在空荡荡的墓前，冒着细雨，失魂落魄地弹唱着坛浦会战的故事，如泣如诉，感人至深。在芳一的身后，始终摇曳着几团泛着青光的鬼火，上下飘动着，极其诡异。渐渐地，鬼火的数量越来越多，密密麻麻，简直触目惊心的地步。佣人吓得目瞪口呆，好半天说不出话来。

"芳一君！芳一君！"佣人鼓起勇气大喊道，"你被鬼魂给缠住了，快醒醒啊！"

可是，芳一对佣人的话充耳不闻，反而越唱越起劲儿。佣人顾不得凶险，走上前去拉住芳一的手，大声对他说："芳一，芳一！快醒来，跟我回去！"

哪知，芳一毫不客气地甩开了佣人的手，厉声斥责道："胡来！在贵人面前，竟敢如此放肆！你难道不怕受到惩罚？"

芳一的话一出口，佣人几乎可以断定，他一定是被鬼魂缠住了。

不等芳一发话，佣人壮着胆子抓住芳一的手，把他拖回寺中。住持早早地就在寺门口等着他们的归来，见到此状，也不由得吓了一跳。他连忙吩咐下人为芳一脱去被雨水浇透的外衣，然后又命人端来热汤，为他暖暖身子。等到芳一的神志渐渐恢复清醒，才问芳一道："大晚上的，你到底做什么去了？"

经过这一番折腾，芳一终于慢慢悠悠地回过神来。为了不再让住持担心，他只好向住持吐露了实情，把整个事情的来龙去脉告诉了住持。

"芳一啊！我可怜的朋友！你应该早点把这件事告诉我的！事到如今，你已经身处险境而不自知了！不过，或许是因为你命中该有此劫，你在弹奏琵琶上的惊人天赋，为你带来了这一场灾难。"住持叹息道，"说起来，这真是一件非常恐怖的事情。你晚上所见到的那一幕，并不是真实的，而是幻境。来接你的人，绝非什么活人，而是平家的亡灵！你也不是去什么贵人府中给他们演奏琵琶，而是平家的墓园里。若不是今天有人冒死把你从墓园里带了回来，现在你就已经成为那片墓地里的一员了！"

芳一听罢，惊讶得不知所措，不停地瑟瑟发抖。

"我想，应该是平家的亡灵仰慕你的才华，所以才把你引过去，希望把你带到阴间，永远为他们弹唱。你之前看到的一切，只不过是身体接受了鬼魂的召唤，魂魄的意志力加注在你身上，从而看到了常人看不到的幻景。如果你继续听从鬼魂的指示，早晚有一天，你将被他们撕成碎片，丢掉性命！"住持厉声道。

芳一慌了，忙向住持寻求避祸之法。

"很可惜，今天我还得去前几天过世的那户人家家里守夜。为了超度亡灵，此行我实在推脱不开。所以很抱歉，今晚我不能留在寺中陪你。不过，为了以防万一，我会把驱魔符咒画在你的身上，防止邪物靠近你，对你不利。"说完，住持便吩咐芳一脱去衣物，拿起笔，在他前胸以及后背、脖子、脸、手、脚，甚至连脚底板都画上了符咒。

画完之后，住持慎重地叮嘱芳一说："今晚，等我们都离开后，你千万不要惊慌，像前些天一样在走廊上等着。到了半夜，那个武士会过来接你。但是，无论发生什么事，千万不要发出声音，更不要开口说话。我在你身上画下的经文符咒能够助你驱邪避祸，阴间的亡灵是看不到你的肉体的。你只需要保持安静，不要随意走动，就算害怕，也不能呼救。否则，一旦让亡魂们发现你的所在，它们就会把你撕成碎片。不要害怕，也不要指望能有人来救你，一切都是命中注定好的事情。

千万要记得我说的话，保持冷静，不要出声，才能化解这场灾难，逃过一劫！"

芳一暗自记下了住持的话，等到夜幕缓缓降临，住持和小和尚们都离开后，便跟往常一样，独自一人来到走廊里，将琵琶放在脚下，以坐禅的姿势靠着琵琶坐着，大气都不敢出一口，静静地等待着武士的到来。

不知道过了过久，远处传来了低沉的脚步声。脚步声穿过后院，来到走廊里，在芳一面前停了下来。

"芳一！芳一！"一个粗犷而强劲的声音在头顶响起，带着一丝不容抗拒的威严和不耐烦的情绪。

芳一屏住呼吸，保持静坐的姿势，一动不动。

"芳一！"武士的叫声更加凄厉，也愈发焦急和暴躁。

"芳一！芳一！"

芳一紧张得冷汗直冒，心跳得很厉害。

"芳一！你跑到哪里去了？我一定会把你找出来的！"武士怒吼道。

走廊里紧接着传来急促而沉重的脚步声，伴随着武士的咆哮，一步步向芳一逼近。武士来回搜索着芳一的身影，在芳一四周来回梭巡。

芳一紧张得四肢僵硬，大气都不敢出，连心跳仿若停止了。

一片死寂中，芳一突然感觉到脸上突然传来一阵阴森森的寒气，只听见武士喃喃地说："咦？琵琶还放在这里，可是琴师怎么不见了呢？等等，这里怎么会有两只耳朵飘浮在空中？哦！难怪芳一没有回答我，原来他已经失去嘴巴和身体了！好吧，既然是这样的话，那我就只好把这对耳朵带回去向主公交差了，好歹这也是我来找过琴师的证据啊！"

话音刚落，芳一顿时觉得两只耳朵被一双冰冷的大手死死地钳住了。紧接着，耳朵处传来皮肉撕裂的痛感，他的两只耳朵被人活生生地扯了下来。

武士拿着芳一的耳朵，脚步声渐渐远去。芳一在这过程中一直憋着气，硬生生地忍着，没有发出任何声响。此时，他只觉得脑门上热乎乎的，肩膀上，黏糊糊的鲜血汩汩地流了下来，身上的衣物都被鲜血染了个透。他头痛欲裂，但是他依然连大气都不敢出。

等到天快亮时，住持终于带着小和尚们赶回了寺中。住持慌忙走进后院，还未见到芳一，他的脚便踩到了一团黏糊糊的液体上。

"糟了，不妙！"住持惊呼一声，提着灯笼一瞧，地上全是触目惊心的鲜血！

难道……难道芳一还是遭遇了不测？住持心中一紧，大步往走廊奔去。

走廊中，芳一依然保持着最初的坐姿，身体已经有点僵硬，鲜血从他的耳根处滴下来，流了一地。

"可怜的芳一啊！"住持哀号一声，朝芳一奔去，"你怎么会受伤？你的耳朵呢？"

芳一一直凝神留意身边的动静，吓得动都不敢动，此刻听到住持的声音，紧绷的神经才松弛下来，随即扑进住持怀里，放声大哭，边哭边将昨晚的遭遇告诉了住持。

"唉！真是劫数难逃啊！"住持听完，双手合十，忍不住叹息道，"也怪我，在你身上画满了经文和符咒，可是偏偏就把耳朵给落下了！如果我当时能仔细点儿，好好检查一遍，也不会出现这种惨剧，都是我的罪过啊！"

一边的芳一满身都是血，早就泣不成声了。

"算了！既然耳朵都已经失去了，再后悔也无济于事了！目前最重要的就是治疗伤口，危险总算是过去了！虽然你失去了一双耳朵，不过好在性命无忧，那些亡魂们应该也不会再来找你了，放心吧！"

所幸的是，芳一的伤口经过医师的治疗和住持的精心调理，不久就痊愈了。芳一为平家幽灵弹唱的诡事，也很快传遍了各地，"无耳琴师"的称号，也很快被世人所铭记。

鬼火

啪嗒啪嗒的雨声在门外响个不停，这时候，店门口的纸门被拉开了，一个书生模样的人走了进来。

他戴着一个学生样式的斗篷，个头并不是很高，手里的油纸伞还在不停地滴水，他把伞折起来，走进玄关。

店老板正就着两碟小菜喝着小酒，看到书生走了进来，赶忙招呼了一句："欢迎光临。"

这书生看着面善，可能是附近的大户人家里做工的，但究竟姓甚名谁，老板这一时半会儿也想不起来了。

只听见那书生说了一句："请问，还有绢豆腐吗？"

"有的有的，"老板连声点头应允，转向里边已经吃完饭正在烤火的妻子喊，"绢豆腐还有剩的吧？有客人要。"

"有的啊，"妻子回答道，"正好还剩一点儿。"

她一边说着，一边把身子往外探，试图看看来的客人模样，不过她的位置正好被纸门挡住了视线，所以她并没有看到来者的长相，但她还是高声说了一句："欢迎惠顾。"

书生听说有绢豆腐，便接着说："那给我装三块吧。"说着，他还咳了几声。

"您只要三块呀，那肯定是够的。对了，您是哪一家的呢？"老板娘边说边站起身。

"哦，他是那个，附近的那个……"老板还是想不起书生是哪家的当差的。

"桐岛伯爵家的。"书生接过老板的话说道。

"啊，对，就是桐岛伯爵家的，"老板边说着还边拍自己脑门，他又接着问书生，"家里是要买豆腐来做寿喜锅吗？"

"好像不是呢，"书生回答道，"好像是要做凉拌用的。"

"哦哦，凉拌用的呀，那我们这就把豆腐送到府上去。"

这时候，里边的老板娘已经走到外头来了，她说："真是麻烦您了，还得折腾这么一趟。我听说桐岛老爷最近身体抱恙，不知道现在好些了没？"

"不好说，医生说老爷的肾可能有毛病。今天夜里来陪夜的人觉得这天太冷，想喝点热乎的酒，所以老爷让我来买些豆腐做下酒的小菜。"

"唉，桐岛老爷看起来会很辛苦啊，都说有钱能通神，但有好多事啊，就算是钱再多也没办法呢。"

"老爷家里人已经给他找了两个这方面的医学专家，大家都说这病不好治，怕是要耗上好长一段时间了。"

"唉，真是辛苦。"老板娘摇头晃脑地叹气道。

"您就把豆腐装好给我就是，我直接带回去。"书生说道。

"不用不用，"老板摆摆手说道，"待会儿我们弄好了就给桐岛老爷送去，不用劳烦。"

"这也没多麻烦，您直接给我就是，而且这天还在下着雨，你们送过去也很麻烦，倒不如给我直接顺路带回去也好。"

"不麻烦，不麻烦，我们很快就给桐岛老爷送去。"老板始终坚持着这句话。

而一边的老板娘心里却骂开了："死老头，让他直接带回去不是好？偏要往自己身上揽事！"

"既然这样，那就麻烦您了。"

书生不再坚持，说完了这句话之后，他就拿起油纸伞，转身走了出去，接着把纸门带上。

　　只听见啪的一声，油纸伞被撑开，然后就只剩下雨点打在地面上的啪嗒声。

　　"看你干的好事！"书生走远了之后，老板娘就忍不住对老板嚷嚷了起来，"你让他带回去多方便，这下可好了，这么冷的天，还非得为了三块豆腐出一趟门，万一再不幸感冒了，多划不来啊！你既然答应了人家，那你自己去吧！"

　　只见老板慢悠悠地继续喝着他的小酒，接着说道："你真是妇人之见，桐岛家这种大户人家能怠慢吗？再怎么说，他们家也算照顾我们生意了。"

　　"桐岛家照顾我们生意是一回事，你让那书生顺便带豆腐回去也不见得怠慢了桐岛老爷吧？真是的！你这么怕怠慢桐岛老爷，那你去送吧！"老板娘没好气地说道。

　　"哎呀，消消气，这多大点儿事呢，是吧？你送和我送还不是一样？桐岛老爷是大户人家，我们多跑一趟也是难免的嘛。你就行行好，把豆腐送到他们府上吧。"

　　"我才不去，是你答应人家的，我可没跟那书生说不麻烦不麻烦。"老板娘学老板刚才回答书生的语气说话来讽刺他。

　　"这……我作为老板当然要赶紧给人家回话呀。你就辛苦辛苦，帮我跑这一趟吧。"老板的语气已经近乎哀求了。

　　"哼！你肯定是看外面天黑了，害怕了吧？你这胆子，就连满月的时候都不敢往寺庙附近走！你还别说，今天这天黑得真是叫人害怕，况且还在下着雨，我也不大敢出门去。"

　　"哎呀呀，你这说的都什么话，天黑你打个灯笼去不就得了？不碍事的。"老板被老板娘一下子说中了心事，缩了一下脖子，回应道。

　　"不碍事你怎么不自己打灯笼去呢？"老板娘继续回绝道。

　　"你怎么这么不听话呢？"老板说完，接着又喝了一口酒，借着酒气，粗声粗气地喝道，"你赶紧给桐岛府上送豆腐去！说这么多话的功夫，早去一趟回来了！"

　　"真是的……自己明明怕得要死，还非得答应人家说送货上门……"老板娘的声音也高了一些，不过，这么一通抱怨之后，她倒是觉得心情比刚才好多了，也不觉得在这个漆黑的雨夜出门是很困难的了。

老板娘走到放灯笼的柜子边，开始翻箱倒柜找灯笼。老板看到她去找灯笼了，一颗悬着的心总算放了下来，又觉得心里有愧，便一边絮絮叨叨叨个没完。

老板娘听着他在那里不停地碎碎念着，真是又好气又好笑，"我说你啊，就是死要面子活受罪！这么个大冷天，非得要一口给人答应下来说要送上门，真是的！"

说着，老板娘已经找到了灯笼。打点好一切以后，老板娘便提着装有豆腐的篮子出门去了。

听到纸门合上的声音，老板就停止了碎碎念，唾骂了一句："妇人之见！"

老板又喝了一会儿酒，屋里现在就只剩他一人了。头顶上昏暗的灯光投在他身上，在桌子上留下一圈影子。他看着自己黑乎乎的影子，心里开始不由自主地打鼓，忍不住往纸门看去，想着老板娘这会儿就能回来了。

但实际上这才没过多长时间，老板娘是不可能回来的。

突然，纸门上似乎映出了一层模糊的影子。老板吓了一大跳，身子往后移，等到他好不容易壮起胆子再看一遍的时候，纸门上却什么也没有。

老板这才松了一口气，摆正身子，拿起桌上的酒杯赶紧喝了一口。

过了一会儿，老板又开始胡思乱想了。他想到，此时的妻子，应该一手提着篮子和灯笼，另外一只手应该在撑着伞，沿着寺庙的墙走着。快要走到寺庙门口了，门口挂着的灯笼透出来的灯光十分昏暗，寺庙那长长不见头的石墙里边栽着许多用来做树篱的杉树，因为石墙并不高，透过杉树就可以隐隐约约地看到寺庙里的墓碑。在寺庙的对面还有一排民屋，户户都门窗紧闭，那紧闭的大门还从门缝里透出了光，就像一条条发着幽光的线。走着走着，前方的路开始往左拐，路旁是一根电线杆。这时候，不知道从哪里突然跑出来一团蓝幽幽的鬼火，径直向电线杆撞去。随着砰的一声，只见那团鬼火撞到电线杆上，散成了无数的碎片，往四面八方飞出去了……

老板被自己的幻想吓了一大跳，他开始冒冷汗，安静的屋子里，能清楚地听到自己的心跳越来越快，感觉快要蹦出来了。他两只手用力地抓着桌子边沿，好像害怕自己会掉到什么地方去的样子。

借着眼角的余光，他瞥见纸门上突然多出了几个洞，其中一个洞口后面，还有着一只正在发着幽光的眼睛！

老板大叫一声，连忙抓起被炉上的被子盖住自己的头，拼命地往被炉里面缩，全身还在不停地瑟瑟发抖。

过了好长一段时间后，老板终于缓了过来，没有刚才那么害怕了。他估摸了一下时间，推测妻子可能不久就要回来了，他得赶紧恢复成原先的样子，不能叫她看出自己被吓到了。

于是他把头伸出被窝，但是他还有些害怕，迟迟不敢从被子里出来。

屋外仍旧是无休止的雨声，并没有任何人走近的迹象。看来，老板娘还没回来。

他突然想起前些天在桐岛家附近听到街坊们在聊的一件事，那是跟鬼火有关的。

"你也看到那团鬼火了吗？那肯定是那个年轻人变的！太惨了那孩子，好端端地走在路上，突然就让一辆车撞死了。听说那罪魁祸首到现在还没找到，真是老天没眼啊！那孩子定是死不瞑目的，要不怎么会变成了鬼火呢！"

"就是啊！"说这话的人老板认得，是在那附近开理发店的老板。

那人接着说道："那孩子长得可真俊俏，又白净，咱这大户人家的少爷就没几个能比得上的。我看啊，怕是有人起了妒意，做了什么见不得人的事儿！"

众人听了直点头。

"唉，大户人家总有些是是非非道不清……"

豆腐店老板一边回忆着那天的事情，又接着联想到那些讲述豪门是非的故事，里面的人总会为了财产不择手段，那一个个扭曲的面孔真叫人害怕。

正当老板胡思乱想之时，只听吱嘎的一声，纸门被打开了，有人进来了。

老板大吃一惊，赶紧坐起身来强装镇定。

"冻死个人了！真是冻死个人了！"听见从纸门那边传来的是老板娘的声音，

老板身子又直了一些。

接着，老板娘哆哆嗦嗦地走进里屋来，她看到老板大半个身子都藏在被炉底下，忍不住笑话他："是不是害怕得躲在被炉里不敢出来了？你胆子也太小了吧！"

"哪有！你哪儿看到我是害怕得躲进被炉里了？这会儿没人给我盛饭了，我正好躺会儿还不成？"老板说这话的时候，已经钻出了被窝坐好，就和妻子离开前一样。

"胆小如鼠还不承认，要放平时，没吃着饭你会去躺着？我才不信。"老板娘也毫不客气地回了一句，然后走到放篮子的地方把篮子放好。

"笑话！还不是因为你不在没人盛饭？大老爷们吃饭没人服侍着，算个什么礼数？"

"啊，你不出门你还有理了是吧？"老板娘走回到被炉旁，她看着强装镇定的老板，决定吓唬吓唬他。

"唉，好在你没去。要说啊，像我胆子这么大的人都被吓得够呛，如果是你去啊，都不知道会被吓成什么样子呢！"老板娘一边说着还一边抚摸胸口，一副惊魂未定的样子。

"啊？"老板果然被她的话吓得脸色都变了。

老板娘把脚伸到被炉里以后坐好，然后一脸神秘地对老板说："我跟你说啊，我见到那东西了……我的妈啊，我还以为是街坊们乱传的呢！真没想到居然是真的！"

"什、什么真的？你看、看……见什么了？"老板已经被吓得舌头都打结了。

"我从桐岛老爷家出来以后，走到那个拐角的电线杆旁，就是那个大家说有个年轻人被撞死之后出现鬼火的那里。我一下子就看到，那个电线杆旁有一团鬼火，就这么直接地撞到电线杆上去了！我的妈呀，吓得我撒腿就跑！还好在路上遇到另外几个书生，才好不容易回过神来……"

老板一句话也说不出来，两只手不知道什么时候已经紧紧地抓着桌子沿了，老板娘看他这样子，扑哧一声，笑了出来："看你，说个故事就能把你吓着！"

"啊？"老板这才意识到老板娘是在骗他，他生气地嚷了一句："这事能随口胡说吗？再说了，我也不会怕什么鬼火的……"

"好好好，是我错，你胆子大，你不怕鬼火，"老板娘收住笑，接着说，"赶紧把饭吃了。"

"真是的，这种事能随便说吗？我才不怕那种子虚乌有的东西，哼哼……"老板继续争辩着。

吃完饭后不久，老板和老板娘就躺下睡觉了。

睡得正香的时候，老板被老板娘摇醒了，"醒醒！快醒醒！该起来了。"

"干吗呢……"老板用左手挠了挠自己右手，眯着眼看了下窗外，声音含糊地吐出几个字，"还早着呢，天这么黑……"

"早什么早，都四点了！现在天黑得快，不早点起来干活都没时间了！"老板娘继续用手摇老板的身子。

老板没办法，只能坐起来，努力地让自己清醒起来。

老板娘看他坐起身，便离开被褥旁去把灯点起来。昏暗的灯光在这个时候显得格外刺眼，老板看着穿黑褂子的妻子开始忙活开来，问道："外边还在下雨吗？"

"不下了，我这就把饭做好。你起来后先把煤气炉点了，然后再去打开大门。"老板娘吩咐道。

但是老板并不想去，一来是因为天太冷了，二来是因为外边的天还那么黑，他并不是很想开门。

"就不能等吃过早饭以后再开门吗……"老板嘟囔道。

"不能！"老板娘想都没想就直接回绝了他，"不开门怎么干活呢？快，快去把门打开！"

老板娘说完这番话以后就走进厨房去做饭了。

闻着厨房里传出的饭香，老板虽然心不甘情不愿，但还是得硬着头皮去开门，否则老板娘回头又得笑他胆子小。

他站起身来，走到火盆旁边拿火柴点着了煤气炉，蓝色的火苗一下子窜了出来，旁边的石磨和锅都被照亮了。

点完煤气炉以后，老板把火柴盒收到怀里，接下来该去开大门，这是他最不想做的。

老板走到门口，先把纸门小心翼翼地拉开，然后再把板门打开——板门是家和外面唯一的隔墙了。板门上挂着的锁，不用碰都知道，那可是寒彻入骨的。老板吸了一口气，全身的神经都绷得紧紧的，紧接着他迅速打开锁，然后一下子把门打开，同时他还做好后退的姿势：万一门外站着个什么怪物，他就可以马上跑掉。

不过门外什么都没有，迎面而来的只有刺骨的寒风。老板松了一口气，他摇了摇头对自己苦笑，然后走上前去，正准备把外边挡雨用的门板放下来的时候，突然，一个声音传入了他的耳朵："老板。"

这声音，一下把老板吓得直打哆嗦，不过他听这声音耳熟，倒也马上缓了过来，转头一看，一个戴着学生斗篷的人站在门的旁边。

"昨天夜里真是辛苦你们了，还特地跑了一趟。"说话的人原来是昨天的那个桐岛家的书生。

"哎呀，是你啊！我还以为是……"老板连忙收住口，紧接着说，"这么早来，有什么事吗？"

"是这样的，我家主子昨天吃了您做的绢豆腐以后一直赞不绝口，这不，天还没亮，他就派我来请您过去，可能是要商谈让您定期送豆腐的事情。"

老板脑海里立马闪现出来的画面就是那个有着鬼火的拐角，因此，迟迟没有接过书生的话。

"我也知道您是才刚起身，但我家主子好久没有这么好的胃口了，请您看在病人的份上，麻烦跟我走这一趟吧。"书生见老板面露难色，便这么说道。

老板想，桐岛家毕竟是个大户人家，亲自来请肯定是耽搁不得的，而且这天应该快亮了，况且还有书生陪着他一起去，应该不会有什么事。

这么想了一通以后，他心里轻松了不少，于是对书生说了句："行，你等会儿。"

然后他回头往里喊了一声，"喂，桐岛老爷请我到他府上去有事，我去去就回。"

里边的老板娘回应了一句："这么一大早的，找你去干什么啊？"

"不知道呢，桐岛老爷这一病，家里人都乱套了。"

"行行我知道了，你赶紧去赶紧回，别耽误干活。"

然后，老板就跟着书生一块儿离开了豆腐店。

他们一边走着，一边说些有的没的。

"桐岛老爷的病有起色了吗？"

"唉，没呢，请的医生都说这一时半会儿好不了，真叫人发愁。"

老板一面和书生聊着天，不时还看看天。原先密布的乌云这会儿已经散开了一些，从那缝隙里透出的光让老板感到很安心，这说明，天快亮了。

快走到那个拐角附近的时候，两人不再说话了，只管闷着头往前走。书生走得快一些，在前边带路，老板紧跟在他后头。经过的寺院门口依旧挂着灯，奇怪的是，过了这么长时间，天还是没有要亮的意思，而且好像还更暗了一些，老板心里不禁又开始打鼓。

"这天，怎么还不亮呢……"老板忍不住说了这么一句。

走在他右前方的书生往老板的方向侧了一下脸，他的脸生得真是白净。

只听到那书生回应了一句："快了，应该一会儿就亮了。"

老板的眼角余光不小心瞥见了寺庙的树篱后若隐若现的墓碑，一下子把他吓得魂都快没了，他赶紧往书生的方向又靠近了一些。

走着走着，老板发现他们快要走到那个可怕的拐角了，他感觉到自己开始头皮发麻，呼吸急促，他也不敢想什么其他的了，全身心都在紧跟着书生，生怕离了书生半步就会发生什么事情。

经过拐角的时候，老板看到了那个传说中的电线杆，但和他之前看到的并没什么两样，周围也没有什么异样。虽然如此，老板还是不敢有半点松懈，他只想赶紧离开这个诡异的地方。

走过电线杆后不久，他们就到达了桐岛家门口。桐岛伯爵不愧是大户人家，门口两边的门柱是用花岗岩砌成的，上面还装着两盏电灯，亮度也比其他人家的亮，门里边的樱花树枝干都被照得清清楚楚。

书生从门左边的小门进去，老板也赶紧跟在他身后。进到里边以后，老板发现，门口的旁边就是一栋小屋子，透过磨砂玻璃能看到，屋子里面还亮着灯。

这是用来给守门人住的房子。但奇怪的是，守门人现在居然不在里边，这实在不合礼数。

但这不是他该管的事，他只要跟着书生走就行了。这时，老板发现走在他前边的书生往着正门玄关的方向去了，这让老板迟疑了一下，因为按照礼数来说，他们应该要从左边的路绕到后门进去才对。

"我们应该要从后门进才对吧？"老板叫住了书生。

"跟着我就行，没错的。"书生头也没回，就这么回应了一句。

院子里的樱花树在寒风中不停地摇摆，被路灯映到地上的影子就像一个个在地上不停蠕动的怪物。

玄关前边停放着两辆汽车，玄关处摆放着一个圆形的大花盆，里边种着硕大的苏铁，洁滑光亮的叶子在灯光的照射下，轮廓显得更加清晰了。在玄关口放鞋的地方上，已经摆着不少皮鞋和木屐，估摸应该有十几双，而玄关口处的纸门是紧闭着的。

可是书生还是径直走向玄关……

"我还是在后门等着吧……"老板叫住了书生，他可不敢从前门进去。

但书生并没有要停步的意思，他走到纸门前，拉开了纸门，头朝里看，并用手朝着老板的方向示意他过来，并不说话。

"这样真的不太好，这……"老板还是很为难，可是书生好像听不到他说的话一样，继续向他招手示意他过去，白皙的手在漆黑的夜里格外显眼。

老板没办法，只能走上前去。

纸门后边不远处是另一个书生，他坐在火盆附近，用右手撑着脑袋，似乎睡得正香。

老板则一直跟着书生朝着里屋的方向走去，他的心里七上八下的，不知道如何是好，但是他也只能紧跟着书生的脚步。他们走到了走廊处，看到一长排房间，每一间房里都点着灯。

书生还是没停下脚步，往左边的方向去了。老板也赶紧跟了上去。

走到一间看起来比其他房间更加气派的房间前面时，书生终于停下了脚步。这是一间西式风格的房间，前面的书生用左手推开门，右手往后示意老板跟上。

老板跟着书生走进房间以后，他感到了一股如沐春风的暖意。接着，他注意到，房间的左边是一张大卧床，上面躺着一个脸色蜡黄的男人，他的脸是朝着里边的，但老板猜测这应该就是卧病在床的桐岛老爷。卧床旁边，是两个正坐在椅子上打盹的护士。卧床不远的地毯上，有几个男人盘坐着，不过他们看起来好像也睡着了。

走在前面的书生停住了脚步。老板满心疑惑，不知道书生带他到桐岛老爷卧室来做什么，因为桐岛老爷明显还在休息，而且这怎么说也是老爷的卧室，他这样身份的人进来实在不合适。

老板正胡思乱想的时候，前边的书生一下回过身来，房间里光线很足，把书生的脸映得清清楚楚。

这还是老板这两天来第一次正面看到书生的脸，他的眉眼生得十分俊俏，眉如墨画，面似秋月，目若泉水，好一个美男子。

然而老板却被吓得魂飞魄散！

这……这不就是大家说的那个被撞死的年轻人山胁吗？

"老板你别怕，你认真听我说，你只要按照我说的办，不会有什么事的。"

山胁似乎知道老板看出了什么。

老板哪还说得出话，只管点着头。

只见书生从怀里掏出了一样东西，看起来是一圈绳子。

"你用这个绳子拴住桐岛老爷的脖子就好了。别怕，他们都睡得很沉，不会醒的，你只管放心按照我吩咐的去做。"

"哦……哦……"老板终于发出了声音，但他还是感觉无法动弹。

"快去啊！"书生又催促了一遍。

　　眼下也没有其他办法，老板只能按照书生说的话去做，他拿过书生手里的绳子之后往卧床蹑手蹑脚地走去。老板走到桐岛老爷床边时，大气都不敢出，慌慌张张地把手里的绳子拴到老爷脖子上，转身准备走的时候，绳子居然又跑回到他的手里了。他不知道怎么回事，猜想可能是自己太害怕了，搞错了什么，又回头套了一次。结果绳子一套到老爷脖子上，又好像被风吹了一样飞回到他手里来。老板如此这般试了几次以后，绳子都莫名其妙地跑回到他手里，他实在没办法，只好拿着绳子回到书生站着的地方。

　　"也不知道是怎么回事，这绳子老是会跑回我手里……"老板不敢看书生的脸，低着头说道。

　　"是吗？果然啊……还好我有所准备。"书生说着，就拿出了另一样东西，是两颗石珠子。"你去把这两颗珠子放在老爷枕头边就行，绳子先放着。"书生继续说着，然后把珠子放到老板的手里，"哪个位置都行，只要放在他枕头边就可以。"

　　老板接过书生手里的珠子，又连忙走到桐岛老爷卧床旁，把珠子放在枕头边上之后，老板逃也似的迅速走回书生旁边。

　　"放……放好了……"老板言语中还是透露着他的胆怯，但这会儿他已经没有那么害怕了，他甚至开始怀疑自己只是在做梦。

　　"嗯，很好，我们出去吧，这里是套不了绳子的了。"书生一边说着，一边就往门外走去，老板也赶紧跟上去。

　　他们走出房子，来到院子，院子里有着一个池塘，这会儿已经没风了，池面毫无波澜，如同一塘死水。书生沿着池塘的方向走去，来到了别院的套廊上，紧接着，他走到别院的房门前，拉开了纸门走了进去，后面的老板也跟着走了进去。

　　这屋里并没有老爷屋里那么亮堂，但也能看得清房间里的光景。只见一个女人正侧躺在榻上，还用一只手撑着脑袋，另一只手放在坐她跟前的那个男人的身上，两人好像在说着话，他们似乎没有发现有人走了进来。

老板认真看了看那个躺着的女人的脸，可是，这一看，又把他吓得够呛：那分明就是桐岛夫人！而旁边那个男人，好像就是桐岛老爷家的司机！

这大晚上的，桐岛夫人和一个男人独处一室，还做出这么不堪入目的动作，这叫什么事啊？老板心里忍不住念叨了一下。不过他又想，自己现在可能在做梦呢，所以也没太当回事。

他转头看了看书生，他现在已经不怕书生了。

只见书生的眉头紧锁，眼露凶光，嘴角轻微上扬，似乎在笑。他见老板在看他，就把食指放在唇边，示意老板别说话。

那两人仍旧在说着话，司机还不时伸出手去抚摸桐岛夫人的脸。老板看着真叫尴尬，不知道眼睛该往哪儿放好。

只听见书生轻轻说了一句："你再等会儿，马上就有好戏看了。"

"这……这叫什么事啊！"老板忍不住念叨了几句。

"这对狗男女是趁着桐岛伯爵卧病在床的时候私会呢，不过正好也帮了我一个大忙。"

"什么……什么意思？"老板完全听不懂书生话里的意思。

"哼，这个贱女人，到处勾搭男人！她骗我与她私下结情，结果不慎被那个无恶不作的人给知道了。那恶人其实早想找借口把他夫人赶出去，好把自己私养的小妾扶正，不过本来就是入赘的女婿，自己并没有什么势力，于是就干脆一不做二不休，想着先派自己的司机把我撞死，再找机会对付夫人，然后把罪名推到夫人身上。哈哈！让他没想到的是，夫人跟司机也有私情……司机不可能会栽赃给夫人的，这两个狗男女巴不得桐岛老爷赶快死，哈哈哈哈……"书生的脸笑得快有些变形了。

"那……那个恶人就是桐岛老爷吗？"

"除了他还能有谁？"书生不屑地说道，"这个人，表面上是贵族院的议员，实际上是个罪大恶极的坏人，做事一向心狠手辣、不择手段。"

说完这话，他拍了一下老板的肩膀说："快看！好戏开始了！"

老板赶紧把目光转移到床榻上，只见夫人那原本放在司机身上的手开始游走，就像一条蛇一样，从司机的腹部往上缠绵，最后一下勾住了司机的脖子。司机顺势俯下身去，却被那手轻轻地推开了，与此同时，还伴随着夫人的娇嗔声。

这女人果然很有手段呢，老板心想。

突然，他听到纸门被拉开的声音，回头一看，居然是刚才还卧病在床的桐岛老爷！就在不久前，他还是一副病得奄奄一息的样子，这会儿都能自己走路了，而且这么快就到别院来了，老板不禁要揉揉自己的双眼。

桐岛老爷一进屋，就看到了夫人和司机两人在做些见不得人的事，他发出一声怒吼，脸上的青筋都爆出来了。

司机连忙甩开夫人的手，站起身来。紧接着，桐岛老爷冲上去，一把抓住司机的领子，愤怒地喊道："你居然胆敢背叛我？"

原本卧着的夫人也赶紧起身来，桐岛老爷又伸出另一只手，抓住了她的头发往床下拉，力度之大，感觉夫人的头都快被扯下来了。

夫人疼得哇哇大叫，一边挣扎一边喊道："你在干什么啊？你怎么能随便打人呢，这太失身份了！"

但桐岛老爷的怒气并没有丝毫减弱的迹象，他又爆发出一声野兽般的怒吼。

"老爷，如今已经到了这番田地，我知道，再怎么辩解都无济于事。但请您先放开我，听我把话说完，好吗？这件事情闹大了对谁都不好看啊，请您务必先冷静下来。"司机倒是十分冷静的样子，但他也在想办法挣脱开桐岛老爷的手。但明明已经病入膏肓的桐岛老爷看上去却十分有力，两人都挣脱不开他的手。

"赶快，趁现在他们都忙着打架，你赶快去用绳子套住桐岛伯爵的脖子，这次肯定没问题的。"书生把老板往前推，但老板却迟迟不敢上前。

"你还在犹豫什么？这是最好的时候，他们不会有人管你的，相信我。"书生又催促了一句。

老板眼下也没有其他办法，只能照着书生说的去做。

他蹑手蹑脚地走到桐岛老爷后边，那僵持着的三个人居然没有一个发现他。

他赶忙把绳子丢到伯爵的头上，只见那绳子不偏不倚，正好套住了伯爵的脖子，接着，绳子似乎有人在后头用力一扯，伯爵整个人就倒在了地上。

老板一看这个状况，赶紧转身折返。书生大笑着对他说："干得漂亮！这下果然成功了！"

老板站稳了之后，又回头看了一下那三人，桐岛老爷仰面躺在地上，一动也不动，司机和夫人围在他旁边，低声交谈着。然后，夫人不知道对司机说了什么，司机就赶紧离开了房间。

"他是害怕被人看到了，会把罪安在他身上，跑得倒是挺快的。不过我的事情也完成了，我们也该走了。"

书生说完这番话以后转身就走，老板一刻也不敢耽搁，赶紧跟上去。书生走得相当快，也不管身后的老板跟不跟得上。不一会儿，他们就走出了桐岛家。

这时候的天正飘着绵绵的细雨，天色还是依然很暗。只见门口外边停着一辆汽车，还在闪着灯。紧接着，书生就钻进了那车里坐好，回头来看着老板，黄色的车灯映着那书生白皙的面孔，感觉格外诡异。

"今天的事多谢你了，"书生对老板说道，"多亏了你，我才得以报仇雪恨，虽然现在只解决了伯爵一人，不过那对狗男女也不会苟延残喘多久的。再过几个月……那时候他们自然会有天收的，那时候我就不需要帮手了，哈哈哈！对了……"书生止住了笑，正色道，"给你看一个东西。"

说着他伸出手来，老板顺着他的手看去，一下子又被吓得魂飞魄散：书生手上，居然是桐岛老爷的头！

接着，汽车就开动了，黄色车灯的灯光一下子刺到老板眼里，他只觉得眼前一黑，就失去意识了。

"哎呀，他动了！动了！"

老板只听到耳边一阵欢呼，他努力睁开双眼，映入眼帘的是妻子和其他平日里私交甚好的店铺老板，还有邻居们。他疑惑地看着这群悲喜交加的人，还没缓过神来。

"发生了什么事吗？我怎么躺在床上呢？"

　　"我刚才叫你去开门，结果你开完门就直接躺在那儿了，我怎么叫你都不醒，把我吓得啊，我赶紧找来街坊邻居们帮忙，刚才大夫还来看过，好一番折腾……我好怕你出了什么事啊！"妻子说着，还不时地抹眼泪。

　　老板突然想到了刚才在桐岛家发生的事，那果然只是个梦呢！

　　于是，他对围在他周围的人说道："我刚才确实是做了一个好长的梦来着……"

　　不过，他没对众人说清梦里的内容。

　　然而，到中午的时候，就传来了桐岛老爷撒手人世的消息，把老板吓得够呛。但他还是安慰自己那只是个梦，毕竟桐岛老爷原本就是抱病在身、命不久矣的人，这无非只是一个巧合。

　　没想到，过了几个月，前来买豆腐的客人告诉老板，桐岛夫人和司机被人发现死在了镰仓的海边，死因不明。

　　老板听完这个消息以后，一下子疯了……

坛子下的人

　　顺作这时候正坐在屋里喝着酒，坐在他对面的女人脸上虽说抹着浓重的粉，但还是遮不住她的黑眼圈。

　　两人就这么安静地坐着。突然，玄关那里传来了拉开门的声音，顺作疑惑地看着女人，女人看上去也是一脸的不解。

　　会是谁呢？顺作心里想。他们昨天才刚搬来这里，而且这会儿正是千家万户吃晚饭的时间，谁会这个点儿来拜访别人呢？

　　难道……顺作心里闪过不祥的念头，他又抿了一口酒，看着灰不溜秋的纸门——不会是……那个人吧？

　　只见纸门哗的一声被拉开了，一个再熟悉不过的蜡黄色老脸凑了进来。

　　是顺作的老父亲。

　　"果真能找到你了……"父亲缓缓地说道，看起来他应该走了不少路，还在喘着气。

　　"啊……"

　　顺作的脸一下子红到了耳根子，他把视线转到了另一边，不敢看父亲的双眼。怎么会这么容易被他找到了？要知道，顺治这次搬家可费了一番功夫才找到了这么一个偏远而且绝对不会有人认识他的地方来，就连搬家的车子，他也是特地跑到好远的地方去找的，怕的就是被熟人找到。

结果这才搬来一天，就被父亲找到了。这是怎么回事？

"啊呀，那人明明跟我说，下了电车之后差不多走个几百米就能到的……我都快走了好几里路才找着，可把我给累坏了！哎哟喂……"

父亲一边说一边关上纸门走了进来，他身上穿的是一件灰色的条纹单衣，看起来有些日子没换了。

等到老人坐到桌子旁边，顺作忍不住说了一句："这你也能找到……"

"有个司机跑来跟我说的，"父亲回答道，顺作看了看老人，发现他左眼处有些瘀青，"我那会儿刚从神社回到家呢，一下子发现整个房子都空了，你也不见了，把我给急得都不知道该怎么办。然后，就有个司机来问我：'你是顺作的父亲？'我就回他说：'是啊是啊，你知道我儿子去哪儿了？'他用手一拍大腿怒气冲冲地跟我说：'你那儿子真不是个人啊，居然把自己的老父亲丢下就跑了！不行不行，我跟你报警去，这太不像话了！'我哪能让他去报警啊，我就赶紧跟他说：'别别，你的好意我心领了，只是我儿子也是难啊，他欠了人家一屁股债呢，他也不是存心要丢下我的……'"

"亏你也知道！我要不是因为生意亏得一塌糊涂，我至于要背井离乡跑到这鬼地方来吗！"顺作没好气地回应道。

"是啊是啊，我也知道你是迫不得已，所以我都拦着那司机不让他去报警。"

"真是的，这人怎么这么闲，还要管别人家的家务事？"

"对啊对啊，我也是觉得那司机是有点多管闲事，他还说：'你儿子专门干些糊涂事啊，做生意做坏了也就算了，还找了坏的相好，我跟你说，就他那相好，都不知道在几个妓院里待过了，那是多少人穿过的破鞋啊，不会对你儿子存好心的……'"

老人刚进来的那会儿，顺作对面的那女人正在兀自盘头，也没正眼瞧老人。现在一听这话，脸色更不好看了，她没好气地回了一句："是，我的确是待过几个妓院，没什么好心眼，保不准明天就能把你儿子吃了！"

"这……这话也不是我说的呀！"老人赶紧辩解道，"我就是把那司机说的话重复一遍，你别往心里去，我没那个意思……"

还没等老人说完，女人就朝他翻了一个白眼，老人就不敢再往下说了，他耷拉着脑袋，没敢抬眼。

"你干吗来讲这些话啊？那司机跟你说是他的事，谁让你来这说了，真是闲的！"顺作怒气冲冲地朝着老人喊道。本来被父亲找上门来，他已经很不舒心了，现在倒好，还把他的相好也给惹怒了。

"这……这是我的不对，我不会说话。我说给你们听，意思也是想说那司机有多浑帐……他那会儿还说让我去他家歇脚吃饭来着，我气他在背后说姑娘的坏话，我就回绝了他。"

顺作看着父亲一脸可怜巴巴的样子，瘀青的左眼闪着奇怪的光。

"然后他就告诉你我在这儿了？"

"嗯……租你车子搬家的那家店的店主他认识……"

"哦……"

顺作郁闷不已，耗费了这么一番功夫，还是叫熟人碰到了，真是倒霉。上次搬家也是，在半路上碰到了一个认识父亲的人，回头消息就传到父亲那里了，这、这真是甩不掉的狗皮药膏！

"我觉得……这样挺好的，早点找到也挺好的。要不然那些人看我一个孤寡老头子，又得说闲话了……"

顺作越听越烦，直接打断了老人的话："行了行了，啰啰唆唆说那么多干什么。"

"你嫌我烦啦？"老人左眼不时闪现着的青光让人看了心里发毛，他又接着对顺作说道，"不是我要啰啰唆唆，只是你看你，也是四十多岁的人了，还是这样拎不清自己的事。你要是能把这些事都想明白了，我也就不唠叨你了。我也不奢求什么，就想你能够老老实实地过日子，别老让街坊邻居有闲话说就行了。"

女人一听这话就坐不住了，她拿起旁边放着的外褂穿上以后就往外走。

顺作连忙站起身叫住她："你去哪儿？"

“我坐不住，我要出去走走。”

“去哪里走啊，都这个点儿了……”

“随便。去哪儿都成，反正就是不要待在这里，我憋得慌。”女人一字一句地说道，还看了老人一眼。

“先吃完饭再去吧……吃完饭我陪你去。”

“我就出去随便走走，一会儿我就回来了。”

“一会儿我也得陪你走。”说完，顺作也披上了大衣。

“你也走，那谁来看家？”

“这不就有？”顺作朝着老人的方向呶嘴。

“好吧。”

接着，顺作回头跟老人说了句：“我俩出去散散步，你要是饿了你就先吃吧。”

“行，你们去散步吧，我看家就成。我也还不饿，这会儿还不想吃。”

女人走到镜子旁，理了一下头发，接着便往玄关的方向走去了。顺作赶紧也跟在她后面去了。

这会儿路上都没有什么人，顺作和女人穿过了没有栏杆的铁轨，走到了一条两边分别是民宅和田地的路上。

天空被夕阳染成了红褐色，天虽还没完全黑，不过已经有不少房子里亮起了灯，可能一家人已经开始准备吃晚饭了。

“唉……”女人叹了一口气，“怎么办？”

“我也愁啊。”顺作也叹了一口气。

“你说我们搬到乡下去会不会好点？”

“乡下？可能吧……”

“我们要能躲到乡下去，我就不信他还能找上门来。”

“这很难说啊……我们这次不也躲得这么远了吗，没用的……我看是甩不掉他了。”

“对哦……”女人若有所思地回答道。

"我看啊，除了钻到地下去，要不然都没办法躲掉。"

"说得是啊，真让人想挖个洞躲起来算了！"

"唉……"顺作又长长地叹了一口气。

两人依旧毫无目的地向前走着。突然，他们听到了一阵歌声，顺着歌声望去，远处的空地上有一群正在玩耍的孩子。

不过，引起他们注意的，却是另一个东西。在这个好像深宅大院留下来的空地上，有很多倒扣的大坛子，比人还高。

"那是什么？"女人先发问了。

"大概是染布用的坛子吧。"顺作研究了一番以后这么推测道。

"真大啊……"女人发出了一声感慨。

"要染布啊，当然要大。"顺作不以为然地回答道。

"我们过去看看好不好？"女人突然提出了这么个要求。

"行啊。"顺作想着，反正也不赶时间，女人想去看就去呗。

于是，两人就往染缸的方向走去。顺作大概数了一下，发现这块空地上的染缸居然有十五六个那么多。

"这要是如果有小孩不小心钻到里头去，要怎么能自己出来呀？"女人看着这些巨大的蓝色染缸，又问了一个问题。

"肯定是出不来的，这玩意儿这么沉。"顺作斩钉截铁地说道。

"哦，看起来的确很重呢……"女人看着染缸，自语道。

顺作听着女人的话，若有所思。接着，他走到最近的一个染缸前面，试着推了一下，果然很沉，但他还是能推动的。

女人看着顺作，接着又问道："唉，这坛子万一把小孩子罩住了，恐怕是出不来了吧？"

"谁知道呢……"顺作一边说着，一边往刚才有孩子的地方瞄，发现那群孩子已经不见踪影，应该是已经回家吃饭了。

现在这块空地上，就只有他和女人而已。

女人也不再说话，只是面无表情地看着顺作。

顺作看了看她，又看了看染缸，说了一句："我们回去吧。"

"好。"女人答道。于是两人开始往回走。

两人快要走到来时经过的铁轨处时，顺作突然说了句："我们吃完饭以后就把那该死的老头带过来吧。"

女人看了看四周，见没有其他人，便低声说了句："这样有没有问题？"

"不会有问题的。"顺作肯定地回答道。

两人回到家中的时候，老人还是保持他们离开时候的那个姿势。听到他们回来的声音，老头抬起头，左边的瘀青还是清晰可见，他说了句："你们回来啦？"

顺作看了女人一眼，接着坐下来，然后对老人说："我们打算吃完饭去看戏，你要不要去？"

老人欣喜地说道："哎呀，你们要带我去看戏吗？好啊好啊，什么戏呀？"

"相声。"

"行呀，你们都去吗？"

"去啊，我们三人一块儿去。"

"那好那好，三人一块儿去好。"老人笑得合不拢嘴。

"我们先吃饭吧，爸你吃饭了吗？"

"我还没什么胃口，上一顿吃的荞麦面，不大好消化，而且吃得晚，现在真没什么胃口。你们吃吧，我要是饿了回来再吃也成。"

"行。"

于是女人端来了晚饭，两人开始吃饭，老人则坐在一旁看着他们，默不作声。

吃过饭以后，三人便一同出了门。这时候天已经完全黑了，家家户户都亮起了灯，但却没多少户人家亮着门灯，整条街上也没几个人，所以格外冷清。

顺作和女人并排走在前面，而老人则跟在他们身后晃晃悠悠地走着。

他们就一直这么默默地走着，谁也没说话。铁轨旁边的路灯也亮了，两个路灯之间相隔得特别远，看起来稀稀拉拉的。经过这条铁轨以后，他们来到了那条顺作和女人刚走过的路，右边的田地里不时地传出虫鸣声，月亮被乌云遮盖得严严实实，四下里十分昏暗。

很快，他们就走到了那块空地的附近，女人朝顺作看了一眼。

顺作回头对老人说道："爸，我们从这里走快些。"

"哦，是可以抄近路吗？"

"嗯。"

于是老人就跟着他们一起走进空地，走到其中一个坛子附近时，顺作停下脚步，接着转身对老人说道："爸，你看那是什么？"然后他用手指着地上。

老人看了一眼，说："不就是几根草么？"

顺作说："好像不是常见的草，你凑近看看，说不定你认得的。"

天实在太黑，老人不得已只能蹲下凑近看，左眼还不时闪着青光。

就在这时，顺作突然拿出一块什么东西捂住了老人的嘴，老人连半点声音都发不出来，接着，旁边伺机而待的女人冲上去抱住老人。顺作则一只手捂着老人的嘴，另一只手和身子则把坛子推开。

"给我进去吧！"说着，他们把老人推进了坛子移开的口，然后顺作马上松手，坛子又稳稳地恢复了原状。

"可以了吗？"女人小声地问道。

"行了，我们快走吧。"说着，两人就快步走出了空地。

当他们快走到铁轨的时候，听到了电车的轰鸣声。

"电车要来了，我们先等等吧。"顺作对走在前面的女人说道。可是女人好像没听到他说的话，还一直往前走。眼看着电车快要靠近，顺作就加快脚步走上前去准备拉住女人。还没等顺作走到她旁边，就看到女人摔了一跤，往铁轨扑了过去。

顺作大吃一惊，赶紧冲上去扶起女人。

这时候，电车的轰鸣声越来越大，顺作便边跑边往声音的方向看去，看着电车还有点距离。结果等他再回头往女人的方向看时，发现女人居然不见了！

顺作顿时慌了，冲到铁轨旁看来看去都没看到女人，他的脑袋乱成一团，也没注意到电车已经飞速驶来，一下子就把顺作撞在了路旁，他晕了过去。

　　正好有路过的人发现了他，赶紧把他送到了医院。

　　等到顺作醒来之后，赶紧拜托人去他家里找女人。然而差去的人却回来说，没发现女人在家。顺作心里想着，她定是怕东窗事发，就先跑了，虽然他自己才是最怕事情败露的人。

　　第二天，女人还是没有来，倒是护士领着两个刑警模样的人进来了，顺作吓得都快晕过去了：难道女人跑了还举报了他？

　　刑警走到顺作面前，开口就问："你好，我们是警局的。请问你是不是在三天前搬到了滨松町？"

　　"啊……是的……有……有什么问题吗？"顺作的舌头已经被吓得打结了。

　　"你没有带上令尊一块儿吗？"

　　"呃……我做生意失败了，欠了一屁股债，没办法只能搬走……路途比较波折，老人家受不起这种折磨……这我父亲知道的，他知道我生意亏了没办法只能搬走，你可以问问他……"顺作几乎不敢看刑警的眼睛。

　　"哦，这样吗？那你们之后有联系吗？"

　　"啊？没有，我搬到滨松之后还没来得及联系父亲……"

　　"这样吗？可能你还不知道发生了什么事。就在你搬走的那天晚上，有人去你家找你，结果在二楼发现了你父亲的尸体。"刑警面无表情地说道。

　　"啊？怎么会这样？"顺作惊讶得嘴巴都合不上了！

　　三天前就已经死了的父亲，明明在两天前还出现在他的新家！这怎么可能？

　　"你有什么线索吗？他的死因比较奇怪。"

　　"奇怪……奇怪吗？我……我不知道啊，我生意亏得厉害，三天两头就得搬家……我真不知道怎么会出这样的事……"顺作说罢把头埋在手臂里，好似在哭泣。

　　刑警看也问不出什么了，就先离开了。

这到底怎么回事？顺作战战兢兢地回想起那晚上的事，难道是做梦？这不可能，如果他那晚没出去怎么会被电车撞，又怎么会躺在医院里，相好的又怎么会畏罪潜逃？

他怎么也想不出什么头绪，又提心吊胆地等着，怕刑警找到什么证据然后来抓他。

然而，一直到他伤愈出院，刑警都没有再来。倒是他差人回老家打听消息的人告诉他，老家人已经把他父亲的尸骨火化了。

顺作出院了之后回到了自己的新家。家里只剩他一个人，他顿时感觉到一股凉意，赶忙走出门外。街上不少人在往铁轨的方向跑去，好像发生了什么事情，他也赶紧跟着上去。

结果，他发现这些人的目的地居然是那块空地！

顺作跟着其他人来到了空地，这时候，空地上已经围了不少人，顺作不敢继续上前——那些人就在那个染缸的旁边，不时过来的人还在喊着："看看，染缸里面有死人！"

顺作一下子被这句话吓得魂飞魄散，顿时腿就软了，但他想了想，还是决定去看看：父亲明明不是被他扣在了这里吗？

等他挤进了人群，定睛一看，顿时目瞪口呆：那尸骨虽然已经面目全非，但那裹在身上的衣物，明明是他的相好那晚上所穿的衣服！

茶碗中的幽灵

日本天皇时期的元和三年元月四日，一名来自佐渡国的大名中川氏，带着他的部下们到民间进行年初巡视。

中川氏带着部下们顾不上休息，忙了一整天，又累又饿。返程的路上，他们经过了江户统治下的本乡白山，忽然见到山脚下出现了一个小小的茶馆。于是，他便带着部下往小茶馆走去，打算好好歇息歇息，补充体力。

中川的部下中，有一个名叫关内的年轻武士。他跟着中川巡视了一整天，根本没有时间坐下来好好喝口水，渴得连嗓子都快冒烟了。进了茶馆后，关内随手端了一碗茶，找了个地方坐下来，想赶紧解解渴。

关内端起茶碗，正要抬头一饮而尽的时候，他忽然感觉到了一丝异样。

关内皱了皱眉，正觉得疑惑的时候，他的眼睛不经意地往茶碗里看了看，登时吓了一大跳。

茶碗里，澄清透亮的茶水之中，竟然出现了一张漂亮女人的脸！

这是一张极其美丽的脸，她梳着高高的发髻，脸上轮廓分明，白皙美艳，一看就知道是出身不凡，应该是哪个贵族家庭的女儿。她的眼波盈盈流转，水润般的红唇微微翕动，关内见到这张脸的时候，差点就被她的美惊得无法呼吸。

关内定了定神，以为有人站在他身后，于是赶紧转过身，想看看是谁在恶作剧。

可是，这一转身，关内又吓了一大跳。

他的身后，竟然一个人都没有！

关内觉得纳闷，于是定了定神，端起茶碗，将茶水泼了出去，想看看这只碗的碗底会不会藏着什么秘密。可是他检查来检查去，也没有发现什么玄机。

这是一只非常普通的茶碗，碗底也没有绘制任何少女脸孔类的图案，跟其余的茶碗没什么两样。可是，如果碗底没有花纹，他又怎么会看到那张栩栩如生的人脸呢？

关内深吸了一口气，闭上眼睛安慰自己说，一定是这一天太累了，加之又没吃东西，头昏眼花，所以出现幻觉了。

他顿了顿，又随手拿起桌上的另外一只茶碗，重新注满了茶水，想喝点水压压惊。

可是，当他再次凑近往茶水中一看时，他身上的汗毛全都吓得立了起来。

茶碗之中，竟然又出现了那个美丽女人的脸！她似乎比之前更加美艳动人，竟然微微地对关内笑了笑！

关内见状，倒抽了一口冷气！他用手捂着心口，脸色苍白，浑身都在哆嗦。他不死心，又把水倒掉，再换了一只新的茶碗，重新注满了茶水。

那张女人的脸，再次栩栩如生地出现在水面上！这一次，水中女人的笑容更甚，仿佛在嘲笑着关内的懦弱和胆怯。

关内被吓得惊恐到了极点，口中念念有词地说："你到底是什么人，我根本不认识你！天啊，我一定是见鬼了！我再也不会上你的当了！"

说完，关内鼓起勇气，拿起茶碗，闭上眼睛，把浮现脸孔的茶水一口气吞了下去，之后，他头也不回，转身便跑出了茶馆。

有了同伴们的陪伴，关内说说笑笑的，很快就忘记了刚才这件事，也没觉得喝下浮有女鬼面孔的茶水有什么不妥。

这天晚上，关内在中川的府邸内值班守夜。前半夜相安无事，可是到了后半夜，忽而一阵冷风吹了过来，窗台上的烛火晃了晃，差点熄灭。

关内愣了愣，抬头，忽然看到一个陌生女人静悄悄地走进了房间。她穿着华丽的服饰，发髻高高束起，肤如凝脂，美艳动人，倾国倾城。

关内被这个突如其来的女人吓了一跳，心脏突突地跳个不停。

女人对关内浅浅地笑了笑，微微欠了欠身，对关内行了个礼，继而说道："我叫淳子，初次见面，请多指教。您还记得我吗？"

这个女人的声音细小悦耳，如风一般钻入关内的耳中。空气中隐隐传来女人衣服上的香粉味道，令他有一种说不出来的兴奋感。

女人缓缓地向关内走近，笑容越发诡异。

等那女人走到他身前，关内突然觉得她的脸似乎有几分眼熟，似乎在哪里见到过。

此时，关内突然想起了白天在茶馆中发生的一幕，几乎吓得魂飞魄散！

这个站在自己身边的女人，那泛着笑意的粉红樱唇，那双扑朔着的大眼睛，不正是他在茶馆里见到过，后来又被他吞下肚子的那个女人吗？

女人一眨不眨地凝视着关内的眼睛，嘴角带着几丝魅惑的笑容，眼神中似乎包含着挑逗的神色，又带有春情无限的意味。在这漆黑的夜里，显得越发诡异。

关内的腿忍不住地打着哆嗦，全身的血液几乎快要凝固。

这个女人，她是……鬼吗？

"不！不！在下身份卑贱，怎么会认识像您这样身份尊贵的小姐？我不认识你！"关内强忍着恐惧，大声冲女人吼道。

尽管他此时已经急得五脏俱焚，可是仍然壮着胆子，装出若无其事的样子，问道："中川府府邸守卫森严，昼夜有人巡逻，若不是守卫失职且有人暗中引导，要想潜入中川府，简直是不太可能的事。恕在下斗胆，请问小姐，你是怎么进来的？"

女人再次咧嘴笑了笑，说："嘻嘻！公子，你好好想想，你真的不认识我吗？"

说完，她渐渐向朝关内逼近，嘴上依然带着诡异的笑容，娇嗔道："嘻嘻，原来你不认识我啊？可是，可是……今天白天，你不是一口就把我吞进了肚子吗？"

关内的心跳得异常厉害，随着女人的步步紧逼，他的心简直提到了嗓子眼。

女人的笑越发鬼魅妖冶，关内闻着她衣服上传来的阵阵幽香，一时间意乱情迷，竟然有点昏昏欲睡。他不由自主地往后退，脑袋越来越沉重。

忽然，关内的手触碰到了自己别在腰间的一个冰凉的东西。他猛然一个激灵，恢复了几分神智，他把那个冰凉的东西抽了出来，原来是他随身携带的肋差。

这肋差可是日本武士随身携带的短刀，若有武士犯了错，只要用这肋差切开腹部，便可以洗清所有的罪孽。曾经有不少武士死在自己的肋差下，以死来为自己犯下的错付出代价。

关内抽出肋差，想也不想，将刀尖往女人的喉咙处划了过去。

女人惊叫了一声，避开了刀锋，往身边一闪，竟然化作了影子，径自朝墙壁走了过去，之后身体竟然穿墙而过，消失在房间中，连一丝痕迹都没有留下。

关内受了惊吓，面如死灰，冷汗不断地往下流。

他不敢睡觉，眼睛不断地观察着房间内的动静，生怕那女鬼会再次出现。就这样，一直到了天色将亮，他才如死人一般，沉沉地睡了过去。

第二天，等到关内悠悠地醒来时，那女人已经消失得无影无踪了。

关内将昨晚所发生的事情说给大家听，众人都觉得非常震惊，也觉得太过于不可思议。昨晚执勤的时候，他们均表示自己根本没有看见任何一个人出入府邸，中川府的家臣们，也表示他们从来都不认识一个叫淳子的女人。

众人私下里议论，都说关内被鬼缠住了，怕是凶多吉少。

又过了几天，关内正逢休假，于是便早早收拾了行李，回家去看望父母。

老两口难得跟儿子团聚，自然欢喜得不得了，张罗了一桌子饭菜。关内担心自己的事说出来会让父母操心，因此不敢多说一句。

就这样，一家人一边吃吃喝喝，一边拉着家常，很快就到了晚上。

快到后半夜的时候，佣人跑来禀告，说是有客人来访，想问关内到底是见还是不见。

关内觉得疑惑，大半夜的，谁会来找自己呢？于是他问道："来者是什么人？"

佣人不敢说谎，只好老老实实地回答："小人不认识他们，他们只说有重要的事情要跟您商量，所以半夜过来看您！"

关内皱了皱眉，也没多想，大步往门外走去。

等出了玄关，关内便看见三位身佩大刀的武士站在门外。

武士们见关内走过来，毕恭毕敬地行了礼，其中一人开口道："打扰您了，我们是松冈文吾、土桥久藏和冈村平六，今天奉了我家小姐淳子的命令，请您过去一聚。现在，主人正在亲自为您准备晚宴，如果不嫌弃，还请您马上跟我们走一趟！"

关内听到淳子的名字，立即惊出一身冷汗。他本想拒绝，可是一看这三位武士的打扮，心里却犯了难。这三人的衣着和打扮，无不透着英气，若是拒绝，他们恐怕会不高兴，到时候一动手，自己肯定不是他们的对手。看来，那个叫淳子的女鬼是有备而来。

武士见关内没有说话，似乎看出了他的心思，眼睛里透出几分寒气，淡淡地说："此次我们三人前来，是奉了小姐的命令。数日前，小姐曾经特地拜访过阁下，哪知阁下丝毫不懂分寸，竟然用肋差刺伤我家小姐，害得她躲在了家中调养了多日。如果阁下今夜失约，小姐必定雷霆大怒，到时候，阁下可别怪小姐血洗你这武士府！"

关内吓得脚下发软，只好颤抖着回了屋，跟二老打了招呼后，跟着三名武士走了出去。

走不了多远后，只见一辆华丽的马车停在路边，关内在三名武士的胁迫下，颤抖着走了上去坐好。

马车走得飞快，一路上，关内都吓得紧闭着双眼，也不知道马车开向了什么地方。

过了一刻钟左右，马车突然间停了下来。

此时，他们已经来到了一座高山上，高大的树木遮天蔽日，在这漆黑的夜晚，让人感到格外压抑。在武士的带领下，关内在一座巨大的宅邸前止住了脚步。大宅邸的门口，同样也站着两位黑衣武士。月黑风高，他们又身穿黑色的服饰，关内根本看不清他们长什么样。

关内穿过宅邸的长廊，来到了一处清幽的小院前。院子的房间内，柔柔地投射出暖色的烛光，空气中传来美酒和佳肴的香甜之气，关内只觉得身子一热，竟然有点飘飘然起来。

他走进房间，一抬眼，只见淳子小姐正坐在梳妆台前，依旧美艳动人，长发披肩，正笑盈盈地看着他，眼神里充满了魅惑之意。

关内只觉得脑袋开始不听使唤，尽管他知道对方肯定不是人，但双腿依然直直地往淳子的方向走去。离淳子越近，他就越觉得她的笑容无比迷人，恐惧之心也渐渐消失。

此时不断有婢女将做好的美味佳肴送上来，淳子笑盈盈地为关内斟酒夹菜，一时间，竟然其乐融融，关内已经全然忘记淳子不是人类的事实。

这一夜，春光无限。

第二天早上，关内醒了过来——他是被冻醒的。他光着身子，躺在冰凉的地面之上，浑身上下都泛着寒气。他揉了揉生疼的脑袋，睁开眼打量了一下周边的环境，随即尖声大叫起来。

他竟然躺在了深山中的一处古墓之前！

这是一座年久失修的古墓，墓前的杂草已经长得差不多有一个人那么高了，残破的墓碑上，还依稀可以看到淳子的名字。想来，这里应该是那位小姐下葬的陵墓。

回想起昨晚的遭遇，关内吓得赶紧爬了起来，急忙拾起四周散落的衣物，连跑带爬，落荒而逃。

回到家后，关内便把自己关在了房中，浑身瑟瑟发抖，满嘴胡言乱语。没过几天后，便生了一场大病，卧床不起。病中，他又依稀见到淳子的那几名武士再次前来，邀请他去府里好好一叙。关内誓死不从，拼命抵抗，这样连续折腾几日，他的身体和精神皆濒临崩溃的边缘。

眼看着儿子的病情日益沉重，关内的家人心急如焚，找遍了附近的大夫，均束手无策。老两口实在没辙，加之关内的病生得诡异，寻思着是冲撞了哪方的秽物，只好去附近的庙里求和尚，请大师帮忙驱鬼，希望能挽救儿子的性命。

庙里的大师听完老两口的叙述后，亲自往他的家中检查了关内的情况，又细问了与关内一起搭档过的同伴，才终于找出了眉目。

"关内在荒山茶馆被女鬼看中，又喝下了映有她鬼脸的摄魂水，等于打开了通往冥府的通道，因此屡次被那女鬼纠缠。那女鬼迟早还会找上门来，直到关内全身的精血被她吸干死亡为止。"大师缓缓地说出了关内患病的缘由。

从这之后，关内的家人按照大师的交代，将写有经文的符咒化为灰烬，逼着关内服下，又按大师的要求给他特制了汤药，每日三次，不敢怠慢。大病了一个多月后，关内才终于好转起来。那个叫淳子的女人，也再也没有骚扰过他。

雀森鬼影

这是明治某年六月底发生的事。

有天晚上，夜已经深了。但"他"还在西式石油灯下挑灯夜战，发奋图强。

这人出身富农家庭，老家在岐阜市。这一年，他在外地的高校求学。（其实笔者知道这个故事的主人公姓甚名谁，但是在此实在不便透露，希望读者能够谅解，所以笔者在文中将以"他"作为主人公的代称。）

因为临近学校的期末考试，他不得不苦读一番，希望能临时抱个佛脚。平日不上课的时候，他都待在这个租住的二楼小房间里。这家的院里栽着枫树，傍晚的时候清风徐来，吹着叶子的声音相当悦耳，但是现在外边已经没风了，四下里静悄悄的，只有西式煤油灯散发着丝丝臭味。

"真难闻，"他每每翻动笔记本，那味道就扑面而来，弄糟读书的心情，"把门打开会不会好一些？"他自言自语道。

不过，只要再把思绪放回到书本里，他又会把那恼人的油味儿忘到九霄云外。

正当他沉浸在书本的海洋中时，一阵上楼梯的脚步声传入了他的耳中。

会是谁呢，这时候上来的话可能是房东叔叔或阿姨吧。他心里这么想着，因为他的朋友一向会先在楼下先喊上一声 "喂——你在不在" 来跟他打招呼，然后再砰砰砰地跑上楼来。

但如果是大爷或大妈的话，这脚步声也未免太活泼了。

正当他还在猜测究竟来者何人的时候，脚步声越来越近，哗的一声，他房间的纸门就被来人打开了。

一个穿着白色浴衣的男人走了进来。这会儿虽然已经是稍微暖和些的六月底，但还没热到可以穿浴衣的程度。

他好奇地看着来人，这个男人看上去约莫二十来岁的年纪，面无血色，而且还有些病快快的感觉——哎？这人，这人不就是在老家一块儿玩耍的朋友神中吗？

"哎？神中？"他朝来人打了一声招呼。

说起神中，他记得应该是已经在老家的县厅里工作的，怎么会在这种奇怪的时候登门拜访呢？

还没等神中回他的话，他又接着问道："你什么时候来仙台的呀？"

"就在今天。"神中回答道，声音依旧和当年一样沉稳。

"那你在哪儿住呢？"

"离这儿不远的一个地方。"

他心想，神中应该是来仙台出公差的。神中家境贫寒，小学毕业后就开始去工作了，在县厅做了好多年，最近才听说刚转正。他知道转正对神中来说是多么不易，现在看到神中能被县厅委派出公差了，说明他混得不错。

想到这里，他也不禁为神中感到高兴。

"这样啊，你还特地过来找我，真好。"

"嗯，其实我除了来看你，还想请你帮我一个小忙……"

"什么事？如果能帮得上的话，我尽量。"

"我知道在你忙着复习的时候还要找你帮忙不太好，但是这个忙真的很简单，你只要在明天午夜十二点的时候到雀森那里等我就好了。一会儿就好，不会占用你太多时间的。"

雀森离他住的地方并不远，他也经常会到那儿去散步。但要在大半夜去那个地方，他还真没想过。不过神中看起来十分诚恳，不像是在捉弄他。

"去那里做什么呢？"他问道，虽然他并不会怀疑神中，但还是忍不住好奇心。

"你只要到那里就好了，"神中回答道，"也不会花太多时间，而且你尽管放心，并不是让你做什么违背良心的事的。"

"这样啊……那好吧。"

"你答应了？"神中看起来有些喜出望外，"真是太好了，放心吧，不会花太多时间的，太谢谢你了。"

"好的，是十二点到雀森去是吧？"

"嗯嗯是的，真是太抱歉，那么晚还要你特地出门一趟。"

"没事。我是要到雀森的哪个位置去等你呢？"

"你知道那个有石灯笼的地方吗？就是那里。"

"嗯，我知道的，我去过那里。"

"太谢谢你了，"神中给他鞠了一个躬，"你一定要来啊。"

他有点惊讶，原本以为只是件小事，但是神中看起来就好像是他帮的是一个大忙，这让他有些得意。

当他正准备和神中聊一聊近况时，神中就已经站起身来，一副要走的样子。

"那我就先走了，你接着读书吧，不打扰你了，我们明晚再见。"

咦？这就走了？难得有老朋友来访，他还没能好好叙叙旧呢。

"没关系的，你再多坐会儿吧，我们再聊会儿。"

"不了，"神中说道，"时候也不早了，我也该走了。"

看到神中执意要走，他虽然觉得有点失落，但神中说的的确没错，时候也不早了。

"那……那我们明晚见吧。"

"嗯。你一定要到石灯笼那里等我呀！"神中又说了一遍，说完这话，他就拉开房门走了出去。他本来也想站起身来，去送神中一趟，不过神中走得很急，门一关上就传来了下楼梯的声音，他突然犯起了懒，就没追上去。明晚还能见的，他安慰自己道。

他不由得想起在老家时的事情。神中有个妹妹，和神中长得差不多，也是一副弱不禁风的样子，就好像娇嫩的小花。不知道神中的妹妹现在怎样了，也没来得及和神中聊起，不过应该已经嫁到一个好人家了，毕竟她长得那么美。想着想着，他发现外面已经没有什么声响了，看来神中已经彻底离开了。

第二天他回到学校去考试。考试的时候，他一直心不在焉，脑袋里总是想着神中交代给他的事情。昨天晚上答应得太快，现在他开始后悔了——那么晚还要出门去，还是到雀森去，总觉得心里毛毛的。他越想越担心，完全没办法集中精力于考试上，稀里糊涂地把试考完了之后，才开始慌张起来，他立马赶回家，埋头苦读好好准备接下来的考试。然而雀森的约定依然在他脑海里挥之不去，这让他略感苦恼。

不知不觉中，天就黑了，他开始坐立不安，不知道自己到底还要不要去赴约。就在他犹豫不决的时候，约定的时间也快到了。他并不是那种会随意失信的人，在一番思想斗争之后，他最终还是决定前往雀森。

那是个夜黑风高的晚上，月亮完全被乌云遮盖住了。他独自走在路上，迎面吹来一阵阵的寒风，使他混沌的大脑都清醒了。路上一个行人都没有，偶尔路过的几处民宅也是黑灯瞎火的，四下里静悄悄的。接着他走到了有稻田的路上，稻田里不时传来的蛙鸣声让他感到很心安，脚步也加快了一些。

走过这个稻田之后就到雀森了。这天晚上的雀森看起来十分阴沉，说不上是哪里不对劲儿，但总和他平时看到的完全不同的感觉。不过他心想，可能是因为我平日都是白天来，所以才会觉得异样。走到雀森之后，很快他就到了他和神中约定的地点——石灯笼处。石灯笼里闪着幽幽的光，旁边的洗手池里堆满了落叶。

但是神中却不在那里。他想着可能神中有什么事情耽搁了，然后又开始嘀咕："神中到底叫我来这里做什么？"

他冷不丁地闪过一个念头，莫非神中想要害我不成？

不过他很快就打消了这个念头，因为以神中的为人来说，这是绝对不可能的事情。但他实在不知道神中为什么要叫他在这种奇怪的时候来这种地方。

等了好一会儿，神中还是没出现，他忍不住开始抱怨："怎么还不来啊……我还要回去接着复习呢……明天的考试可不能再犯糊涂了。"

想到这里他就觉得生气，神中明明嘴上说着知道他要考试不会耽误他太多时间，结果到现在还不来。

想到这里，他忍不住大喊了一声："喂！有没有人在啊？"

突然，他看到不远处的神社好像晃过一个人影，身上穿着白色的衣物。

他定睛一看，正是神中。

"神中，你明明已经来了，为什么不说话？"他有点生气地问道。

"实在抱歉，拜托你深夜来这种地方……"神中愧疚地说道。

他也觉得自己的口气有些冲，连忙摆摆手说："算了算了，没事。对了，你究竟叫我来此处是有何事？"

"很容易的，"神中说着伸出了右手。

他看到神中的右手里是一根白色的丝线。他一头雾水地看着神中，不知道他葫芦里卖的究竟是什么药。

"你只要用这条绳子缠住我左手的食指就行了。"神中接着说道。

"啊？"他怀疑自己的耳朵出了毛病，大晚上叫他来雀森就为了做这么孩子气的事情吗？"只要把这根绳子缠在你的手上？"他又确认了一遍。

"嗯，是的，就只要缠上三圈就好了。"神中仍是一本正经的样子。

"这是什么意思？是什么特殊的法术吗？"他忍不住反讽道。

"不是啦……"神中一脸尴尬，接着又很认真地说，"不过你要是这么认为也没问题。只要你能帮我完成就好了。"

"这样吗……"虽然他还是丈二和尚摸不着头脑，但既然神中都这么诚恳了，他照办就是。

于是，他就按照神中所说的那样接过神中手上的线，这时他才发现，那其实是用纸搓成的线条。

"把你的手伸过来吧。"

"好的，那就劳烦你了。"神中说着就伸出了左手，这时他才注意到神中的手格外白皙，甚至有些透明。

他把纸条在神中的手上缠了三圈，最后打了一个结绑好。

"行了。"

"好的，太谢谢你了。"

"这样就行了？没有其他事了吗？"他不敢相信，神中叫他出来只是做这么一件小事而已。

"没有了，这样就可以了，时候不早了，你快回去吧。"神中认真地说道。

虽然感觉莫名其妙，但天色确实已晚，而且明日他还有考试，不容得他再好奇了。于是他告别神中之后就匆匆往回赶，但是他又觉得这事实在让人窝火，神中这人难得来仙台出一趟公差，居然只是好像捉弄他一样，要求他做这么荒诞不经的事情。

次日早晨，他和平日一样的时间醒了，但却感觉身体十分沉重，实在没办法爬起来。无奈十点钟还要参加考试，他只能硬着头皮爬起来，心想着要先去用井水洗脸醒醒神才行。

他走到井边，准备打盆水洗洗脸，清醒一下。院里面这口井是公用的，他到那之前，就已经有几个街坊邻居的大妈在那儿聊开了，但今天大妈们的情绪看起来特别激动。

"啊……你也听说了是吧？哎哟，真惨啊，那人好像是外地人？"

"听说是。还穿着西装，应该是在公家当差的。"

"不知道父母得伤心成啥样呢……你说会不会是劫匪干的？"

"可我听去看的人说，他身上毫发无伤呀。"

他越听越觉得不对劲儿，便凑近离他最近的大婶打听一下情况："大婶你们在聊什么呢，什么劫匪什么公差的？"

大婶家就住在他租住的地方隔壁，平日也常见面。大婶见他来问，马上就跟他说："哎呀你还不知道啊，雀森那里死人啦！"

什么？他被大婶一句话吓得面无血色。

"死什么人了？在雀森？"

"一个男人，穿着西装的，应该是外地人，就死在雀森那个石灯笼旁边。"

听到死者穿的是西装，他稍微松了一口气，因为昨晚神中穿的是白色的浴衣。

"怎么死的？"

"就是不知道呀。身上又没伤口，大家伙都说是脑中风发作就……唉，真是惨啊，还那么年轻的一条命……"大婶边说边叹气。

他怎么都觉得不放心，不亲眼看到死者的样子，他心里就一直悬着一块大石头。

大婶又接着说："听说尸体还在雀森呢。你要不要去看看？"

"嗯，对，我这就去看看情况。"

说罢，他就草草洗把脸，然后出门前往雀森去了。

去的路上他还碰到不少也是去雀森的人，看来大家都听说了这事。他跟随着大伙的脚步赶到雀森那个石灯笼旁边，那里早已经围了一群人。

他挤进人群一看，尸体早已经被盖上了一张草席，露出来的脚穿着是红色的皮鞋，露出来的手臂相当肥硕，看不到脸。他心里想着，这人的体型看上去就跟神中差得老远，肯定不是神中了。

正当他快要松一口气的时候，他眼角的余光扫过了死者的左手：那食指上，赫然系着他给神中绑上的纸条！他顿时被吓得面无血色，这、这难道会是神中？

恰好这时，蹲在尸体旁边的乡绅掀开了席子，他压抑住自己内心的惶恐看了一眼死者的脸：那并不是神中，而是一个约莫四十岁左右的中年男人。

他这才彻底地放下心来。

然而这一切实在太蹊跷了，他给神中系的纸条怎么会跑到另一个人相同的部位上呢？而且还都是在雀森的石灯笼旁，这实在太诡异了。

事到如今，只能找神中当面问清楚了。然而他并不知道神中所说的"住在附近"是哪里，但他想，房东大妈肯定见过神中的，要不然谁给神中开的门呢？于是他先回到住的地方吃了早饭，收拾收拾，准备回学校去。临走前，他找到房东阿姨，说道："要是前天半夜的那个穿着白色浴衣的年轻人再来找我的话，您就帮我告诉他，我考完试以后就会马上回家，让他稍等片刻。"

房东阿姨却露出了疑惑的神情，说道："前天夜里，有人来找过你吗？"

"啊？没有吗？"他也感到很疑惑，接着说，"大概是十二点多的时候，不是您给他开的门吗？"

"不是啊……我都不知道有这回事，那会儿我都睡了，应该是老头子去开的吧。"

"哦，那应该就是房东叔叔给开的门，那就拜托您帮我捎口信啦，我先回学校。"交代完以后，他就回去学校参加考试了。

刚一到学校，他就碰到了同学，同学一看到他就说："你的样子看上去很糟糕呀，是不是身体不舒服呀？"

他一想，今天的确一醒来就倍感不适，身体感觉特别沉重，走路就像拖着一块千斤重的石头那样。

"的确是感觉很不舒服呢……"

"你可能是生病啦，脸色看上去实在是糟糕得不行，我劝你最好先回去休息吧，考试的话参加补考就好了，把身体累坏了可不行。"

他想了想，觉得同学说得有道理，于是他就去找到老师申请参加下回的补考，然后就回家去了。

回到家中，他发现神中并没有来，于是决定先躺着休息，再等神中上门来。

然而神中一直都没有出现。第二天，房东大妈给他拿来订的当地报纸。果然，报纸上刊登了雀森死人的案件，但死者并不是像人们所说的脑中风而死，警察也查不出死者究竟是怎么死的，报纸上也没提起死者左手食指上还系着一个纸条。

他又等了一天，然而神中还是没出现。第三天，房东大妈给他带了最新的报纸，上面刊登了雀森案件的最新进展：警察已经查明死者的身份是岐阜市的一家报社的主编，他来仙台出公差，住在车站的旅馆，事发当天他和旅馆的人说了一句"我出门一趟"，然后这趟门一出就再也没有回来，一直到出事。警察仍然没有查明死者的死因。

他实在百思不得其解，死者看上去似乎跟神中并没有什么交集，然而那条纸条确确实实系在了主编左手的食指上，这究竟是怎么回事？他又没有勇气去找警察询问，免得会招来不必要的麻烦。

在几番思考之后，他决定等身体好些之后回老家一趟，去打听打听神中的情况。

回到老家之后，他才得知了神中的遭遇。

就在神中突然到仙台去拜访他的不久前，他丢了县厅的工作。而神中之所以会被县厅解雇，并不是因为工作失误。神中的课长看上了神中的妹妹，想娶她，但这位课长是一个出了名的花花公子，已经经历过了好几次婚姻。对于这样的人，神中当然不会拿妹妹的终身幸福开玩笑，于是便拒绝了课长的提亲。被神中拒绝的课长怀恨在心，随便找了一个借口，就把在县厅做事多年的神中给解雇了。

原本神中在县厅的薪水也不高，妹妹还要另外做点针线活来补贴家用才行，神中这一被解雇，家中最主要的收入来源就没了着落。再过不久，相依为命的兄妹俩就只能喝西北风了。于是神中便四处拜托人介绍工作，其中一个在银行工作的朋友对他的遭遇很同情，想要帮他一把，经常会给神中一些招聘消息，所以神中也会经常去银行找他商量。

有一天，神中又和平时一样到银行去找这位朋友，但和平日不一样的是，周遭不时有人对他指指点点，好像他做了什么令人不齿的事情。正当他疑惑之时，朋友从里边的办公室里走了出来，把他拉到角落，问道："你还没看今天的报纸吗？"

神中疑惑地回答道："早上出门走得急，没等到报纸送到家里。发生了什么事吗？"

朋友转身走回办公室，接着拿着一份报纸走了出来，对神中说："报纸上刊登了一篇跟你有关的文章，写的内容相当不堪入目。也不知道那作者跟你是有什么过节，要费尽心思地来诋毁你，不过我相信，你绝对不像报纸上写得那样。"

这话对神中来说简直是当头一棒，他连忙拿过朋友手中的报纸，定睛一看，报纸上赫然印着几个大字：畜生兄妹。神中按捺住内心的愤怒看完了这篇文章，作者用尽各种肮脏的字眼来编造他们兄妹的谣言，恶毒之至，简直令人难以相信。神中顿时气急攻心，话都说不出来了。朋友看他脸色大变，连忙对他说："神中你放心，我们都知道你的为人。这篇文章的作者实在是丧心病狂，你可以去告他的！"

神中此时脑中只剩下嗡嗡的声音，他也没给朋友回应就直接冲出了银行，连忙往家里赶——家里的妹妹可能已经看到了这篇文章，万一……

然而不幸的事情还是发生了。神中一回到家，就看到妹妹已经在房间里上吊自尽了……神中顿时感觉天旋地转，眼前一黑，就晕了过去。等他醒来之后，他便把妹妹的遗体安放好，接着就用妹妹上吊的白绫，追随妹妹的脚步去了……他和别人打听了一番以后发现，那个报社的主编和神中的课长是非常要好的朋友，他写那篇文章就是神中的课长指使的。

这下，他终于解开了心中的谜团。

然而，在警察那里，这仍旧是一宗悬案。

诡戒

原本在睡梦中的谦藏被惊醒的时候，天还是黑的，让他吃惊的是，房间里居然亮着灯，淡淡的粉红色灯光在黑夜里显得有些诡异。

他清清楚楚记得，他进来这间房子的时候明明是漆黑一片的，怎么会亮起了灯呢？谦藏记得自己当时在周围打转了一圈，确定这是一间空屋以后才进来的。此时的他感觉自己的后脑勺在隐隐作痛，因为他是将自己的木屐对叠好拿来做枕头的，可想而知有多硬了。

他揉了揉后脑勺，脑子里还是一片理不清的乱麻。就在几个小时前，他接到了一份来自老家的电报，说他家中的父亲突然病倒。他赶忙去找相熟的学长借了一些钱做旅费，然后准备回到自己的住处去收拾一下就上路。哪知在半路上下起了大雨，他连忙躲到了附近房子的屋檐下去避雨。等了好一会儿，雨也没有半点要变小的意思，谦藏想着，反正明天下午才能搭车回老家，而且现在天色也很晚了，不如就先在这间房子里借住一宿，等天亮了再赶回去也来得及。于是他来到房子门口，突然发现门上有一张纸条，他掏出火柴点着照亮一看，上面写着"待出租"的字样，原来这是一间要出租的空屋。不过，谦藏觉得这空屋的主人今晚上应该不会过来，于是他就抱着侥幸心理，到房子里去休息了。

被惊醒之后的谦藏此时已经睡意全无，他干脆坐起身来，仔细打量这间房子。

在这个面积大约在八张榻榻米大小的房子里，别说家具，就连挂在墙上的画轴都没有。这明显就是一间没人住的空屋，可是这灯又为什么会突然亮起来呢？谦藏思索了一番，认定应该是之前住的人家搬走的时候没把灯关上，然后这灯原本就是有故障的，时而亮时而不亮，碰巧他睡着那会儿，这灯又恢复正常了。

此时的屋外仍然传来不间断的雨声，谦藏再次确定这是间没人住的空屋以后，稍稍放下心来。这个时间离天亮还是很久的样子，他决定继续躺下歇息。

躺下之后，他两眼盯着天花板，脑海里尽是卧病在床的父亲，老人家年岁已高，牙都不剩几颗了……他忍不住叹了一口气，听到屋外好似有动静。

他连忙屏住呼吸，听出屋外又传来咳嗽声。他心想，莫不是主人家回来了吧？谦藏虽然出身贫困，但好歹如今也是凭借着自己的努力考上了神田的大学，要是让人发现他因为一时糊涂擅闯民宅，给他安个盗人财物的罪名，那真是一失足成千古恨了。谦藏心想，与其让主人家进来抓个正着，不如自己主动上前说清楚为好。

于是，谦藏又坐起身来，朝着外边喊道：“是房子的主人吗？”

这时候，房间的门被拉开了，一个女人走了进来。

谦藏连忙对那名女子说道：“小姐你不要怕，我并非歹人，只是昨晚路过此地，突然遭遇大雨，不得以才借宿一宿，绝对没有其他不良企图，希望你能谅解。”

只见女子柔声柔气地回应道：“哦……没关系，你休息好了？”

“嗯……实在是抱歉，我看房门上挂着出租的纸条，想着不会打扰到别人，才会在此歇脚的，没想到主人家也在，实在不好意思。”

“没关系的，门口贴着那样的纸条，难免会招人误会，况且你也是因为被大雨所困，我理解的。”女子缓缓地说道。

谦藏见她语气这么温柔，总算安下心来。接着，他打量了一眼女子，她个子挺高的，身形相当瘦弱，面色白皙，发型是他的女同学常会梳的那种，看起来年龄不过二十五六岁。

“实在是太对不起了……”谦藏还在不停地道歉。他心里实在过意不去，而且，除了表示抱歉，他也不知道该说什么。

"您就别道歉了，我都已经说了没关系。"女子说着走到谦藏的旁边，蹲下来，对谦藏说道，"我听您的口音，好像是福冈人？"

"嗯，没错，我确实是从福冈来的。"

"这样啊，那您最近会回去吗？"

"不瞒您说，老家人发了电报来告诉我，我父亲生了病，我明天就要赶火车回去老家。"

"这么巧，"女子面露喜色，接着说道，"我想请您帮我个忙，不知道您愿不愿意？"

"小姐不追究我责任，我感谢都来不及，如果有什么我能帮上忙的地方，小姐尽管说就是。"谦藏马上说道。

"只不过是一件小事，我相信您一定可以帮上忙的。您去过福冈市的 X 町吗？"女子问道。

她说的这个 X 町，谦藏再熟悉不过了，因为那就位于车站和他家之间，他必然会经过的。

他马上回答道："那里就在我回家的路上。"

"那真是太好了！"女子高兴地拍手说道，谦藏注意到，她的手和她的面孔一样白皙。

"小姐拜托我的事跟那个地方有关吗？"

"是的，那里有一个叫'山路酒家'的小酒馆，不知道您有没有印象？"

"我知道的，我路过的时候见过几次。"

"事情是这样子的……"女子一边说一边把左手上的金戒指摘了下来递给谦藏，接着说，"您只要戴着这枚戒指直到回到福冈，然后到达那个酒馆的时候，把它摘下来丢在地上就好了，之后戒指怎么处理都随您。"

"啊？"谦藏听得云里雾里，完全不知道女子这番话是何意。

"您放心照着做就好了。这只是一个小咒语，不会给您造成什么困扰的。戒指就当我给您的酬劳了，就拜托您了。"女子说得十分诚恳。

虽然谦藏还有着重重疑虑，但他也不好再多说什么。况且一个金戒指的谢礼对他来说实在诱惑太大了，这枚戒指卖掉之后，他可以给父亲买些补品，还可以偿还从学长那里借的旅费。

"就只要把戒指丢在山路酒家门口就可以了吗？"谦藏问道。

"是的，只要落地一次就可以了。"

"虽然我还是不明白您什么意思，"谦藏摸着头说道，"但我会照着您的话去做的。"

"另外，我还想请您务必要保密，"女子一本正经地说道，"这对我来说很重要，拜托你了。"

"好的，小姐请放心，我不会告诉任何人的。"

"谢谢您！那就请您现在就戴上戒指吧。记得，在到达山路酒家之前都不要摘下，否则这一切都白费了。"

"嗯，好的，我记住了。"谦藏把戒指戴到了手指上。

这时候，外面的雨声也变小了很多，谦藏估摸着天也该亮了，他便跟女子告辞：
"我看天应该快亮了，我就先走了。"

"好像是快亮了。"女子接过他的话说道，她的脸上已经完全没有刚才那份喜悦，脸色看上去似乎更加苍白了，"那就拜托您了，请您一定要帮我达成啊。"

"请小姐放心，我一定照你的吩咐去做的。"谦藏说完，就拿起当作枕头用的木屐穿上，女子也站起身来送他出门。走到玄关的时候，谦藏突然想到自己应该要跟女子再道个别才行，于是他就回过头来，发现刚才还走在后面送他的女子已经不见踪影，他心里想着，莫非人家不想多看我？

这时候，他注意到，刚才他休息的那个房间又是漆黑一片，那盏灯已经关上了。

于是谦藏只能继续走出去，推开大门一看，天还没完全亮，层层云中还闪现着几颗星星。

在收拾好包裹之后，谦藏就踏上了回乡的火车。

这个时候正是晚春的季节，阳光的温度正好，让人感到十分惬意，但是谦藏并没有心思享受这阳光。他下了火车之后，就匆匆往那个山路酒家赶，边赶路边寻思着，这个戒指应该要怎么丢在地上，才不会引起别人的注意。

谦藏很快就走到了山路酒家的附近，他打量着周围，除了有两个店员在酒家门口的左边洗小酒瓶以外，并没有其他人在附近，店里面也没几个人进出。谦藏想着这是个好时机，赶紧走到店门口，偷偷地把戒指摘下，看了看周围，然后马上把戒指丢到地上。只见戒指掉到地上滚了一小段距离之后，停在了门口的石板旁。谦藏左看右看，还是没人注意他，他赶忙装作自己不小心弄掉了戒指的样子，走上前去把戒指捡起来。虽然做的不是偷鸡摸狗之事，但谦藏还是紧张得不得了，他不敢马上走开，生怕别人对他起疑心，只得站在原地把戒指戴回到手上。

突然，一个女人的惨叫声打破了四周的宁静，原本就有些心虚的谦藏顿时被吓得六神无主。在这声惨叫声之后，伴随着各种男男女女的尖叫声和惊呼声，都是从山路酒家里边传来的。谦藏赶紧走到边上去，只见山路酒家里突然冲出来一个人影，谦藏定睛一看，发现是酒家的主人，他双手捂着肚子，样子十分痛苦，紧接着，又冲出来了一个年轻男人，手里还拿着一把沾着血的刀。谦藏吓得立马撒腿就跑，一直跑到离酒家好远的距离才停下来，回头一看，那名年轻男子已经把酒家主人按倒在地上，接着拿着手中的刀狠狠地捅了过去……

谦藏顿时被这血腥的画面吓得魂飞魄散，他想也不想马上飞奔回家。跑到家门口的时候，谦藏终于放下心来，眼前一黑，就晕了过去。旁边住的人听到了声音，赶紧出来把他弄回家。过了一会儿，谦藏终于醒了过来，这时，他发现他左手手上的戒指不知道什么时候已经不见了。

邻居们告诉谦藏，那名追杀山路主人的年轻男人正是他的同胞弟弟。这人两年前毕业于一所政法大学，之后就当上了律师。事发当天，他突然拿起放在房里的刀，冲着毫无防备的妻子砍了好几刀，妻子当场毙命。接着他又冲到山路酒家里去，对着山路主人就是一刀，之后的事情谦藏就都看到了。在杀死了亲哥哥之后，他又用那把刀自我了断了。谦藏问邻居道："这是为什么？"邻居说是因为山路家里起了财产纠纷，兄弟俩闹不和才造成的家族血案。

但谦藏总觉得事情没那么简单，他便去四处打听山路律师的为人。原来，山路律师在读书时，和一个官吏的寡妇好上了，靠着寡妇给的钱吃喝玩乐。后来，寡妇患了重病，临死之前请求山路律师娶自己的女儿，好让她有个归宿。山路律师嘴上答应了寡妇，然后以此为借口把寡妇的财产占为己有，还哄骗小姐说自己毕业以后就和她结婚。单纯的小姐便相信了他的鬼话，哪知山路一毕业就丢下小姐回了家乡，还在家乡娶了妻子。一直苦苦等待着山路的小姐听说了这消息之后就离家出走了，至今没人知道她去了哪里，也不知道她是否还尚在人世……

　　谦藏再一打听，发现自己雨夜躲避的那个房子，居然就是小姐失踪之前住的地方。

哑女

　　著名演员伊井蓉峰有个叫石川孝三郎的弟子，专职演女角，他还曾经拜在画家镝木清方门下学过一段时间的绘画。石川本人长得虽说算不上美如冠玉，倒也是眉清目秀。当年他还没混出什么名堂的时候，就一直跟着剧团在跑龙套，有一回剧团到乡下去表演，石川就结识了一个漂亮的哑女，年纪不过十七八岁。两人经常私下见面，关系也越来越好。在那时候，石川只是一个跑龙套的，收入并不高，但哑女还是愿意跟着他，两人还私订了终身。不过，在那个年代，因为剧团都是到各地演出，常有戏子四处留情的事情发生，所以大家对石川和哑女之间的事情也是见怪不怪了。

　　不久之后，剧团结束了在该地的所有演出，并准备前往下一个演出地。石川自然是要跟着剧团跑的，但是他又不想带上哑女，一来是因为他的薪水还不足以养家糊口；二来虽然哑女长得漂亮，但终归是哑巴，石川还是有些嫌弃。剧团里有些人眼红石川有哑女那么漂亮的相好，就找机会跟哑女说："和石川好的姑娘多着呢，不会带你一块儿上路的！"哑女一听，当天晚上就冲到石川住的地方去，对他拳打脚踢。石川怎么哄她都不信，最后石川只好无奈地表示，那就带你一块儿走吧。

　　天刚蒙蒙亮，两人就踏上了前往下一个演出地的路途。走了好一会儿之后，石川突然意识到哑女根本没带任何行李,于是哑女让石川在原地等着,自己则原路返回去拿行李。哑女走了之后,石川越想越觉得,带上她实在太麻烦,反正自己也没跟她说过剧团下一个演出地在哪儿,于是石川打定主意独自一人回到剧团,于是,他便随着剧团的队伍一块儿上路了。

他们去到下一个演出地的时候,按照剧团的惯例,在开演的第一天,剧团的所有人都要乘着车,围绕小镇游行一圈。当他们的车开到河边的时候,石川突然想要上厕所,于是他就跟剧团的管理打声招呼就先下车去解手了。他解决完问题以后,发现不少人开始围在河边,不知道在议论些什么。

石川便好奇地凑到人群中去看,发现人群中有一具被草席盖着的女尸,一打听才知道是个淹死的年轻女人。石川想着这事跟自己也没什么关系,正准备抬脚走的时候,突然有好事者掀开草席去看女尸的样子,石川扫了一眼,差点吓得直接坐到了地上。

那淹死的女尸,居然就是哑女!

石川赶忙追上剧团的车,他没有和任何人说起这事,大家也没空注意到他惊惶失措的样子。等到回到剧团歇脚的地方,石川一下就病倒了——发起了高烧,根本没办法演出。大伙看他这样子,就先让他留在房间里休息,然后就都准备登台演出去了。

石川不知道睡了多久,醒来之后发现天都黑了,自己一个人孤零零地躺在黑漆漆的房间里,身体还是很沉重,烧也好像没有退,他感觉自己浑身无力,只能继续躺着。这时候,房间的纸门被拉开了,一个女人走了进来。

剧团租住的地方在一个馄饨店的楼上,所以石川也就以为,来人应该是馄饨店的员工之类的。但他定睛一看,发现来人居然是哑女!石川此时已经烧得有些糊里糊涂,完全忘了哑女被淹死这回事,只是想着她怎么来了。

哑女默默地走到石川旁边,掀开被子就钻了进来,石川这才回忆起哑女已死,但他浑身上下毫无力气,完全推不开哑女,也只能随她去了。

等到石川再次醒来的时候,发现哑女已经不在他旁边,他松了一口气。也不知道自己是做梦还是真的看到了哑女，但好在哑女并没有埋怨他的意思。结果到了晚上，又只剩生病的石川独自一人的时候，哑女又出现了……

接下来的第三天，第四天……哑女每天晚上都定时出现，然后钻到石川被窝里去与他行夫妻之事。石川的病也没有丝毫起色，他实在撑不下去，只得和其他团友和盘托出，并无限感伤地说：“我这次是必死无疑了，我还存了一些小钱，我走之后，麻烦转给我的家人……”

结果，当天晚上哑女就不来了，第二天石川也病好了，又恢复了原来的生活。

青丝与白猫

章一一早起来就仔仔细细地刮好脸，梳好头发，换好一身整整齐齐的衣服，准备到目黑站去见人。他在一家女性杂志社任职，是一名记者。

这家杂志社有个不成文的规定：即使是经常性外出的记者，也要每天到总编面前露个脸，否则一定会没有好果子吃。

话虽然这么说，但章一其实有好几天没在位于丸内大厦四楼的编辑部出现过了，不过，对满脑子都是接下来见面的章一来说，主编的黑脸已经被忘到了九霄云外了，同时一起被丢到九霄云外的，还有他那从去年开始就变得性情古怪的妻子。

"怕情人等急了吧？"一直在旁边冷冷地看着章一急急忙忙地做出门准备的妻子突然说了这么一句话。

章一不说话。确实，妻子说得没错，他约在目黑站见面的人，确实是他的情人。两人早已约好在目黑站会面，然后一起坐车到浦田站去游玩。

他不敢看妻子，只是搪塞道："胡说八道些什么呢，我是要去工作，别一天到晚疑神疑鬼的，烦不烦人。"他想着，妻子明明是一个家庭主妇，也没和多少人有来往，不可能会知道自己在外面做的事情。

"哼，你别想骗我。什么去工作，我看你就是去约会的，你别以为可以蒙我！"

妻子走到他的面前，略显愤怒地说道。

他只顾着低头系腰带，并不想抬头看妻子那张蜡黄的脸。

"别瞎嚷嚷了，你这蠢女人！"

"是啊，我要不是蠢女人，这么会嫁给你这种白眼狼！活该我受这种罪，你以为我一天到晚待在家里就什么都不知道了吗？你和相好那点事，我都知道得一清二楚！"

章一一下子被妻子说中了心事，慌慌张张地回应了一句："你倒是说我相好是谁呀，没证据别一个劲儿地胡说八道，真是丢人现眼！"他心里开始后悔平时不应该跟妻子说太多工作上的采访对象。

因为是在女性杂志社工作，所以章一采访对象都是些成功女性——思想家、作家、学者、贵族夫人之类的，章一总喜欢在妻子面前添油加醋地描绘这些女性对他的青睐甚至是倾慕，难怪妻子会吃醋了。

"我怕说出来你恼羞成怒，呵呵。"妻子冷冷地笑，听起来格外瘆得慌。

"你倒是说啊，别神神道道的。"章一虽然心里慌得很，但还是嘴硬。

妻子收起笑，冷冷地说道："你这几天都没去杂志社，就跟那个女人在外边风流快活了。也真是好笑，你这种身份不要脸也就算了，那贵族夫人也是不怕身败名裂。"

章一这几天做的事情就和妻子所说的一模一样，他半天没说出话，只得假装在专心整理仪表。章一心里想着，肯定是有看他不顺眼的同事来给妻子打的小报告，可是家里这两天看起来也不像来过人的样子，而且他也想不到会有哪个同事会到家里来做这种事。

章一思来想去之后认定，妻子一定就是空口无凭地在乱说话而已。

"你别再胡说八道了，山崎夫人那么高贵的人会做我这种人的情人吗？你傻不傻啊！"章一随口糊弄着，抬手一看表，发现时间不多了，得赶紧出门才行。

"我看你是被我说中了，心虚了吧？哼，她的确不屑做你的情人，但是她可以包养你啊！"

"你真是神经病！"章一一下子被妻子戳中了痛处，怒从心起，就打了妻子一个耳光，"你这疯婆子，真是越来越疯了！"

妻子原本就很瘦弱，再加上怀了四个月的身孕，一耳光就把她打到了梳妆台旁，她用手抓住镜台想要稳住，结果撞到了章一刚才剃胡子用的铜盆，水洒了出来，流了一地，而妻子则倒在这一滩水中，样子十分狼狈。

而章一这时还觉得不解气，冲上去，对着妻子的腰部又狠狠地踢了一脚，完全没考虑妻子还有孕在身。

妻子护着腰部，咆哮道："你这个禽兽不如的东西！我父母都没舍得打过我，你居然敢打我！"

"就是打你怎么了！"章一恶狠狠地说道，"有你这么跟丈夫说话的吗！"

说完，他又用力踢了妻子一脚。妻子咆哮着爬起来扑向章一就咬，章一用力一推，她又倒退到了镜台前。

这时候，她拿起镜台上的一个东西，发了疯似的再次扑向章一，那东西闪着光——正是章一剃胡子用的刀。章一一把抓住她握着刀的手，转到她的背后，然后紧紧地扣住她两只手，手里的剃刀掉到了地上。

章一用另一只手抓着妻子的头发，愤怒地说："你这个疯婆娘，是想要谋杀亲夫吗？"说完，他又把她狠狠地推到地上。

妻子倒在地上，发出凄厉的惨叫声，在房子中不断回响着，十分骇人。

"你这个女人真是可怕！"章一又冲着她骂了一句，其实他只是为了掩饰自己的心虚，想到情人美丽曼妙的身姿，他又马上平静下来。然后，他拾起地上的剃刀，拿到书房里，拉开最上层的抽屉，然后放了进去，接着走出来。

看着时间快到了，他拿起帽子，又说了一句："这么恐怖的地方，你就自己待着吧！"说完，他逃跑似的冲出了家门。

外边和略显阴森的家里完全不一样，此时，初夏的阳光洒在地面上，路边的花花草草看起来都十分喜人。章一把帽子戴到头上，随手拦了一辆出租车，他已经迫不及待要见到情人的脸，用手去环抱住她的腰。

出租车很快就达到了目黑站，章一一下车就看到了山崎夫人坐在车站的一个角落，她一身黑色的打扮，手里还拿着报纸，生怕被熟人看到。章一故意大声问车站的工作人员站台怎么走。山崎夫人听到他的声音以后立即会意，便站了起来，拿着行李先走上了列车，章一随后也跟着上了车。

到了目的地之后，两人就下了车。这个地方不会有什么认识他们的人，于是两人马上勾搭到了一起，一起乘上了出租车。

车子往他们预订的温泉旅馆驶去，路边的花坛里开满了姹紫嫣红的花，但这些花此刻都比不上山崎夫人的脸。

"你怎么这么久呢，人家等得多辛苦！"山崎夫人娇嗔道。

"哎呀，那个疯女人又发作了……你就体谅体谅我吧。"

"这样吗……听起来好可怕啊……是不是你说了什么刺激她的话呢？"

"我哪有那工夫跟她说什么话，她就是发神经。"

"是吗……"山崎夫人微笑着说道，"你们男人啊，就是管不住嘴的。"

山崎夫人的声音弄得章一心里痒痒的，恨不得马上扑上去用嘴堵住她的口。不过，他们很快就到温泉旅馆，旅馆的服务人员把他们领到了客房。从这间客房望出去，就可以看到多摩川的美景。接着，旅馆的女仆给他们端来了准备好的美食和酒。

两人就着美食，喝着温热的清酒，身体也开始微微发热。

他们到达旅馆的时候也不算早了，再加上他们的房间在旅馆的角落，旅馆的其他客人都不能干扰到他们。喝了一会儿酒之后，章一已经有些飘飘然了，看着对面那双顾盼生辉的眸子，他感觉自己都快要陷进去了。

山崎夫人放下手中的酒杯，走到章一身边蹲下来，把樱桃般的小嘴凑到章一的耳朵边，用勾魂的声音轻轻地说："别喝太多了……耽误事情呀……"

章一再也忍不住了，抓住山崎夫人的手，把她摁到了地上……

窗外的月光被一层云遮住了，房里的山崎夫人仰着脸，闭着眼睛，章一的嘴在她身上的每个地方游走着……嘴在肌肤上的吮吸声和山崎夫人的呻吟此起彼伏，章一此时已经毫无醉意，两人沉浸于云雨之欢中。

正在这时，纸门外边映出了一个人影，接着传来了旅馆女仆的声音："客人，不好意思打扰了……"

两人都停了下来，山崎夫人警觉地看着纸门外，章一知道她在顾虑什么，就朝着外边喊道："什么事情，不能明早说吗？"

"实在是抱歉了……但拿东西来的人非得让我现在给您，否则后果我承担不起呀……"

谁会知道我在这儿？章一心里想着，他看了一眼山崎夫人，她也是满脸的疑惑。但是她很快就把衣服披好，坐到了一边去。章一也胡乱收拾了一下自己，然后接着对外边说："好，那你进来吧。"

说完这话之后，纸门就被拉开了，旅馆的女仆捧着一个四四方方的包袱走了进来。

"实在是抱歉啊，木村先生，刚才有个女子到前台，交代我们把这个包袱拿给木村先生和山崎夫人，说是给二位的礼物，务必要现在拿给二位才行……"

章一听得莫名其妙，他转头问山崎夫人说："你让人送来的吗？"

山崎夫人摇了摇头，但是她并不想在此事上耽搁太久，她对女仆说道："好了好了，把东西放下就下去吧，我们待会儿看看就知道是谁送的了。"

女仆一听这话，赶忙就说了句"打扰了"，然后离开了房间。

"怎么回事啊……你快点打开看看是什么东西，有没有落款人什么的。"山崎夫人催促道。

章一便拿过包袱，打开一看，是一个木盒子，他再一开木盒子，就吓得话都说不出来了。

山崎夫人看他一脸惊慌，连忙凑上去看：居然是一撮扎着的女人头发！

"天哪……"山崎夫人惊呼了一声，"这……这是女人的头发？是你老婆干的吗？"

"肯定是那个疯女人干的！"章一斩钉截铁地回答道。

除了妻子，他也想不到其他人。

"她怎么会知道我们在这儿的啊……"

"我也没头绪……"

"我们回去吧，"山崎夫人说道，"回去再想想办法，太可怕了啊。"

"好……"章一也不想再留在这个倒霉的地方了。

于是两人连夜坐车回到了目黑站。送别了情人以后，章一也坐上出租车，但他并不是要回家，而是到一个老妇人家里去。

这个老妇人住在白山，她是一名和尚的妻子，和尚死后给她留下了可观的财产。章一早早就认识了这位老妇人，自己的妻子也是她介绍的，而且她见多识广，一定知道怎么解决这桩事情。

章一认识她的时候还是一个穷学生，老妇人常常给他一些资助，也会教他一些事情。也是从那时候开始，章一开始琢磨如何取悦女人、说话的技巧、做事的方式，甚至是床上的功夫。

不一会儿，章一就到了白山下。他沿着坡路向上走，到了神社之后接着绕到后头，然后敲门喊道："有人在吗？"

"谁啊……这么晚还来拜访……"这是老妇人家里女仆的声音。

"我是木村。"

"啊，木村先生啊，你等等。"听到女仆一路小跑的声音，章一边站直了身子，然后接着门就打开了，章一便走了进去。

他走在女仆的后面，低声说道："这么晚才来给我开门，是不是客人在呀？"

"这么晚了哪儿来的客人啊 ，也就你了。"

"我说的是……"木村把声音压得更低了，"过夜的客人呀。"

女仆知道他的意思，脸上立刻浮现红晕，她轻轻地回应一句："讨厌！"

"夫人还没睡吧？"章一马上说了来意，"我去给她请个安。"

"还没呢，"说着，女仆就把章一领到玄关门口，然后对他说，"你自己知道怎么走的了，我就先退下了。"

章一熟练地走上玄关，接着往左拐，到了一个房间面前，他轻轻地喊了声："夫人歇息了吗？我进来了？"

　　"进来吧！"

　　听到里边的回应，章一便拉开门走了进去。屋里只开了一盏台灯，老妇人躺在榻上，似乎在看一本什么小说。

　　看到木村走了进来，她的一张老脸便笑开了花，"你来了呀。"

　　"嗯，我刚好路过，就想来您这儿蹭个晚饭。"章一嬉皮笑脸地说道。

　　"哼，你别找借口了，"老妇人一下就戳穿了木村的话，"你们夫妻俩是出了什么事？"

　　"您听说了什么吗？"章一走到老妇人的枕边，然后坐下。

　　"你老婆今天已经来过我这一回了，你现在又来，不是出事还能是什么。"

　　"她今天已经来了一回？"章一想到了头发的事情，"她头发没怎么样吧？"

　　"头发？"老妇人看上去很疑惑，"还不是那样，这有什么问题？"

　　"哦，没什么，我就随便问问。她什么时候到您这儿来的？"

　　"八九点的时候吧，不过那时候我还有其他客人在，没来得及好好招呼她，结果等到我闲下来的时候就发现她不知道什么时候已经走了。你们是……吵架了？"

　　"也不是吵架……她这段时间总是疑神疑鬼的，我中午要出门的时候她又开始发作了，胡言乱语了一通，我就教训了一下她，结果那个疯女人居然拿起我的剃刀想要杀我，这女人真是要命啊。"章一佯装叹了口气。

　　"她拿剃刀要杀你？"老妇人有些吃惊，"那真是不得了，不过还不是因为你总在外边拈花惹草，所以才会搞出这么些事来。"

　　"哪有啊……"章一一副苦主的样子，"我只不过是近段时间工作太忙了而已。"

　　"就是因为你那工作，"老妇人伸出食指戳了一下章一，"整天和各种女人打交道，你老婆不生气才怪。"

"这……这怎么能怪我呢……"

"好啦，"老妇人停留在章一身上的食指钩住了他的衣服，"别说那么多了，时间不早了，先在我这里休息吧。"

章一知道她心里在想什么，他有些不太愿意，便推托道："啊……我今天还遇到了一点怪事，可能要回去处理一下。"

"什么怪事？"

"晚上的时候，我在多摩川那里吃着饭呢，就有人给我送来一个盒子，你猜怎么着，盒子里面是一个女人的头发！绝对是那个疯婆子干的，她肯定是因为我打了她，气不过，就一路跟着我到那儿，然后借机吓我。"

"晚上什么时候呀？"

"九点多了吧，女仆说，送来的人指名道姓地说要给我，除了她还会有谁。"

"哼，九点多会在目黑那儿吃饭？你肯定是和情人一起约好去那儿私会的吧？"老夫人毫不客气地戳穿了他，接着又说，"可能是有人想捉弄你而已。"

"可是……怎么会有其他人知道我在那里呢？"

"那你回来之后，有回家看过了吗？"

"还没，我哪敢回去。"

"行吧，那我明天到你家里头去看看，就算真是她做的也不要紧。你想想，她都知道你在那幽会情人了，她也没当面把你们捉奸在床呀，说明她还是给你留有情面的。"

"这样吗……"章一若有所思。

"好啦好啦，来把外套赶紧脱了。"老妇人命令道，接着，她起身去拿来了另一个枕头。

虽然这对于章一来说不是第一次，但是逐渐年老色衰的老妇人实在让他兴趣全无。不过他也没办法，只能任凭老妇人把他推倒在床上。

章一闭着眼睛，只想赶快结束。突然，他听到老夫人尖叫了一声，接着把章一推开，坐起身来，抱着脚踝，破口大骂道："你这畜生居然敢咬我！"

章一一看，老妇人养的那只白猫就在床边，满脸怒意，爪子还在一边划着地板。

　　老妇人气得拿过枕头就往白猫丢去，不过白猫很敏捷地躲开了，接着它就蹿了出去，老妇人气急败坏地喊道："畜生！"

　　章一不知道她为什么发这么大火，奇怪地问道："怎么回事？"

　　"怎么回事？你还好意思问！还不是都赖你整天在外面勾三搭四，现在可好了，我也没好日子过了！你这畜生不如的东西，快给我滚出去！别再让我看到你！"说着她就要冲上来咬章一，章一吓了一大跳，慌忙拿起衣服就跑了出去。

　　跑到外头之后，章一就叫了一辆出租车，他还是不打算回家，决定先到山崎夫人那里避避风头。

　　白天的时候，山崎夫人跟他说过，自己家里现在只剩下人在。不过，就算是这样，章一也要先给山崎夫人去个电话知会一声。于是，当他看到铁轨旁的公共电话亭时，他便让司机停了车。他准备穿过铁轨走到电话亭，突然不知道发生了什么事，章一大叫了一声，然后跌倒在了铁轨上，这时候，电车呼啸而来，把章一撞飞了……

　　远处的出租车司机目睹了这一切，还看到了一只猫蹿过，白色的毛在夜里格外明显。

　　另一边，山崎夫人已经回到了家中，她躺在床上翻来覆去怎么也睡不着，索性坐了起来，这时候，她发现床正对着的椅子上坐着个人。她吓了一跳，接着，那人抬起头来看着她，居然是章一。

　　"你怎么进来的啊？你进来以后怎么也不说句话呢？"山崎夫人冲着章一说道。

　　但是章一没有回应她，只是看着她。她觉得很奇怪，便下了床走到章一面前，这时候她惊恐地发现，章一的膝盖以下居然是空的！然后她尖叫一声，晕了过去。

　　第二天，警察在铁轨旁边发现了一对断肢，另外还接到山崎夫人家里的报案，说出现了断腿的死尸。然而无论警察怎么盘问山崎夫人，都没有得到什么可靠的线索，而且夫人家里的下人也能证明她是一个人回家来的，而且也没有再出去过。

出租车司机也说，自己亲眼看着章一被电车撞飞……至于断腿死尸为什么会跑到山崎夫人的卧室里，没有人能说出个所以然来，这也就变成了一桩骇人听闻的奇案。当时的报纸都争相报道了这件事。

几天之后，山崎夫人也莫名其妙地死了，警察依旧找不到任何线索。

其实大家可能还不知道，章一的妻子在事发当天也失踪了，没有人知道她究竟去了哪里。这件事是在明治晚年发生的，文中的人物确有其人，但为了尊重当事人，笔者便把这桩怪事中的人名和地名，都用了化名。

归来的妻子

  这是一个夏天的夜晚，皎洁的月光洒落在平静的海面上，一切看起来都是那么安静祥和。

  一个年轻的渔夫站在岸边，默默地看着这一切，心里却有着莫大的苦楚。谁能料到，这样安静祥和的大海，会在数天前爆发了海啸，夺取了数以万计的生命……

  这数万条生命中，就有着渔夫新婚宴尔的妻子。双方的父母都很反对这桩婚事，他们两人也是力排众难才最终走到一起，没想到，幸福的日子还没开始几天，就出了这样的事情。

  渔夫呆呆地看着那月色下的海面，他不知道该如何面对接下来没有妻子陪伴的人生。

  那天晚上，海面看起来也是这么安静祥和，远方那不断膨胀着逐渐逼近岸边的海浪，也没有引起任何人的注意。正好那天又是阴历五月五的端午节，家家户户都在忙着过端午节，根本就没有人注意到危险正在靠近。傍晚的时候，渔夫和几个邻居聚在家中喝酒庆祝节日，妻子则在一旁做着针线活。正当他们喝得兴起之时，突然，海的方向传来了类似发射大炮一样的巨响，顿时地动山摇，渔夫和邻居赶忙冲出去看看究竟发生了什么事。

只见海的远处已经模糊成了一片，天和地似乎贴在了一起，云层中还有电光闪现着，突然，海平面瞬间高高地抬起，是海啸！渔夫等人马上冲回家去带走妻儿，然而渔夫才刚刚抱起妻子，海啸就已经席卷而来，毫不留情地吞噬了他们……渔夫醒来之后，发现自己挂到了一棵树上，而妻子已经不知去向了……

等从回忆中觉醒的时候，渔夫发现自己已经泪流满面了。他用手擦了擦眼泪，一抬头，发现远处——海的远处走来一个人，这身影是如此的熟悉，渔夫擦了擦眼睛，那一头如海藻般的长发，苍白的面孔，瘦弱的身躯，走路的姿态……无一不像他那下落不明的妻子，就连身上那件蓝底波点的单衣，也是妻子事发当天穿着的，只是她全身都湿透了。

渔夫欣喜若狂，他马上朝着妻子跑去。由于他跑得太快，到妻子面前时还不停地喘着气，他激动得语无伦次，半天才说清楚一句话："你终于回来了！你总算回来了！我就知道你不会丢下我一个人的！"

然而妻子只是面无表情地看着他，不说话，而且她仍旧朝着原来的方向走着，毫无停下来听渔夫诉说思念之情的意思。

"阿叶？"渔夫不敢相信地看着妻子，叫了她一声，希望她能给自己一点回应。

然而妻子只是看了他一眼，又接着往前走。

"阿叶？阿叶！你怎么了？你说句话啊！"渔夫着急地跟在她后头，呼唤着妻子的名字。

但妻子并没有停下来，她一直往前走着。渔夫眼瞧着她去的方向是朝着家的方向，也就稍稍放下心来，心里想着，她可能是漂了好几天才回来的，可能身体都透支了，所以才没有力气说话的。

渔夫一路跟着妻子走回了村里。此时的村庄一片狼藉，满目疮痍。渔夫的家其实已被海啸卷走了，现在在那里的，只有渔夫临时搭起来的一个简易板房，若是妻子回到家，看到那个样子，一定会很吃惊的。

渔夫又加快了脚步，想跟妻子解释一下房子的事情。然而当他们走到家门口的时候，妻子还是没有停下来，而是直接走了过去。这让渔夫感到十分不解，他冲着妻子喊道："我们的家在这儿啊！原来的家被海啸卷走了，我就临时搭了一个板房，不过，这依然还是我们的家啊！"

妻子始终没有回头。渔夫实在想不通妻子究竟是怎么了，但他想，阿叶这么做一定有她的原因。于是他决定跟在妻子后面，看看她究竟想去哪儿。

这时候已经过了零点，活下来的村民们这时候也都回家了。月亮也越来越低，路两旁的树影也被拉得越来越长。

渔夫一直紧紧地跟在妻子后头，但这路上，只有渔夫的脚步声。妻子走着走着，走到了一个拐弯的地方，突然就消失了。渔夫赶紧追上去，他一路喊着妻子的名字，但是没有任何回应。

渔夫突然意识到他再次失去了妻子，他无力地坐到地上，伤心地大哭起来。

次日清晨，路过的村人发现了呆若木鸡的渔夫，他们围上前去问渔夫出了什么事。

只见渔夫呆呆地看着前方，即使刺眼的阳光直射他的眼睛，也毫不介意，他喃喃自语道："阿叶昨晚回来了，我一直跟在她后面……一直走到这儿……然后她不见了……怎么办……"

说罢，他又痛哭了起来。

村民们面面相觑，不知如何是好。其中一个村民劝解他："你一定是思念过度出现幻觉了，你先回家休息吧，说不定，醒来之后你发现阿叶就回来了……"

其实大家都明白，渔夫的妻子定是不幸遇难了，但他们不敢刺激渔夫。

渔夫回家之后，没过几天，就彻底疯了。

哥哥

务最终决定，去一个没有人的地方进行自我了断。

他原本是打算卧轨自杀的，但试了好几次都有路人经过，他没有勇气在别人惊讶的表情中死去，只能作罢。

他想了想，决定往人少的山丘上走去。

铁轨就在山丘脚下，原本这地方是没多少人会来的，后来铺了铁轨，通了电车，就有一些人开始住在山脚下，坐着电车经过的人就会从铁轨旁的树木间隙中看到绿瓦红砖的房子。往山上的路旁也多了一些耕地，一到春天，这山上就会开满姹紫嫣红的山茶花，在务走上山丘的这会儿，还开着朱色和紫色的山茶花。

由于山脚下住了一些居民，因此小区居委会便在这条山路上立了一些路灯，但不多，隔着好远才能看到一个，晚上也不会有多少人会到这山上来。

现在已经是十点左右，路上，除了务，一个人都没有。路灯的灯光照在务的脸上，把他面无血色的脸映得更加惨白。他目光呆滞，就像僵尸一样，一步一步地往前挪。

他已经想好，要到前边的路口去自行了断。务自小在这片山区长大，对这附近的地形和居民的起居习惯再熟悉不过，明天一早，就一定会有附近居民上山来散步，到时候他们就能发现务冰冷的尸体了。

路口那里有一盏路灯，在看到那盏路灯的光之后，务的脚步不知不觉地变慢了。他的脑海里突然闪过了妻儿的脸庞，还有那个趁火打劫的女人那丑恶的嘴脸，这些画面在他脑海里不断变换着，对死亡的恐惧感也一直萦绕在他的脑海里，他感到万分痛苦。

最终，他还是挪到了那盏路灯下。他站在路灯下，仰头看着路灯，山顶的灯光晃得他晕乎乎的，即使直视都不会有任何刺眼的感觉。务呼了一口气，接着把身上的腰带解了下来——他是打算用这条腰带在这路灯下了结自己的生命。

他把腰带的一头打了一个结，往路灯的杆子丢去。一下没绕过去，他又试了几次。腰带终于穿过杆子，接着，他抓住腰带的两头，打了一个比自己高一些的死结。

做完这一切以后，他又看了一眼山下，接着看了一眼天空，深吸一口气，抓住腰带，闭上眼睛，准备把自己的头挂到腰带上……

"你干什么呢？"突然，务听到了一个熟悉的声音，紧接着，他感觉到有人抱住了他的脚，把他拽了下来。

务睁开眼睛一看，发现来人竟然是他远在中国济南经商的哥哥正义。

"啊……哥……"务顿时羞得满脸通红。

"我一回来就没看到你，后来听说你去了仓知家，本来还想到那边去找你来着……你怎么这么想不开啊？"正义穿着一身白色西装，可能回来之后都还没坐下来休息过。

想到这里，务更加羞愧了，他低着头说："哥……我对不住你啊……"

说完，他忍不住哭了起来。

其实务也是被逼到了绝路。他的一双儿女先后在去年年中的时候感染了伤寒，务四处为孩子求医问药，花光了所有积蓄，最后不得不以房子作为抵押来向仓知夫人借钱。正义和务的父亲以前常在仓知家打短工，就连务的工作也是过世的仓知老爷给他找的，所以务自然会先找仓知夫人帮忙。而且，仓知夫人做事也是出了名的周到，务到仓知家借钱的时候，夫人信誓旦旦地告诉他："放心吧，我已经帮你打点好了，房子已经抵押给他人，这钱也是那人借给你的。"务心想，这钱肯定是仓知家里出的，怕他心里过不去，所以才跟他说是别人借的。不管怎样，务总算有钱给孩子们继续治病了。

然而，这房子其实是属于正义的，务并没有权力把它抵押，他也是被逼无奈，想着在哥哥回日本之前赎回来就好。哪知还没过多久，务就接到了正义的信，说因为中国现在正在打仗，生意难以维持，于是决定把店面转让，然后回国。务一看，赶紧跑去找仓知夫人，求她帮忙赎回房子。结果仓知夫人告诉他，其实自己已经把房子卖了，想要赎回来，除非能马上拿出六百块——然而务才借了三百块。这对于务来说，无疑是晴天霹雳，因为借据上签的是正义的名字，盖的也是正义的私章，虽然同父异母的哥哥正义从小对务疼爱有加，但这块地怎么说也是父亲留给哥哥的，如果让哥哥知道自己把房子抵押给了别人，变成了别人的囊中之物的话，他还有什么脸面站在哥哥面前啊……

"难道你是把地抵押了拿去借钱，所以觉得对不住我吗？哎，这块地我本来就是打算给你的，你为什么要这么想不开啊！"哥哥略带生气地说。他看了看周围，接着把务扶起来，"我们也别站在路边了，要是有别人经过，看到你这样子，叫什么事啊，你赶紧把自己收拾收拾，有什么事回家再说。有什么事，我都给你做主！"

在哥哥的一番安慰下，务终于恢复了些许平静，他把腰带弄下来，重新系回到自己身上。

"你把地拿去做了什么？"哥哥接着问道。

"去年年中的时候，义隆和千鹤都生了病，把家里的积蓄都花光之后，我实在没办法才去找仓知夫人，求她帮忙的。然后她跟我说，这事没问题，我帮你把地抵押出去了，人家也把钱借给你了，你给我写张借据就成，借据抬头空着就可以了。于是我就按照她说的，给她写了借据。我原本想着，拿到今年的半年奖和年终奖金，我就可以还上这笔钱了。所以，我中间交了两回利息，把还款时间延后了。我今早一接到你的信，我就马上去找仓知夫人赎回房子，结果……结果她居然说那地她已经卖给一个叫木村的生意人，我借到的那三百块钱就是卖地的钱！我现在要是要赎回地，除非能马上拿出六百块！我……我……我哪有那么多钱啊！"说着，务又激动了起来。

正义轻轻地拍着他的肩膀，宽慰他说："没事……六百块嘛，我去帮你把地赎回来，我们不能让父亲留下的地落到别人手里啊！"

接着，正义就先让务回家去休息，他一人去找仓知夫人。

正义走过了电车铁轨，走上另一侧的山丘，仓知家就在那山腰上。

仓知夫人这会儿正在和一个年轻的股票中介在家里聊得正高兴，女仆走了进来通报说，有个自称山冈正义的人上门拜访了。仓知夫人一听，知道是务的哥哥来了，而且务之前也提过这事儿，她就让女仆把人领去会客室等着，接着，她站起身来，跟中介商娇媚地说了句"我去去就回来"，那年轻人暧昧地笑了笑表示回应，接着，仓知夫人就走去了会客室。

仓知夫人走进会客室的时候，看到正义端正地坐在椅子上，穿着一身白色的西装，表情略显严肃。

"哎呀，这不是山冈先生吗？什么时候回国的呀？"仓知夫人上前打招呼道。

"小生山冈正义，这么晚还来打扰夫人休息，实在不好意思，但因为舍弟的事情，不得不深夜拜访，还请您见谅。"

"没事没事，我也还没休息。"

"那我就直接说正事了，"正义顿了顿，加重语气，接着说，"我听舍弟说，去年向夫人借过三百块是吧？"

"是……是这样没错，"仓知夫人被正义严肃的语气吓了一跳，因为，她在这中间做了点手脚。自从仓知老爷死之后，仓知夫人就开始勾搭各路小白脸，花钱无度，老爷留下来的遗产都被她挥霍得差不多了。碰巧务上门来找她借钱，跟她相好的小白脸——就是那中介商，便给她出了个馊主意，让她把务抵押的地转手卖出去，就能赚一大笔钱，反正务肯定也还不上这钱的。

"是这样的，方才舍弟已经跟我讲了这事情的来龙去脉。我来拜访夫人，也不想耽误夫人太长时间，我只想拿六百块换回舍弟给您签的借据，如何？"

"啊……借据吗……"仓知夫人眼睛转了转。其实根本没有木村这么一个人，借据就在她的家里，但这种事情……怎么能让正义知道呢？

还没等仓知夫人想出借口，正义就接着说："我知道字据就在您的家中，您直接拿来就是。"

正义说得斩钉截铁，仓知夫人马上心虚了几分。她心想，难道正义居然这么快就已经调查过了吗？她不敢看正义的眼睛，那坚毅的眼神，仿佛一下子就能把她看穿。

接着，正义拿出钱包，取出六张纸币，放在桌子上，说道："这就是要赎回地的六百块，请您把借据拿出来吧！"

仓知夫人不敢再多说话，只得走到隔壁的书房里去拿借据。

不一会儿，她就拿着借据回来了。

"这是您要的六百块。"正义又加重语气说了一遍。

仓知夫人不敢有半点耽搁，赶紧把借据放到桌子上，然后把六百块攥到手里。

正义拿过借据，接着掏出打火机，一下子就把借据点着了，然后丢到旁边的火盆里，瞬间借据就只剩下个灰了。

"那这件事就算一笔勾销了，多谢夫人。"说完这句话之后，正义就站起身来，走了出去。仓知夫人半句话都说不出，过了会儿好像想起什么似的，连忙追了出去，可是早就看不见正义的人影了。

务没有回家，而是站在山脚下等着，看到一袭白衣的正义出现之后，赶紧迎了上去，正义看到他，拍了拍他的肩膀说："行了，事情我已经帮你搞定了，你放心回家吧！我还得去拜访一个朋友，有点事情要办。晚些时候我就回家。"

务听哥哥这么一说，便安心地回家去了。但是直到第二天早晨，正义都没回家。务心想，估计是哥哥的朋友让他留宿了一晚，于是他决定打个电话到公司去请假，然后在家等着哥哥回来。

结果，务等了大半天，都没看到正义的身影，反倒是仓知夫人怒气冲冲地找上门来了。她一进门就大声说道："山冈正义呢？他是使了什么把戏，他昨晚给我的六百块居然无端凭空消失了！"

还没等务说话，门外又来了送信员，说有务的一份电报。

务便先让仓知夫人坐下，自己先去拿电报。

他拿回电报，拆开一看，上面赫然写着：

山冈正义夫妇不幸遭遇事故，双双去世，望家人节哀。

济南日本协会上。

务顿时大惊失色，坐到了地上。

仓知夫人见他这样子，也凑上去看电报的内容。一看到上面的字，她就尖叫了一声，接着冲出门去。

仓知夫人一心想着冲回自己家，穿过铁轨的时候，也没注意呼啸而来的电车，一下子就被撞飞了……

被诅咒的家族

故事发生在遥远的明治时代。明治十七年至十八年间，是恰逢新思潮广泛兴盛的年代，很多有志青年加入到轰轰烈烈的民权运动中，以实现自己远大的理想抱负和价值。

男主人公葛西芳郎，就是这样一位热衷民权运动的年轻人。

追溯往昔，葛西家族曾经也是声名显赫的望族。到了葛西芳郎这一代，虽然已经算不上是十分有名望的贵族，但居住在东京小石川某町的葛西家仍然是有钱人家。身为继承人的芳郎从小便受到严格的管束和良好的教育，还曾经在法国留学。回国之后，他投身民权运动，成为被前辈们看好的新一代民权运动家。

葛西家的家宅面积很大，周围还有一片杂树林。其中有一部分已经捐赠给了政府，成为公共用地，中间修建起了一条小坡。芳郎喜欢在小坡上散步，特别是当他需要演讲的时候，会利用散步的时间好好在脑海中琢磨演讲的内容。

这天，芳郎像往常一样走上小坡。因为下午晚些时候有一个演讲，他很重视，需要仔细斟酌讲稿的结构以及具体的用词。

虽说这条小坡是公共场所，但平日里并没有多少人经过。芳郎的右手边是家宅新建造的土墙，左手边则是刚刚开辟出的空地。杂树被砍掉，种上几株梅树，再用篱笆围起来，形成简单、整齐的景致。此刻，他正在眯着眼睛，欣赏梅树上所剩不多的白色小花，土地也开始微微泛出绿色，青草的嫩芽已做好茁壮生长的准备。

好一派生机勃勃的景象啊。芳郎想，难道这不正预示着民权运动即将迎来更加灿烂的春天吗？

正当芳郎想着如何将自己的情感和心境传达给即将面对的听众时，他猛然觉得前方有人影飘过。他迅速抬起头，瞥见一个陌生的女子。她的发型是西式的，装扮既得体又时尚，走起路来身姿轻盈、优雅。她走在芳郎前面，所以芳郎只能窥探到她的背影。但仅仅只是背影，已经深深吸引了像芳郎这样的世家子弟。

不过，这女子身上最惹人注目的，却是发式间的一朵红花，美艳却不恶俗。

芳郎在心里默默地称她为"红花"。在他看来，拥有如此气质的女子，必定是某个显赫人家的大小姐。如果有幸能结识一位这样的女性，无疑会是自己人生中的重要转折吧，他想。他不图对方的家世背景，只期望两人能成为知己，彼此依靠。

周围的景色暗沉无光，眼前的女子是芳郎唯一的追求，他甚至都已经忘记了自己下午要出席的演讲。

女子走得并不快，但芳郎的脚步却不知不觉加快了许多。他不想白白错过与这位女子相识的机会。可转眼间，女子已经走到坡顶，再往前的路便不在芳郎的视线范围内了。一想到自己可能要跟丢目标，芳郎干脆向坡顶的方向小跑起来。

在空旷的环境里，芳郎的行为引人注意也是意料之中的事。很快，女子便发觉身后追着自己的芳郎。她没有停下来质问，也没有在惊吓中跑掉。而是慢慢地回过头，看了芳郎一眼，唇角似是浮上一抹微笑。

啊，好一个精致漂亮的女子。芳郎意识到自己的行为有些突兀，怕冲撞了这位大小姐，不由得放慢了脚步。那一瞬间，女子似乎加快了脚步，不一会儿就消失在坡顶。芳郎暗叫"不好"，赶紧追过去，女子的身影已经完全看不到了。

到达坡顶之后，有两条小路。右边是一条直路，向前能看到很远的地方。芳郎定睛看过去，没有丝毫女子走过的痕迹。而左边的路，是一条弯路，通向不远处的一间寺庙，寺庙的墓地也在不远的地方，用篱笆围起来的一大圈，并不见有人在其中。

按照女子步行的速度来看，这么快就消失在右边的直路上似乎不太可能。芳郎选择了左边的弯路，一路寻向寺庙。心里还在想着，如果两人见面，应该如何打招呼才能不显得尴尬。可奇怪的是，芳郎一直走到寺庙，都不见女子的踪影。

寺庙门口有一尊巨大的佛像，因年代久远，显得有些斑驳、破旧。周围一片荒芜，不时传来乌鸦的鸣叫声。怎么看，那位大小姐都不像是会来这里散步的。

芳郎掩饰不住内心的失望，但也没有更好的办法，只得按照原路返回。

她怎么会突然消失不见呢？都怪自己没能厚着脸皮跟近一些，芳郎忍不住自责。同时，他的心里萌生出一连串的问号。她究竟是哪家的大小姐呢？怎么会忽然出现在小坡上呢？附近一带的贵族人家他几乎都认识，没听说谁家里还藏着一位美丽的千金，难道他要挨家挨户去打听一下吗？

自从过了二十五岁的年纪，芳郎就没少应对那些为自己的婚事操心的家族长辈。因为父母都已经不在人世，身为独生子的自己，的确是有义务传承家族的血统。可无奈，他一直都没有遇到心仪的女子，又不想随意凑合，只好硬着头皮，以民权运动为由拖着。偶尔，也会有女子主动向芳郎示好，但却多半是因为看中他的家世。所以，芳郎从不会搭理她们。

这一次，芳郎忽然对陌生的女子产生了浓厚的兴趣。当天下午的演讲，芳郎没有准备周全，只是草草应付了事。听众们虽然有点失望，但大家都看出他有点心不在焉，以为是日渐操劳所致，也就没有太在意。

从那天开始，芳郎的心里始终未能平静，眼前总是浮现出女子婀娜多姿的身影。一连十几天，他每天都去小坡来来回回地走来走去，有时甚至在小坡附近消耗一整天的时间，只希望能再次与女子不期而遇，可每次都是失望而归。

或许那位女子并不长久地居住在这一带吧，芳郎心想，这也就解释了她为何这么多天都不曾再次经过小坡。

那段时间，芳郎几乎已经放弃了寻找。虽然还是时常会想起女子的背影，但假如注定再也遇不到，也就只好作罢。

不知不觉间，春天已经到来。院子里的樱花树正待绽放美丽的花朵。芳郎打起精神，重新投入民权运动的演讲。那天，他像以前一样，边在小坡散步，边思考自己的演讲稿。在内心深处，他还是希望能发生点什么。

精神一分散，便很难再集中。猛然间，他像是冥冥中感觉到了什么，忽然抬起头，视线范围内，竟然再次出现了那位魂牵梦绕的女子的身影。

春天果然是个令人向往的季节，芳郎想，他抑制住自己澎湃的内心，尽可能保持原有的步调。

女子脚步轻盈，已在慢慢接近小坡的顶端。芳郎忍不住加快脚步，想追上去。可是当女子回过头时，芳郎又停了下来，仿佛偷窥时被发现一般，因窘迫而脸红。越是喜欢，越是不想轻易冒犯。正当他犹豫不决的时候，女子像上次一样，消失在坡顶。

芳郎暗暗责怪自己，连忙追上去。这一次，他先是追向小坡右边的直路，跑了一阵，什么人都没遇到。于是他又折回来，去往左边通向寺庙的路，甚至在寺庙和墓地周围寻觅了大半天的时间，连参加演讲的时间都忘记了。

在那之后，芳郎就像着了魔一样，根本就无心再继续参与民权运动。满心只有那位女子的容颜、身姿和背影。但这一遭遇他对所有人都隐瞒着，没有跟任何人提起。家人和朋友不知道他究竟出了什么问题，但又不能眼睁睁地看着他的身体状况越来越糟，便劝他去热海疗养。换个地方，换个心情。

起初，芳郎不愿去疗养。他仍然对再次遇到那位女子抱有极大的幻想。但他不想周围的人发现自己的秘密，况且，整日面对空旷的小坡，他心里也很不舒服。考虑再三，他终于答应去疗养。

热海的相模屋是很有名的温泉旅馆，虽然称为旅馆，但内部的装饰与服务都是一流的。旅馆靠近海岸，周边的环境也是十分清雅，很适合静养。芳郎到达这里不久，便觉得心情稍微平复了一些。

整个夏天，芳郎都是在这里度过的。随着身体状况渐渐好转，秋季到来的时候，他已经可以利用闲暇的时间写写文章，或者跟前来探望的好友们探讨民权运动的形势。大家都满心期待他能够继续在民权运动中有所建树。

而事情似乎也正朝着好的一面发展。

某天，芳郎见月色正浓，萌生了出门散步的念头。附近的海岸线在清冷月光的照射下显现出冷峻的美。海水悠然起伏，海狼拍打着岸边的礁石，发出细碎的声响。

他绕过停靠在沙滩上的渔船，看时间差不多了，又返回来，想早点回房间休息。回程的途中，他忽然看见两位女子坐在海边的石头上聊天。其中一位看起来是大小姐模样，秀丽端庄，气度不凡。另外一位像是陪同的女仆，虽没有光环笼罩，却也干净利落。

经过两位女子身边时，芳郎转头望向她们。听见芳郎的脚步声，两位女子也不由抬起头。那一瞬间，芳郎感到微微有点眩晕。那位大小姐的相貌，分明与自己之前遇到过的那位女子一模一样！只是两者发型不同，眼前这位也没有戴红花。但即使是同一个人，也会有不同的装扮，这也是常理。

此时，已经走过两位女子身边的芳郎想要返回去，再仔细看看那位大小姐。他不想再错过任何结识心上人的机会了。不巧的是，他刚有意转身，就看见大小姐和女仆边聊边站了起来，似乎是已打算往回走。临走时，小姐和朝他看了一眼。两人对视的时候，芳郎又觉得，这位小姐又不那么像自己的梦中情人了。不过，不管如何，这一次，芳郎都决定要弄清对方的身份。

小姐和女仆边走边聊，芳郎在后面悄无声息地跟着，为了不被发现，他还刻意拉长了距离。很明显，芳郎的担心也是多余的，那两位女子说得正起劲儿，根本就没有回过头。不一会儿，她们转进一个豪华的宅院，院中有一幢两层高的别墅。

果然是大户人家的小姐啊，芳郎这样想着，走上前去，借着光看清楚门牌，上面写着"杉浦"。

这一带，如此气派的家宅很少见，大概这一家也是从东京来的吧。不如先回旅馆，再借机找人打听打听。

不久，这样的机会就如约而至。

那天，一位相熟的记者来找芳郎约稿。两人相谈甚欢，相约一起在旅馆吃晚餐。当晚，两人面对面坐着，几杯酒下肚，芳郎佯装随意地问："你对这一带很熟悉，所以我想跟你打听个事。前几天，我发现旅馆附近有一幢很气派的别墅，好像是'杉浦'家的，你听说过吗？"

"杉浦啊。"记者歪着脑袋，想了想，"噢，我想起来了，有一位御用商人是这个姓氏，想来应该是这家吧。"

"前几天我去海边散步，遇到一位大小姐，想来是杉浦家的小姐。"

"是吗？我也听说杉浦家有一位很漂亮、很优雅的小姐，居然被您遇到了。怎么样？是不是有想法了？"说到这儿，记者已经明白了芳郎的想法，只是不便说得太直白。

"哪里的话。我才只见过一面而已，也没能有机会跟对方打招呼。"

"那没关系，既然你有意，我来想办法就是。你还不知道吧，我跟杉浦家还算有点交情。杉浦先生平日不常在这里，他夫人身体不太好，常年都是大小姐陪着夫人住在这里休养。不如，我帮你实现愿望吧。"

"啊？什么愿望？"

"别瞒我啦。若是您跟那位大小姐能情投意合，便可以尽早结婚。家人不也希望您早点成家嘛。"

几天之后，记者亲自向杉浦先生介绍了芳郎，当然少不了会将葛西家的背景渲染一番。杉浦先生很高兴，立刻就到相模屋拜访了芳郎，邀请他去自己的别墅做客。

于是，第二天，芳郎便如约来到别墅，成了杉浦家的座上宾。

杉浦家的小姐名叫喜美代，与芳郎之间算得上是一见钟情。杉浦先生也很喜欢芳郎的为人。一来二去，芳郎与喜美代的交往就算是被认可了。芳郎时常拜访杉浦家，偶尔也会与喜美代在海边或附近的其他地方散步、聊天。

很快，两人的婚事就被正式提上了日程。

不巧的是，第一次刚刚商量好日期，芳郎得了神经痛的病，只得推迟。到了冬天，喜美代的母亲又突然生病，两家人商量着，计划将婚礼延迟到第二年的春天。

到了来年三月，杉浦夫人的病也痊愈了，婚礼的日期才终于被定下来。当时政府对民权运动的积极分子展开镇压，考虑到芳郎要避避风头，不便回东京，两家决定在杉浦家的别墅举行婚礼，婚后，夫妻二人先在别墅住上一阵子。

婚礼前三天，芳郎与从东京来帮忙的家人和朋友们忙得不亦乐乎。因感到疲惫，晚上他很早就进入了梦乡。夜里，他梦见自己回到小坡上徘徊，再次遇到了最初的梦中情人。他快步走过去，发现女子站在原地没动，似乎在等着他。

不等芳郎开口，女子便伸手将戴着的红花拿下来，放进他的手里，笑着说："难道你不是决定要跟我结婚的么？"

虽然是笑着，但芳郎觉得对面的女子并不是真的开心。他捧着手中的红花，陷入深深的愧疚。是啊，自己明明是钟情于她的，怎么会跟别的女子结婚呢？她一定是很失望，很难过，才会到我的梦里来吧。

梦醒之后，芳郎铁了心要回东京。不管别人如何劝说，他都拒绝改变心意。回去，再次回到小坡，去寻觅真正的新娘。

他是这样想，也是这样做的。

回到东京的第二天，也就是原本计划中举行婚礼的日子，他一大早就告别家人，走向小坡。但是这一去，便是用尽了一生的力量。

芳郎没有再回来，不久之后，家人在小坡的入口附近发现了他的尸体。并且，不管医生如何努力，都没找到他的死亡原因。

很快，芳郎突然死亡的消息就在东京传遍了，成为老百姓茶余饭后热衷的谈资。据老一辈的人回忆，葛西家族已经不是第一次发生这样的事情了。住在葛西家附近的邻居们更是依稀记得，当年芳郎的父亲就是莫名其妙死去的。

一时间，邻居们都不敢再靠近葛西家的宅院，大家纷纷议论。

"他父亲就死得不明不白，怎么现在又轮到儿子了？太可怕了！"

"是啊是啊，最近我出门买东西都绕道走，根本不敢靠近那家的宅子。"

"现在宅子里面已经没人住了吧,冷清清的,更吓人。"

"听说是被诅咒了啊。"

"真的吗?像这种古老的家族,还真是会发生些莫名其妙的事情呢。"

葛西家的诅咒,几乎已经成为当地最流行的话题之一。正在这时,有一位年老的云游僧人来到此地,对人们议论的葛西家的怪事发生了兴趣。他来到一位远亲家借住,想打听清楚这件事。

"听说最近这一带发生了不可思议的事情?"他向亲戚询问。

"是啊。葛西家新近当家的葛西芳郎前阵子突然莫名其妙地死了。"这位亲戚若有所思,"啊,我记得您以前是在这里出生的吧,还记得葛西家族的事情吗?以您的辈分,应该听说过吧。"

"那是自然。当年,我还在他家周围的树林里抓过野鸡、兔子什么的。虽然那一片是他家的领地,但偷偷去几次总是没关系的。他们家人也并不介意有外人去玩。"

"那你遇到过什么怪事没有?"

"我记得,那时候,他们家的老爷……现在算起来应该是现任当家的祖父,就是突然去世的。"

"啊?是吗?太可怕了,现任当家的父亲,也是这样。现在又轮到了这位年轻人。这位年轻人原本还有机会成为民权运动的领袖呢。哎,他们家果然是被诅咒了吧。"

"是不是被诅咒,我就不知道了。不过,在我很小的时候,有一次去林子里玩,偶然在一棵粗壮的老树附近看到一个被人挖过,又填满的坑。从新土的面积来看,应该是一个大坑。当时顽皮的我还打算抽空去'挖宝',后来因为别的事情耽搁了,也就忘记了。这之后过了两三年,我忽然听说他家大老爷死在那个坑附近,身上没有伤痕,也没有疾病,真是太奇怪了。再后来,我就离开这里了。"

"现在看来,大概是那个坑有问题吧。"

"我看也是,没准儿啊,埋了什么不干净的东西。"

"那您还记得那个坑在哪儿吗？"亲戚来了一探究竟的兴致。

"这些都是明治维新之前的事儿了，哪里还能记得那么清楚。"

"没关系，您总记得大概的位置吧。不如，您带我们去瞧瞧。往后，我们走路的时候也好避着点儿。"

第二天，亲戚硬是拉着老者去"指认现场"。

老者在葛西家宅附近来来回回走了好几趟，最后停在了小坡的入口附近。

"我想，大概就是在这一带了吧。"

从亲戚惊讶的表情不难看出，英年早逝的葛西芳郎，正是命丧于此。至于具体缘由是为何，恐怕已经无人得知了。

夜半鞠躬的女人

这个故事是一个东京人告诉我的。

在东京芝区的某个地方，有一家当铺。这当铺是一对夫妇一块儿经营的，夫妻俩还有一个可爱的女儿，一家人过得其乐融融。然而，好景不长，在女儿五六岁的时候，妻子不幸染了重病，不久就撒手人寰了。老板一人实在照应不来店铺和女儿，过了不久，在媒人的牵线下，他又娶了一个妻子。

不过这第二任妻子性格温顺，又贤惠，而且把老板的女儿当成自己的亲生女儿般看待。老板看在眼里，喜在心上，也能放心把心思都放到店铺上了。

然而奇怪的是，新老板娘嫁入这个家一段时间之后，脸上的笑容就逐渐消失了，取而代之的是略显忧郁的脸庞，做事情似乎也没有之前那么井井有条了。忙碌的老板并没有把老板娘的这些变化放在心上，反倒是族里的长辈察觉了她的变化。长辈想着，莫不是老板在外面有了新欢，老板娘被冷落了，所以才会变成这副郁郁寡欢的模样？

于是，长辈便找了个机会，把老板娘请到家里来做客。

老板娘到了老人家里后，长辈先请她坐下，聊了一会儿家长里短之后，才问道："你最近脸色看起来不大好呀，是不是出了什么事呀？"

"没有啊……您为什么要这么问呢？"老板娘疑惑地问道。

"因为你以前并不是这样子的呀，肯定是家里有什么事了吧？"

"的确没有什么事呀……"

"哎，你就别瞒我了。是不是你丈夫在外头有人了？"

"啊……不不不，没有这回事。"老板娘连连摆手说道。

看起来的确不是这么回事。长辈觉得更奇怪了，那她是怎么了呢？于是继续追问道："那你究竟是怎么了啊，你肯定是遇上什么事了，不妨说出来，我看看能不能帮上忙。"

老板娘迟疑了一下，才吞吞吐吐地说道："其实，我是……碰到奇怪的事了。我们夫妻俩的卧室旁边就是佛龛，两间房之间就只有一层纸门。每当到夜深人静的时候，纸门就会被拉开，然后接着就有一个女人走出来向我鞠躬……我实在是害怕得不行，但又怕说给老板听了以后他又不信，他肯定还会说是我疑神疑鬼的……"

长辈若有所思，接着问道："你看清楚她的样子了吗？"

"嗯……很年轻，又瘦又白，穿着一身蓝条纹的衣裳，头发盘起来的……"

"那女人……有跟你说过什么吗？"

"没有……她从来都没说过话，只是站在那里，双手不垂，然后给我鞠躬……我实在是吓得不行，才会变成这样的。"

长辈心里想着，难道是前任老板娘吗？但他没有马上说出来，他担心把她吓着了。

他让其他人去把当铺老板喊来，然后把老板娘刚才给他说的事情给老板说了一遍。最后，他问老板："那女人穿的是一件蓝条纹的衣裳，你知不知道会是谁呀？"

老板一听，就被吓得话都说不出来，因为他清楚地记得，死去的妻子特别喜欢穿蓝条纹的衣裳。

长辈看他目瞪口呆的样子，也已经心里有数。他想了一会儿，喃喃道："她难道是有什么事情还没完成吗？"

老板马上说道："怎么可能呢，我每日都给她按时上香，而且……"老板顿了顿，看着旁边的妻子，接着说道，"而且现在孩子也照顾得这么周到，她还能有什么不满意的啊……要是她再出现，你得把我叫醒了，我要好好问她怎么回事才行。"

然后，两人向长辈道别之后，就回家去了。

当天夜里，到了该休息的时候，两人就睡下了，女儿就睡在他俩的中间。到了深夜，老板娘突然从睡梦中惊醒，她睁开眼睛一看，果然，佛龛的纸门又被拉开了，那个穿着蓝条纹衣裳的女人走了出来，还是和以往一样，她双手下垂，然后向她鞠躬。

老板娘吓得什么声音都发不出，连忙用手去把老板摇醒。

睡得迷迷糊糊的老板被摇醒，他揉了揉眼睛，果然，面前的女人就是去世的妻子。他立马站起来大喝道："你干什么呢！三更半夜跑出来要吓死人吗？你还有什么放心不下的？她把家里打理得和你以前一样井井有条，孩子也被照顾得很好，你还有什么意见？"

只见前妻缓缓地说道："我是特地出来感谢她的呀……"

"可你这种感谢只会把人吓出病啊！我们知道你是好意，但是以后还是不要出来了。"老板十分诚恳地说道。

老板话音刚落，前妻就消失了，然后再也没有出现过。

一家人的生活，又恢复了往常和睦的样子。

雨夜的对话（上）

外边的雨声越来越小，渐弱的雨滴掉落在叶子上，发出清晰的啪嗒声。

屋里的山田三造正坐在灯光下，埋着头整理文件，那是油井伯爵遗留的文稿。他的左手边堆满了杂志报纸的剪文，右手边则是厚厚的一打稿纸。他一边翻看左边的资料，一边用红笔在上边做注释，还不时地用右手边的稿纸写上一段。三造是油井伯爵的学生，在油井伯爵过世之后，他门下的学生和志同道合的同僚经过一番商议后，决定推举三造来负责整理伯爵晚年发表过的文章和遗稿，并编撰成书。同僚们都希望能在伯爵百日祭之时，能看到这位当代名士生前的遗作合集。

然而，这份工作并没有三造意料中的那么顺利，因此他常常加班到深夜。

这天晚上，他就用了一个多小时才把一本杂志上二十多页的相关文章读完，然后他打算停下来休息一会儿。三造把手中的笔放下，接着拿起卷烟带，抽出一支烟，点着了以后，他把烟叼在嘴里，看着前方。

此时已经过了午夜十二点，但是具体是几点，他也已经没有概念了。他已经习惯于这种埋在书稿中的深夜工作，疲劳时而出现，时而消失，或者只是他麻木了。

等到他抽出第二支烟点着的时候，外边已经听不到雨声了。他吐出一个烟圈，然后看着它们渐渐消失在空气中……接，着他发现了不对劲儿，烟圈不再往上升，而是集聚在了半空，接着，它们形成了一个人的形状。

三造吃惊地看着这个似曾相识的轮廓越来越熟悉，不一会儿，他就认出了这是谁。

　　"好久不见了啊，山田。"烟形成的人笑着对他说道。

　　三造吃惊地看着他，一句话都说不出来。

　　"那么，伯爵的遗稿整理得怎样了？说实话，虽然伯爵门下有那么多学生，但实际上只有你们几个人会愿意做这种烦琐的工作，也只有你们几个才能把伯爵的遗志真正继承下来，对此，我真是感激不尽。我相信，伯爵也有着和我一样的心情。说实话，我很同情伯爵，所以我也一直陪伴在他左右。我相信你们一定从他那里听过'木内出现在我梦里了'这样的话，其实那并不是梦，只是年老的伯爵总是不敢相信他确实见到了我。"

　　三造赶紧摆正自己的身姿，虽然他已经精疲力竭，但是他清楚地知道自己并不是在做梦，此时他内心充满了敬意，在全神贯注地听着眼前这个人说话。

　　这个人，正是油井伯爵指导的在野党下战略军师之一——木内种盛。他的一颦一笑，都和三十年前一样。

　　"但好在一切都已经步入了正轨，我党如今的发展也算是翻开了新的篇章，我也总算是可以放心地到我该去的地方了。不过在我离开之前，我还有一些事情需要和你坦白。"

　　三造恭敬地点了点头，表示自己已经做好了聆听的准备。

　　木内接着说道："你还记得三十年前，我离世时候的情形吗？"

　　三造点了点头。实际上，那一切到现在依然历历在目。当时，他一收到木内病危的讯息，就马上和同僚赶到医院去，然而他们还是没来得及见木内前辈最后一面。当他们赶到医院的时候，只看到了木内的尸体被白布盖着，床边铜盆里的血反射出了冷冷的光。

　　"不！不！这不是真的！"三造无法接受眼前的一切，他抱住自己的头努力让自己保持冷静。但一道前来的同僚已经暴跳如雷，一个拳头砸在了墙上，愤怒地对床边面无表情的院长青木宽和几个医生喊道："你们为什么不救他！为什么！

你们跟杀人凶手有什么分别！"

"我们已经拼尽全力，"院长推了推鼻梁上的眼镜，脸上依旧没有任何表情，"但木内先生的病情恶化得太迅猛，我们已经无计可施，还请你们节哀。"

"无计可施！我看你们根本就没救他！你们这群庸夫俗子！根本就不知道木内意味着什么！"前辈冲上前去，抓起院长的衣领喊道。

此时的贵族政府已经日薄西山，而三造等人所加入的在野党正全力寻求拯救国家的方针，木内作为这个党派的军师之一，他的死所造成的损失无疑是不可估量的。所以三造并没有阻止前辈粗暴的行为，他则感同身受。

"实在是抱歉，但我们的确是尽力了，还是请您节哀顺变为好。"即使被抓着衣领，院长仍旧是面不改色。

前辈一把把院长扯到装满血的铜盆面前，怒吼道："你看看，你告诉我，怎样的肠胃病才有可能吐这么多血？"

"偶尔也是会有肠胃病的病人吐血十分严重的，这并不奇怪，木内先生的病情确实是很严重了。"院长淡淡地说道。

前辈抓着院长衣领的手缓缓松开，他慢慢地后退，喃喃自语道："这怎么可能呢……木内虽说常常犯肠胃病，但以前他只要在宿舍好生休养几天就会没事……要不是因为他宿舍常常有人拜访，他怎么会想到要来医院休养？怎么没来几天就恶化了？这怎么可能……这怎么可能！"

院长站直身子，接过话："这件事上我们确实有责任，我们也跟你一样，想着木内先生这次肠胃病应该和以前没什么两样，没有加意看护，才让他病情恶化得这么迅猛，我们也是始料未及的，请你们谅解。"

这时候，闻讯而来的人们也赶到了病房，大家目瞪口呆地看着眼前的一切，又赶紧围到前辈身边去。大家都一致认为，木内先生的病逝必有蹊跷，可是没有人能说出个所以然来。消息一传到身处关西的油井伯爵那里，他马上迅速赶回东京，计划把木内的遗体送去解剖，以查明真正的死因。然而此事却遭到了重重困难，最后还是不了了之。但是这并没有改变党派内人士对此事的看法，他们坚信，木内一定是被人害死的。

　　木内死后不久，青木院长却得到上层的提拔，仕途一路顺畅，一下子就步入了上层社会，甚至还被封了男爵。在野党的战友们听闻此消息后，都马上想到了木内先生的离奇死亡，大家心想着，必然是因为青木不择手段害死了木内，才会得到幕后主谋的提携。

　　"你们猜得没错，我就是让青木那个小人害死的！"木内一句话把三造从回忆中拉了回来，木内又接着说，"那幕后主使就是三田尻和山口这两个恶人，青木这走狗就给我灌了玻璃粉，所以我才会吐了那么多的血。要不是因为这些十恶不赦之人，我党怎么会一下子乱了阵脚，害得削减预算的计划不能如期完成！那岌岌可危的内阁才得以苟延残喘下来，让走狗青木宽捡了个男爵当！"

　　"难怪！"三造说道。

　　木内继续说道："原本我打算立刻就取了那走狗的性命，不过我转念一想，这样太便宜了他。于是，我就一直等着，找准时机，给那走狗致命一击，让他尝尝地狱的滋味。"说着，木内脸上浮现了一丝笑容，"皇天不负有心人，终于让我等到了这绝佳的机会。"

　　三造一下子就想到了近年青木宽的遭遇。从去年开始，就一直有传闻说青木家接二连三遭遇不幸，难道和木内前辈有关？

　　木内笑着说道："没错，是我。青木走狗被封为男爵以后，财富地位都有了，自然就把人生希望寄托在两个儿子身上。他常常会跟自己的妻子说：'若是两个孩子能够出人头地，我就别无所求了。'哈哈，没错，这就是青木的软肋，我怎么会让他达成心愿？我就等着他两个儿子快踏上人生巅峰的那一刻，让他们一下子踩个空，摔个粉身碎骨！"

　　三造听说青木的大儿子是学商的，青木便托关系把他送进了商会。而那个小儿子，学的是医学，当然就被安排到自家的医院里去当副院长了。

　　木内继续说道："于是，我的复仇大计终于开始了……"

　　就在去年，青木宽的大儿子升到了分公司总经理的位置，这分公司在美国的旧金山。木内便先设计让他到剧院去看剧，结识了那个剧团的招牌女演员。那个女演员不费吹灰之力就把大儿子的魂都勾走了，他对女演员几乎言听计从，因此身家财产也叫那女演员榨得一干二净。最后，大儿子实在拿不出钱来讨那女演员的欢心了，自然就遭到了冷落。

这时，木内又设计让大儿子的一个部下教唆他挪用公款，一心想着美人的大儿子很快就入了圈套，动用了公司近六十万的公款。不久就被日本的总公司发现了端倪，于是就勒令他马上回国说明情况。大儿子接到命令之后想，至少要先去见情人一面，再回国。于是，大儿子就动身到女演员住的酒店去找她。来到房门前时，他发现门居然是虚掩着的，于是他想都没想，推门而入。结果，他一下子撞见女演员和另一个男人在房里聊得正欢。他还不知道该作何反应时，女演员就站起来，指着他鼻子骂道："你这人真是没素质，也不敲个门就直接进来了，真是下三烂……"

大儿子尴尬地笑了笑说："我也不是故意的，主要是那门没锁上，我也没多想就……"

女演员平时就对大儿子没好脸色，大儿子在她面前也是俯首称臣的姿态，所以即使他撞见了女演员在私会其他男人，他也不敢发作，只能强作镇定。

"你撒谎！门我明明刚才锁上了，你肯定是不知道从哪里弄到了备用的钥匙，以为我不在就想趁机溜进来打探我的秘密吧？你真是叫人讨厌！马上给我滚出去！滚出去！"女演员立马对大儿子破口大骂，毕竟大儿子坏了她的好事，况且她也发觉大儿子那里也没有多余的可利用价值了，自然恶脸相向了。

原本低声下气的大儿子被女演员这一通破口大骂激怒了，他反唇相讥道："像你这种见利忘义的贱女人，我也不再想多看一秒钟！"

女演员见到平日对她千依百顺的大儿子居然会对她破口大骂，心中自是怒不可遏，冲上来就把大儿子往外推，边推边骂道："滚！快滚出去！别在这里恶心我！"

大儿子被推到门外后，女演员一下就把门关上了。

大儿子的怒气仍旧没有平息下来，他站在门口，对着门口的瓦斯灯咒骂。这时候，木内就在白色的灯光中现形了。大儿子吓得嘴巴张得老大，揉了揉眼睛，发现木内还在灯光中，还对他笑！他大叫了一声，冲了出去。

　　他跑到马路边，听到喇叭声，回头一看，一辆大货车朝他驶来，黄色的车灯里又是木内站在那里对他笑！大儿子一下失去了意识，往前倒去，正好和货车撞个正着，车上锋利的铁皮把他的肚子划了一个大洞，肠子都流了出来……

　　三造一拍脑袋说道："我想起来了，去年报纸上就有刊登这条消息，原来那就是青木的大儿子啊！"

　　木内点了点头，接着说道："对付完大儿子以后，我就开始想计划去收拾小儿子……"

　　青木家的小儿子有一个女儿，只有五岁大，青木特别疼爱她，木内一直在等着机会下手。

　　有一天，他看到小姑娘一个人在楼上的窗口旁玩耍，他就知道机会来了。他弄了几朵颜色艳丽的罂粟花在窗口摇动着。小姑娘一见这花，就喜欢得不得了，但她的手是够不着的，于是她就开始大叫下人的名字："阿春！阿春！"木内又把花弄近了一些，小姑娘一看，以为自己能够着了，就伸出手去抓。木内就一直让花在慢慢后退，小姑娘一看快到手的花没了，很是着急，马上就把书桌旁的椅子推到窗口边，然后爬上椅子，再从椅子上爬到窗口，这下，她只要伸出手，就能抓到那美丽的花了。

　　但是木内怎么可能让她这样得手，就在小姑娘手快够着花的时候，木内一下后退，小姑娘一着急就往前扑，一下子就掉下去了。

　　痛失爱孙的青木自然悲痛欲绝，但木内并不打算停手。

　　小儿子失去女儿以后，就开始神经兮兮，疑神疑鬼的。沉浸在悲痛中的妻子也总是一个人待着，小儿子便开始怀疑她红杏出墙了。

　　有一晚，他从睡梦中醒来，发现妻子并不在身边，他连忙走出房间去找。等他穿过长长的走廊，走到他父亲房间附近时，他突然听到了一个女人的嬉笑声，那分明就是妻子的声音，他顿时火冒三丈，头上的青筋都爆出来了，但他马上冷静了下来，悄悄地走近声音的来源处。接着，他又听到了一个男人低低的说话声，天哪，那居然是他父亲的声音！小儿子差点没气晕过去，他不停地说服自己不要去相信这样荒唐的事，但是那声音是如此的熟悉，那笑声是如此的放荡，让他实在不能故作镇定。

"冷静……冷静！"小儿子不停地对自己说，"事关重大，万一……我青木家颜面何存！"接着，他慢慢走回自己的卧房。

结果，他一回到卧室，发现妻子分明就睡在床上。

他使劲儿打了自己两耳光，确定眼前的一切是真实的，于是他告诉自己，刚才肯定是自己搞错了。于是他也就放心地去睡了，但是他依旧对妻子怀有疑问。一个星期后的一个傍晚，他正在外头散步，这时，一辆出租车从他身边经过，他不经意地看了一眼，竟看到坐在乘客位置上的是妻子！而紧贴着她的男人，就是自己的父亲！小儿子顿时感到一阵眩晕，他用手扶住旁边的围墙。妻子这时候本应该是在本乡公爵家里听着音乐会的，怎么会……

他这次实在没办法说服自己那是错觉，一切都那么真真切切。于是他就独自一人跑到附近的一个小酒馆去借酒消愁，还叫了小姐陪伴。然而他越想越火大，最后把酒杯一摔，付了钱之后，就怒气冲冲地回了家。结果一回到家，妻子就笑容满脸地迎上来，笑嘻嘻地说："哎，你都不知道今天的音乐会有多精彩！"这话犹如火上加油一般，小儿子狠狠地瞪了妻子一眼，妻子虽然感觉莫名其妙，但是也不敢再说什么，只得退到一边去做自己的事。当天夜里，小儿子从梦中醒来，发现妻子竟不在身边，他等了一会儿，就赶紧起身出去找。他直接走到父亲的卧房附近，果然，又听到了妻子的嬉笑声，但听起来是从庭院里传来的。于是，小儿子就循着声音来到院子里，沿着池塘走到假山后头，假山旁边是一个凉亭，声音像是从那里传来的。于是他用树枝挡着，探出头去看亭子里头，结果发现了两个人影。虽然他并没有看清人的模样，但是那女人的声音就是妻子的声音，而那男人低沉的声音，正是父亲的声音。

"无耻！"小儿子气得扶着假山的手都发抖了，他脑子里一片空白，只剩下一腔怒火。接着，他冲回房里，打开抽屉，拿出手枪，又再次回到原地。结果他再往亭子里看的时候，已经没有人在那里了。"这对奸夫淫妇肯定是藏起来了！"小儿子不管三七二十一，直接往亭子里疯狂地寻找妻子和父亲的身影，突然他一转头，就看到了妻子站在不远处，对他不屑地笑着，他想都没想，直接拿出手枪对准妻子开了一枪。

　　随着枪声音落，眼前的妻子又突然消失了，小儿子吓得目瞪口呆。这时候，真正的妻子和父亲还有家里的书生闻声而来，看到小儿子拿着枪站在那里，表情呆滞。他们赶紧把他按住，捆起来，天亮之后就送到了医院。直到现在，小儿子还待在那个医院里，已经完全精神错乱了。

　　其实，小儿子看到的那些东西都是木内变出来的，但这些谁都不知道。现在大儿子死了，孙女死了，小儿子疯了，青木一夜之间白了头，身体也垮了，看起来也是命不久矣。

　　说完这个故事，木内叹了一口气说道："虽然青木十恶不赦，但落到如此田地，的确也是有些可怜呢……"三造也不知道做何评论，两人就这样静静地思考着。等到三造再回过神来的时候，发现木内已经不在那里了。

　　当然，三造这个名字只是我杜撰的。那位被我化名三造的先生向我说完这桩奇事之后，又说："我原本以为我是太操劳了出现的幻觉，但是第二天，内人就问我说，昨天跟我聊了一晚上的人是谁呢？我这才确定，我不是在做梦。"

雨夜的对话（下）

　　山田三造先生还给我讲过另一个故事。

　　有一次，他去芝的青松寺出席一个自由党派同志的追悼会，在那里，他碰到了多年不见的好友伊泽道之。山田已经很久没听到伊泽道之的消息了，他都以为伊泽道之说不定已经不在人世了。没想到，这次居然会在会场碰到他。

　　伊泽道之是山田三造在"有一馆"相识的。当年，政府大力打击了自由党的过激派以后，过激派不得不解散，其中一些领头人就成立了"有一馆"，想以此培养可以继承事业的年轻人，他们两人都是这个"有一馆"的门生。

　　伊泽道之的仕途相当不顺，甚至可以说倒霉。1884年的加波山事件爆发之时，伊泽道之因为人在宇都宫，没有参与这次富松正安领导的事件，算是逃过了一劫。但在同一年的五月，他参与了群马事件，并担任妙义山阵地的指挥。事后不久，他就被逮捕入狱，这一去就是近十年。后来，他好不容易出狱，先是去了北海道，后来又转到了桦太岛……总之，他总也停不下来劳碌奔波的脚步，就这样四处奔走。山田也越来越少听到伊泽道之的消息了，直到前年，山田去参加了油井伯爵的追悼会时，才听政友又提起伊泽道之，不过那位政友说伊泽道之已经过世了，山田也便这么认为了。

　　"天啊，伊泽君！好久没见你了，我们前年在油井伯爵的追悼会上相聚时，还说你已经过世了呢。原来你还尚在人世，真是太好了！"

伊泽道之嘿嘿地笑了起来，他的皮肤还像山田最后一次见到的时候那么黑，就连脸上的痘印都一如从前。

"我现在的生活跟死人没两样，也难怪你们会这么认为了。我住在仙台的孩子那儿，每个月孩子随便给我点钱用就行。油井伯爵离世的那会儿，我正好在害病，整个人都快垮了，所以都没精力去给伯爵写封追悼信。我前些天到宇都宫去办事，就听说了这个追悼会，于是我就赶了过来。我就知道你肯定会来参加的，即使今天碰不到你，我也打算过几天去伯爵家上个香，顺便打听一下你的消息。现在看来，你应该混得不错嘛，我经常都能在报刊杂志上看到你写的东西，写得不错的。"

"嘿，"山田不好意思地挠了挠脑袋，接着说，"本来只是工作之余写着来挣点补贴的，没想写着写着就变成了主业。想当年我们还年轻那会儿，谁会想到要靠笔杆子过活呢？"

"对啊对啊，我们当时都想着要在官场上大干一场呢！"伊泽道之接过山田的话笑着说道。山田有些诧异，因为一向性格怪僻的伊泽竟笑得有些孩子气。

伊泽继续笑着说道："那会儿我还老是想着做炸药，时不时就围绕着金硫黄和盐酸钾打转。"

"提到金硫黄，你知道鲤沼君最近怎样了吗？"

"不太清楚啊……说起鲤沼君我就想起当年的加波山事件。我之所以当时会在宇都宫就是因为鲤沼君派我到那儿去调查一些事情的。不过，我也被鲤沼君的勇气折服，他居然敢直接去剪掉炸弹的电线，还因此丢了一条胳膊，后来的事态发展也逼得富松不得不退守加波山……唉，现在想想，当年的我们真是年轻气盛啊，我现在回想起来都不敢确定那些传奇事件的主人公就是我自己呢。"

"的确，我们那会儿都太年轻了，每个人都想着有朝一日能够当上大臣。说起来也有些不好意思，我们当时好多人走上这条路只是想着能够每晚到新桥去喝花酒罢了。那会儿我还认识一个家伙，想也没想地就跑到吃牛肉的酒馆去大放厥词说：'日后我当上了大臣，必定每晚来此处吃牛肉。'你看看今天这些来参加追悼会的人，不少就是当年一起做牛肉梦的人呢。"

"你就别提了。我可以为自由党舍生取义，但对于这些什么政友会却是避之而不及的。"

"那是……"

正当两人聊得兴起之时，旁边一个样子看着挺年轻却长了白胡须的老人也加入了他们。他们又聊了一会儿之后，追悼会就正式开始了，两人也便没有多少机会可以继续聊天了。直到诵经念佛和嘉宾发言的环节结束，到了主办方拿出冰酒和鱿鱼干招待来宾的时候，大家才终于又可以继续和友人谈天说地了。

今天来参加追悼会的人大多都仕途不顺，抨击现今时政也便成了大家谈论的主题，但是山田对此并没有多大的兴趣，他看了伊泽一眼，伊泽正在掏烟袋，似乎对大家谈论的话题也没有多大兴趣，于是他用胳膊肘戳了一下伊泽，低声说道："待会儿追悼会结束以后你有事吗？"

"没事啊，"伊泽马上领会到了山田的目的，接着说，"要不我们找个小酒馆，去叙叙旧？"

"我正有此意，那就找个小酒馆去边吃边聊吧！"

"行！"

下午四点多的时候，山田和伊泽两人就一块儿离开了追悼会。他们一边走着，一边欣赏着晚春时节的风景。青松寺外边的树上还盖着一层雾气，天空中挂着几朵乌云。

"好像要下雨了，"伊泽看着那几朵乌云说道，"不过好在现在已经暖和多了。"

"是啊，没准天一黑就下雨。不过下雨不碍事，不刮风就好，"山田接着伊泽的话说道，他在想着要去哪里，"伊泽君有什么想吃的吗？鸡肉？牛肉？还是日本菜？"

"嘿，你刚才不是还说我们以前好些人走上仕途就是为了吃牛肉吗？那我们就去吃牛肉吧，我也喜欢吃牛肉的。"

"那行，那我们就去我常去的那家吧。店面不大，但是东西都不赖。"

两人边走边聊，过了青松寺门前的桥之后，往左边去了。

大概走了五六町的距离之后，山田就带着伊泽拐进了一条小巷，这条小巷上应该有几十栋房子，右手边的其中一家就是他们的目的地。山田领着伊泽走到一个门口挂着"喜乐"名牌的小餐馆门前，走了进去。

"这家店有牛肉，也有鸡肉，你想吃什么都可以的。"走在前面的山田向伊泽介绍着小餐馆的情况，小餐馆的服务员一看到他们走了进来，就马上迎上去跟山田问好，看来山田确实是这里的常客。

"我常去的那间房有人订了吗？"山田问年轻的女服务员。

她回答道："没呢，我这就领二位过去。"

说罢，女服务员走在前面，把他们带到了二楼山田常去的包厢。这间包厢大概有五六个榻榻米那么大，中间还设了一道纸门，纸门是开着的。伊泽一进到包厢里边，就马上坐了下去，看样子是走得有些累了。山田则先去找女服务员点菜，伊泽把手撑在后边，望着山田，说："你还记得木内种盛吧？去追悼会的路上，我还路过了至诚医院，当时好多人都怀疑他是遭人下了毒手才死的，我也觉得他不可能是病死的……"

"哦，你说木内啊，"山田这会儿已经点好菜了，挥手示意女服务员先退下去，然后坐下来继续说，"其实啊，油井伯爵过世那阵子，我还梦到他来着。要说梦，我也不敢确定，因为他就那么真真切切地坐在我面前，跟我长聊了这事情。他告诉我，他就是被青木宽那个恶人害死的。不过，青木宽近年来也算是罪有应得了，大儿子出车祸，小孙女夭折，小儿子最近又因为医疗事故被人告到了法院。真是一人作孽，全家遭报应，唉。"

"这样啊……那也挺惨的。你说，遭遇了这种事，爵位又能做什么呢？"

"要我说啊，如果当年的政友还在，知道是青木宽害死了木内，不得带着金硫黄和盐酸钾上门去找他？"

"就是，"伊泽笑着说，"不用猜都知道，肯定是伊泽道之和山田三造冲在最前头。"

两人相视大笑。

这时候，几个服务员端着小火炉、小菜、牛肉、小酒壶上来，把这些东西放在桌子上摆好，锅放到小火炉上，水不一会儿就开始冒泡了。

接着，其他服务员都退了下去，留下一开始接待他们的女服务员给他们煮东西、倒酒。

女服务员给山田倒酒的时候，问道："您之前带来的那位客人最近怎样了呢？"

"哦，他呀……"女服务员说的是山田之前带来的一个年轻记者，他笑道，"挺好的呀，怎么？你看上人家啦？"

"怎么会，他那种人这么讨人厌，我才不会看上他。现在的报社记者是不是都变成他那样的啦？"

"别这么说啦，哎呀，我觉得那孩子不错呢。他要是成了家，绝对是那种顾家体贴的丈夫，嫁给他的女孩子，不知道有多省心呢！"

"才……才不会。反正我是不会嫁给他的，别以为他有点才气，有点学问，就能高人一等了。"

"哟，你看你，脸都红了还否认……你肯定是让那孩子拒绝了吧？"在一旁听着他们聊天的伊泽也加入了对话。

调侃一下年轻人之间的事情，山田和伊泽都觉得自己好像回到了当年年少的时光。女服务员下去之后，他们又接着聊起了当年年轻时候的事情……

"伊泽君当年可是酒量上乘的人呢，我记得你那会儿啊，喝个一升的酒，眼睛都不带眨一下的。现在还行吧？"

"也还行吧。不过到底都是年纪大了，酒量那肯定比不上从前了。不过每晚喝个一合酒，还是没问题的。"

"唉，我也是呢，现在顶多也只能喝个三合的酒，再多一点，第二天就感觉浑身不舒服。"

"唉，岁月不饶人哪。我们以后只会越来越老的，有时候觉得还不如在年轻些的时候死掉比较好呢。你看今天追悼会的那个人，生前也没啥上得了台面的政绩，但是一死啊，就马上被活着的人称为'国士'。这待遇，可比我们这些活着的人强多啦。"

"可不是嘛……"

正说着话时，窗外下起了雨，清晰的雨声打断了两人的对话。

山田听着雨声，又给伊泽倒了一杯酒。"下雨了正好，这雨正好让我们与世隔绝了，适合把酒言欢。我们就慢慢喝酒，要是累了，就到我家去歇息。反正我家离这里也挺近的，你看怎样？"

"行啊！"伊泽马上答应了下来。

两人又喝了一会儿，雨越来越大，都快要把两人交谈的声音盖住了，而两人似乎也已经醉了……

等山田清醒过来的时候，发现包厢里只剩他自己了。他想，伊泽应该是去上厕所了之类的，因为伊泽不是那种会不辞而别的人。他拿起酒壶一看，酒又满了，看来服务员已经来添过酒了，他决定边喝酒边等伊泽回来。

然而他等啊等啊，伊泽就是不出现。走廊里始终没有响起脚步声，除了窗外的雨点掉落在瓦片上的声音之外，他什么也没听到。山田不禁怅然，难道伊泽真的不说一声就走了吗？他决定把服务员叫来问一问情况。

正当他准备拍手时，突然，他发觉对面多了一个身影。

伊泽怎么一下子就出现了？不过山田也没多想，就直接脱口说道："伊泽，你去哪儿了啊？你……"

他半天没说出话。

对面的人并不是伊泽。此人年纪大概在三十左右，留着一戳小胡子，双眼炯炯有神，有着棱角分明的轮廓，他正微笑着看着山田，接着说道："山田君，你不认得我了吗？"

山田半天才从口里吐出了几个字："是……木内先生吗？"

来人身上的穿着，面容和前年见到的、由烟化成的木内种盛一模一样。

"是的，你还记得我就好。前年你在整理油井伯爵的遗稿时，我也曾经来拜访过一次，你还有印象的吧？"

山田点了点头，木内就在那次的拜访里说了自己是如何向青木宽报仇雪恨的。

"今日恰逢追悼会，众多政友得以再次齐聚一堂。我也不由得触景生情，就想着要来再见你一面，因为还有一些事要和你交代。"

原本还有一些醉态的山田赶忙端正坐姿，竖耳倾听。

"上次我已经跟你说过，因为当年贵族政府视我为眼中钉，便收买了医院院长青木宽给我下药把我害死。我这一死，让在野党原先定好的削减预算计划也搁置了，内阁政府也得以继续苟延残喘下来。我实在咽不下这口气，灵魂也得不到安息。为了让青木宽那个走狗血债血还，我就设了计，先让他在美国的大儿子沉迷女色，不惜挪用巨额公款，最后还被我吓得撞了车。接下来，我又设计让青木宽的小孙女失足坠楼身亡，让他的小儿子以为自己的妻子和父亲在偷情，把小儿子逼疯。这些事情，我上一次都有跟你说过的。"

山田没说话，对着木内鞠了一躬。

"最近你也听说青木宽小儿子的事情了吧？青木宽中风去世了以后，这一家子就只剩这个小儿子了，他在疗养院待了一段时间，恢复正常之后，又回到了医院去正常工作了。前段时间他给料理店老板娘做了一个手术，我使了点小伎俩，让他手术失败，而那个老板娘也因为这个失败的手术丧命了。那个老板娘也是一个作恶多端的女人，这也算是她的报应。我也正好借此一石二鸟，把这些恶人一并铲除了。"

"我们早怀疑您的死是青木宽一手造成的，我们恨不得扒了他的皮！无奈没有任何证据，只能看着他逍遥法外！"山田听得悲愤填膺。

"山田，醒醒，山田，醒醒，别说酒话了！"山田的耳边传来了熟悉的伊泽的声音，他睁眼一看，发现自己在一个酒吧的吧台前。

"我怎么会在这儿呢？"他向伊泽问道。

伊泽一脸莫名其妙地看着他说："我们来这喝酒啊！都来了好一会儿了，你醉了吧？"

"我……我好像又梦见木内先生了！"山田拍了拍脑袋，接着说道，"也不像是梦，太真实了，我就这么跟他说着话。"

　　这时候，酒吧附近的铁轨上驶来一辆电车，轰隆隆的声音，一下子就盖过了酒吧里的喧闹声，伊泽也没听到山田说的后面那句话。

桌上的美人头

　　华灯初上的时候，新吉来到位于公园门前的电影院。街灯照耀着一张又一张的面容，他暗自留神观察着，还故作姿态地浏览了一阵子影院的宣传栏。不过他对那些花里胡哨的宣传画可不感兴趣。他从电影院离去，走向别处。但他还没想好要去哪里。

　　新吉接着观察每一副从自己身边走过的面孔。有盘西式发髻的，有盘圆髻的，有盘银杏卷的……新吉只留意女人，他想找一副胆小懦弱的面孔。

　　在石板路右侧竖着一柱白色的瓦斯街灯，灯下有个小摊，卖的是煮鸡蛋和熟花生。摊位后面的柳树垂下枝叶，有几片叶子紧挨着灯罩。

　　新吉不断将目光投向柳树。不过他这样做完全是无意识的。

　　"哎，阿吉，你找到有好薪酬的活计了吗？"一个头戴茶色毛呢帽的矮个子男人打趣新吉道。

　　"是阿三呀，我可不像你，怎么可能找什么活计呢。"新吉带着笑回应。

　　"这怎么成啊，你怎么说也带着把呢。这上面行不行啊？"

　　矮个子男人右手捏成拳，单把食指伸出来，点了点自己的鼻头，动作利索得很。

　　"蠢货，你自己也不怎样吧？"

　　新吉伸出右手的食指，指了指右眼眼角。

"蠢材。"

"这话可是老爷说的！"

"哼，可别轻瞧了我，我和你不同！"

"那你就快去找活儿啊！"

"彼此彼此！"

两人嬉闹着错肩而过。

和熟人分开后，新吉突然生出被人窥视的感觉，他前行几步，猛地扭身看去，打趣他的矮个男人已然到达位于池塘边的警亭了。没发现什么可疑的人，新吉心下稍安，继续前行，边打量行人，边还暗自腹诽：那家伙显然还不如我，还有脸来说我……

新吉面前有形形色色的女人经过——目空一切的大婶啦，装腔作势的女学生啦，背着孩子、神态刚强的年轻妈妈啦……新吉仔细打量着她们，指望能从中找出一张"怯怯弱弱、惶惶不安"的脸，然而找了许久，还是一无所获。

那夜没有风，天气和暖。新吉蓦地惦记起山间的长椅。他寻思，这样热的天，去山上坐一坐应当非常惬意。他望向池塘那边，缠绕着紫藤的小桥栏杆离得不远，他走向花架。

紫藤上结着许多花穗，满当当地垂落下来。黯淡的灯光映照得花色发白。小桥两边各站着三两行人，都倚着栏杆，抬头看人流交织。新吉从他们眼前穿过，没几步就过了小桥，又转向右走，路侧有家茶馆。他看到一名青年女子，看装束像是学生，正弓着身子，闷声不响地走着路，一副心事重重的样子。

新吉认真地端详着她。

女子转过身子，新吉看到一张白净的鹅蛋脸。她身穿一件紫色外衣，上面印有图案，面料像是铭仙绸。她右手撑一柄阳伞，脚蹬一双薄底木屐。她的脚步显得格外沉重……新吉立马就对这名女子留了意，他放缓了步子，以免被对方察觉。

女子照旧弓着身子，怏怏地挪动脚步。新吉装成饭后散步的样子跟在她身后，同时也注意留出距离。当面过来一伙人，遮住了那女子的身形。不过，以新吉的老道，是不用担心跟丢的。

女子顺着小道一路走到池塘。新吉并不清楚她要走去哪里，就看她在池边先朝右走了几步，又停住脚步，像是在掂量下一步该朝哪边迈。一会儿后，她竟又回转身，仰头望了眼通往深山的那条路，走往那边去了。新吉判断，这姑娘很可能是乡下人，刚到城里来，怕是迷路了。新吉大喜过望：这一个晚上，自己总算不是毫无收获。

他赶紧向那边追去。疏疏落落的弧光灯洒下柔光，树的枝叶轻轻晃动。幽暗的广场上，女子来来回回走着，最后在左边被树荫掩映的长椅上坐下了。广场四周，还另有几张长椅也坐着人，有咳嗽声传来，烟头的火光时隐时现。新吉向那女子走去。为了不引起女子的疑心，他步伐稳重，而且早就点燃了一根烟。

女子讶异地仰头，黑如点墨的眸中满是慌乱。

"姑娘不用怕，我在日本制绒公司工作，并非那等歹人。我是见你似乎迷路了，所以才过来问问。这公园里总有歹人出没，专骗那类对城里不熟的乡下人，或是因故离家出走的年轻女孩。我以前是帮过这类人的。要是你遇到为难的事，不妨和我讲一讲。我怎么说也是公司职工，虽说我们公司的制度格外严格，倘若老板知道我多管闲事，铁定要大发脾气，可我却是个天生的热心肠，不忍心看别人为难。当然了，我也曾错帮过坏人的，有一回我看别人无处落脚，就把他带回了家，没想到他竟然拿了我的衣服偷跑了。我是见你一个姑娘家，应该不至于做出这样的事来。要是你有什么为难的事情，不妨和我讲讲看，我能帮就帮。"

新吉一面说，一面留心对方的反应。

"呃……"

好半晌，女子一句话都没说出来。

"你要有为难的事，只管对我讲，我这人生就一副热心肠，凡是我帮得上忙的，我都尽力去帮。你是什么时候到这儿的呀？"

"我……我今天黄昏时搭的火车，刚到，然而人生地疏……"

"那你怕是愁坏了吧？你是什么地方的人呢？"

"水户人。"

"那在城里可有亲友？"

"没有，我是离家出走的，来这儿是想找点事做，也不认识谁，正犯愁呢……"

"这样啊，那你的家人能同意你来这里做事吗？"

"这，说不好。不过我家里的情形挺复杂的，我不打算回家了……"

"那你想过要上哪儿找事做吗？"

"哪里都可以。只要我能做的，我都愿意做。您清不清楚什么地方招人呢？"

"招人的地方倒是不少。你要不先和我回家去，这样我们可以细谈。我家离这儿不远，是我租的房间，在二楼。"

这时，有两名男子走了过来，那两个家伙满脸好奇，像是想近前偷听。但是，这对于新吉来说却正是机会。

"有人过来了，我们赶紧离开吧，免得遇上歹人起纠纷。"

"好。"女子回应一声，站了起来。

"我那儿不远，你跟着我走就好，总归我家里就我自个儿，没旁人，你也犯不着客气。"

"实在太感谢您了……"女子细声回话，跟在新吉的左侧。

"走吧，不用有顾虑，这年头差事好找得很，好些有钱人家都在招女佣。"

两人走向新吉的家。

安顿好姑娘后，新吉一个人走下楼。一位五十左右、黑发中夹了白发的阿伯正坐在满是污渍的矮桌前小酌。一个年轻了很多的大婶就坐在他对桌。大婶顶着两个显眼的黑眼圈，头顶梳一个发髻，拿梳子别着。她正候着新吉呢。

新吉露出奸笑，蹲到矮桌边上，开口道："大姐，帮我个忙呗！"

大婶看着新吉，也露出奸笑。

"好啊，你想让我帮什么忙？"

"帮我要两份外卖。"

"行呗，"大婶低声问道，"是要和刚才那姑娘吃的啊？"

桌上的美人头　231

"是的呢。"

新吉也把说话声压得很低。

"哎，阿吉，这姑娘长得挺漂亮啊，又是你'捡'到的？"

阿伯凑近了问，脑壳泛着油光。

"今天还算走运，遇上个好苗子。"

"好，好，这姑娘能替你带来好些钱吧？也是才进城的乡下人？"

"可不，水户那边的，还是离家出走的呢。"

"有人买吗？"

"当然，这周围就有。千叶也有。"

"这姑娘少说也值个不少吧。"

"嗯，这价钱那些买家还是肯出的。不过，我还得再摸摸她的底。"

大婶插话说："嗨，凡是被你捡回家的姑娘，就没有哪个能跑掉的，你可真高明。钱到手可得请客啊！"

"好说好说，你就先帮我要两份外卖吧。"

新吉带笑上了楼梯。边往二楼走他就边寻思，一会儿等饭吃完就到清水屋去问问，看他们买不买。

邋遢的房间里坐着那位从公园"捡回来"的姑娘。黯淡的灯光映射着她苍白的面容，她眼中的焦虑和对未知的恐惧也表现得更加明显。

"我已经叫了外卖，很快就能送到，今晚就对付一下，等明天就好办了。"

女子略略颔首，满头的黑发也随着这个动作晃了晃。她背后就是墙壁，墙上贴的原本是黄色的墙纸，不过年深日久，上面遍布灰渍。在这堵墙和右面的墙角间，放了张小书桌，桌上搁着两三本故事书以及一个闹钟，时针"咔嗒咔嗒"走动着。

"你就放心待在这儿，等吃完饭我出去看看哪儿招人，最多两三天工夫肯定能找到。"

新吉边说边在女子对面坐下。

"实在太感谢您了……"

新吉还是打算先弄清楚这名女子的来历。

"说起来，我还不知道你叫什么呢，能说一说你的名字吗？"

"我，我的名字……佐藤秀子。"

"啊，你叫佐藤秀子啊，那你多少岁呢？"

"我二十……"

这个时候门外响起脚步声，却是楼下那位大婶把饭给他们端来了。

"饭我就放在这里了，还有给你们预备的茶水。"

"谢谢了。"

大妈很快就离开了。新吉站起来，开门把食物拿进来。

"来，我们吃东西吧。"

这段略过不细谈，只说这个新吉其实正是总在公园出没的人贩子。接下来他跑了趟清水屋，在那里和人商谈好了今晚捡回的那姑娘的价钱，在那里蹭了点好酒喝，就带着酒气回家进门，爬上楼梯往二楼走。

二楼的房里寂静一片。新吉暗自奇怪。他拉开发白的纸门走进去，心里还想着那姑娘是不是睡下了，结果定眼一看，发现本来是放在墙角的那张书桌，竟然摆到了屋子当中，而在书桌上，正搁着那位姑娘的头，白净的鹅蛋脸庞，含着微笑面向他。

新吉惊得差点晕过去，拔腿就往外跑，结果脚下落了个空，从楼梯上滚了下去。不过，刚落地他就爬起身，一把拉开先前才关好的屋门，往外直冲。

街上乌漆抹黑，一点东西都瞅不清，新吉只管闷头朝前奔。奔了好长时间，才在前方现出点光亮来。有光的地方是间酒吧，门上垂着白色门帘，门内人声鼎沸。新吉脑子里只冒出一个念头：赶紧跑到酒吧里面去！到人多的地方去！

就在他正想跑向那边的当口，突然有扇黑色巨门从他右前方飞速冲来，逼得他不得不停住了。眼瞅那扇门很快就消失在他的左侧，他刚想再次迈步，哪知又有一扇门从他的左侧呼啸而过。他不得不再度停住。

等这扇门终于消失在他右手边了，新吉想，这回总该过得去了吧？结果，在他右前方又有扇黑门呼啸而来。照这样耽搁起来，怕是再也过不去了——

新吉咬咬牙，脚一跺，打定主意，等这扇门一消失，立马就往那边冲。一忽儿门就消失了。新吉立刻就开跑。哪里知道，紧跟着这扇门之后的就是另外的一扇门——

一辆从公园旁边驶过的电车，将新吉轧在了轮子底下。

皿屋敷阿菊

大年初二的中午，青山主膳府在办宴席。宴席结束之后，下人们就开始收拾。青山家有个年轻漂亮的侍女名叫阿菊，被安排到厨房去收拾宴会用的碗筷。

这会儿，只有阿菊一人在厨房里做事。她正在收拾的是一套珍贵的南京古盘，主人特别喜欢。这一套里共有十个古盘，阿菊把每一个古盘都仔仔细细地清洗干净，然后用干净的抹布把水分拭去，再小心翼翼地把它们放到一旁的箱子里。

就在这时，突然有一只大猫跑进了厨房，跳到桌子上，吃起了宴会剩下的饭菜。阿菊一看就慌了，青山家的主人非常小气，即便是这种残羹剩菜，他们也不愿意施舍，要是让他们撞见这幅光景，阿菊肯定少不了一顿挨骂。

于是，阿菊马上站起身去赶猫，结果，慌张的她一下子没抓牢手中的盘子，只听砰哐一声，盘子已经掉在地上，摔成了几块。阿菊当场就吓坏了，正当她六神无主的时候，主膳的小妾闻声而来，远远就冲着阿菊喊道："阿菊，你又干了什么坏事？"等她走近一看，发现被摔坏的竟然是主膳珍藏多年的古盘，她惊呼道："哎哟喂，这下你可惨了！"

阿菊被她这一说，脸色变得更加惨白，浑身也不由自主地颤抖起来。

小妾看她怕成这副模样，便好心安慰她道："你也别太害怕，就算它再珍贵，也毕竟只是个盘子，老爷不会对你怎样的。"

就在这时，青山主膳的正房夫人也循着声音来了，她一看到地上的碎片，就怒不可遏地大骂道："你好大的胆子，居然敢把老爷珍藏多年的盘子给摔碎了！你这贱人，看我怎么收拾你！"说着便揪过阿菊的头发，把她拉扯到主膳的房间去。

主膳看着妻子抓着披头散发的阿菊进来，还没等他问什么事，妻子就马上说道："老爷！这贱婢竟把你那套珍藏多年的古盘给摔烂了！"

"什么！"主膳气得怒发冲冠，马上抓起刀架上的大刀，冲过去大喝道："大胆贱人！胆敢这般对我的藏品，我要你偿命！"

妻子一听他要杀人，心想，现在毕竟是过年，杀人见血多不吉利，连忙劝说道："这年里头不好动刀子……不合适啊，怎么也得过了十五再说。"

主膳听了妻子说的话，也觉得，为了一个下人沾染晦气不合适，但他又气不过。于是，他把外套脱下丢到一旁，拿起刀，上来抓住阿菊的手腕就往外拖。

阿菊不知道主膳要怎么处置她，害怕又不敢反抗，只能任凭主膳拖着她往外走。主膳把阿菊拉到套廊上，接着把她按倒在地，左手紧紧摁住阿菊的手腕，右手刀起刀落，把阿菊右手的中指活生生砍断了！阿菊瞬间痛晕了过去。

主膳这才觉得解了气，吩咐一个年轻武士把阿菊抓到厨房的杂物间里关起来。

其他下人也被吓得魂飞魄散，等主子回屋了以后，她们才连忙去看阿菊。大家给阿菊包扎好伤口，并给她拿来水和食物。

然而阿菊醒了以后就像丢了魂似的，不吃不喝，也不回应。

几天后，下人们发现阿菊突然不见了。主膳一听说阿菊失踪了，勃然大怒，立刻派了人手去四处搜查，但都毫无音讯。后来，青山家的一个下人在后院的古井附近发现了一只草鞋，经其他下人辨认，这草鞋，正是阿菊穿的那双。

主膳听到这个消息，心想，原来阿菊已经自我了断，这样也好，省得他还得动手。于是，主膳就向官府通报，说阿菊暴病身亡。

之后，青山主膳府就恢复了往日的样子，大家都渐渐地把阿菊遗忘了。

五月，怀胎十月的青山夫人到了临盆的时候。不久，她就生下了一个孩子。然而，这孩子的右手居然缺了中指——消失的阿菊被砍的就是右手中指！夫人当即就被吓晕了。

从此以后，产房每天晚上都能听到一个女人数数的声音："一个，两个，三个，四个……"只要数到九，就会出现凄厉的哭声。青山府里的下人还看到后院的古井会出现蓝色的鬼火，还有人曾经看到一个披头散发的女人从古井里往外爬……接二连三的怪事让青山府上下都惶惶不得终日，青山主膳为了驱邪，便派人到各大寺院去请驱邪用的护身符，然后把符贴到家里的各处。

然而，即便如此，家里的异象仍是频频出现。青山主膳又请来高僧诵经，最终也是无济于事。不久之后，青山家出现灵异现象的事情传到了幕府，幕府便以此为由，撤了主膳的职位，让青山家的亲戚来继承。

然而，青山家的噩运并没有就此结束，过了几年，青山家还是绝了后。官府便派人把青山府推平，就此，青山家成了一个废墟。然而，附近的人们还是不时看到此地出现异象。后来，传通院的大师了誉上人路过此地，听说了阿菊的遭遇，便给阿菊的亡灵超度了。从此，这里再也没发生过奇怪的事情。

阿累的复仇

承应二年的八月十一日这天傍晚，与右卫门夫妇干完当天的活后，便收拾好东西往回家的路上走。夫妻俩各背着一个大竹篓，竹篓里装着当天在地里收割的豆子。

走着走着，妻子阿累突然停了下来，对走在后面的与右卫门说："我竹篓里的豆子比你的多太多了，太沉了，我们换一下吧。"

与右卫门回答她的话道："这才走多远啊，待会儿过了绢川，我就跟你换，行了吧？"

阿累想了想，说道："行吧。"

但她竹篓里的大豆实在太多了——与右卫门在给妻子的竹篓里装豆子的时候塞得满满的，此时的阿累被背上的豆子压着喘不过气来，她就像一头筋疲力尽的老牛那样，每走一步都如同千斤重。

等到他们好不容易走到绢川附近的土堤时，夕阳已经把西边的天色染成一幅红褐色的画，颜色越来越深，竟有些像血的颜色了。绢川的水面上浮着一层薄雾，傍晚独自归家的鸟儿不时地发出孤寂的啼声。

夫妻俩走到了绢川的岸边上，过了河面上的这座土桥，就到绢川对面了。阿累心里想着，终于可以和丈夫换竹篓了。

阿累仍然在一步一步地往前挪，全然没有感受到背后传来的杀气。

正当阿累快要走到对岸时，突然，后边的与右卫门一把抓住阿累的竹篓，用力把阿累推进了河里。惊惶失措的阿累一边在河里挣扎着一边大呼救命，背上的豆子产生的巨大浮力也正好托着她。与右卫门见状不妙，忙把自己背上的竹篓放下，接着跳到河里，把阿累往河里按，活生生地把她淹死了。

等到阿累已经没气了以后，与右卫门又把她弄上了岸，把她的尸体背回了家，并假装痛失爱妻的样子跟村里人哭诉，说阿累失足落河，等到他把她救上来的时候已经断气了。村人一边安慰与右卫门，一边协助他处理阿累的后事。

他们把阿累葬在了法藏寺，这是阿累家祖坟所在之地。

其实，与右卫门出身贫寒，是阿累家的上门女婿。阿累不仅长相丑陋，脾气还相当暴躁，经常对与右卫门指手画脚，长期如此之后，与右卫门便起了杀心。阿累死后，与右卫门就得到了阿累家的地产，于是，他就开始想着讨一个年轻貌美的老婆。

没过多久，与右卫门就看上了一个漂亮的年轻女子，娶回了家。

然而，新妇还没过门多久，竟然暴病身亡了。

第二任妻子死后不久，与右卫门就马上又讨了一个新夫人。结果，这三任妻子居然也在进门不久之后身染重病，不久就撒手人寰了。

这时候，与右卫门才发觉到了不对劲儿，但他毕竟是能够残忍杀害糟糠之妻的人，怎会就此作罢？于是，他又继续娶了第四任、第五任。结果，这些妻子入门后，都和前几任一样，婚后没多久就突发疾病去世了。直到第六任妻子的时候，这种怪相才好像缓解了下来，第六任妻子还为与右卫门产下一女，取名阿菊。

但是，与右卫门还是很担心妻子会突然病故。随着女儿一天天长大，与右卫门的担心也与日俱增。果然，到了女儿十三岁这一年，妻子还是走上了前任的老路，病逝了。

妻子死后，与右卫门也没再想续弦的事，因为他也已经上了年纪。眼看着女儿也快到了嫁人的年纪，他便把亡妻的侄子金五郎招来做了上门女婿，也算后继有人了。

哪知，第二年的正月初，阿菊突然就得了怪病，大夫都束手无策。过了十来天之后，阿菊开始口吐白沫，一幅痛苦不堪的样子，嘴里不停地大叫着："好痛……好痛啊……救命啊……救命啊……好难受……"

喊了一会儿之后，阿菊又晕了过去。闻声而来的与右卫门和金五郎赶紧冲上去，一个给阿菊掐人中，一个给阿菊扇风喂水。终于，阿菊再次睁开眼睛，然而却像换了个人似的，满脸怒容，冲着与右卫门大骂道："与右卫门你这衣冠禽兽！我待你不薄，你居然恩将仇报，对我惨下毒手，将我害死！"

与右卫门大惊失色，这说话的口吻和语气，跟二十年前死去的阿累一模一样！

只见阿菊骂完了以后又开始大笑，接着说："你喜欢年轻貌美的女人是吧？你就接着娶啊，你娶一个过门我就害死一个，现在该轮到和你算账了！"说着她就要扑上来。

与右卫门大叫一声，连滚带爬跑出家门，逃到了法藏寺，金五郎则跑回了老家。

这天正好是每月全村人一起赏月的日子，到了晚上，大家就一齐到了与右卫门家隔壁。有人看到阿菊一人在家对着空气说话，回去跟大伙一说这事，大家都觉得奇怪，便纷纷前往与右卫门家问个究竟。正在对着空气大骂的阿菊看到村人都拥到自己家来，便大声喊道："你们听好了，我不是阿菊，我是二十年前被与右卫门害死的阿累！那猪狗不如的东西，竟然因为我长相不佳就心生杀意，在我过河的时候，趁我分心，把我推到河里淹死！我对他不薄，他竟下得了如此毒手！此等大仇，我岂可不报！"

村人们一听便开始议论纷纷，阿菊便接着说道："与右卫门已经躲去法藏寺了，你们若是不信，尽管把他捉来和我当面对质！"

村里年长的人看出阿菊身上有着阿累当年的样子，赶忙安排人去法藏寺找与右卫门，免得怨灵的怨气更深。村人们在法藏寺找到了与右卫门，要求他回家平息怨灵的怒气，但与右卫门死活不承认是自己害死了阿累，辩解道："阿菊是让狐妖上了身啊，你们别听她胡说！"

但村民们还是一再要求他先回家，与右卫门只好无奈地跟着村人们回了家。与右卫门脚刚迈入家门，阿菊便大骂道："卑鄙小人！你做了这等伤天害理之事，竟还有脸编瞎话称我是狐妖？你以为你这样说我就拿你没办法了吗？我可知道，有人亲眼看到你把我推下河的！"

与右卫门顿时语塞。

一个村人便问道："那人是谁呀？"

阿菊怒吼道："那人便是法恩寺村的清右卫门，你们叫他来问问就知道了！"

与右卫门一句话也不敢说，耷拉着脑袋。村人一看他这样子，心中也有了答案，但是他们也不忍心把与右卫门押送官府，便纷纷劝说他出家为僧，也好给阿累的灵魂超度，但与右卫门始终一言不发。

这时，村长走上前来，对阿菊说："既然杀害你的人是与右卫门，你又何必占据阿菊的身体折磨她呢？"

阿菊一听这话，更加火冒三丈，大骂道："那无耻之徒！我怎么会上他的身？我要折磨他的女儿，这才让他更加痛苦！"说完就开始仰天大笑，笑声十分瘆人。

村人这才知道，阿累的怨气极深，不是与右卫门出家就能解决的事情，于是便找来了僧人诵经，想给阿累超度。还没等高僧念完一本《仁王法华心经》，阿菊又大骂道："什么破经书，根本没用！你们要想给我超度，就去找高僧来给我诵佛祈福才行！"

村人们不敢懈怠，连忙找来了法藏寺的住持，然而住持的诵佛祈福也没起作用，阿累之后附到阿菊身上两次。后来，弘经寺的祐天上人听说了这事，前来此地给阿累超度，才终于把阿累的亡灵送走。

同行的怨灵

据《老媪茶话》记载，在奥州的一个地方，有个农民名叫甚六，作者描绘此人为"放纵任性，冷血无情"，总之，此人应该是一个心肠凶狠、手段毒辣之徒。

甚六的姐姐年纪轻轻就做了寡妇，膝下只有一女，名叫富士，母女俩相依为命。

天有不测风云，在富士十六岁的这一年，甚六的姐姐染了重病，不久就撒手人寰了，只剩下富士孤苦伶仃一人。迫于舆论压力，甚六不得不收养姐姐的女儿。

但我们前面已经提到过，甚六绝非善人，虽然他收留了无处可去的富士，但却不把她当人看，常常打骂欺侮她。有一天，甚六发现自己的一个值钱的东西不见了，立马大发雷霆，找到富士后，不由分说就把她暴揍一顿。小姑娘又哭又叫，但甚六依然不停手，最后把富士拖到后院，残忍地把她吊在栗树上，继续对她拳打脚踢，累了就回屋去吃饭喝水，休息好了又回去继续殴打小姑娘，如此反复。直到太阳落山了，甚六才终于收手。

可怜的小姑娘一天下来颗粒未进，再加上全身的伤痛，此时已经是奄奄一息了。那天晚上，寒风刺骨，饥寒交迫的小姑娘一直哭喊求饶，但屋里的甚六纹丝不动。终于，小姑娘的声音渐渐消失在寒风中，翌日，甚六到后院一看，发现富士的身体早已凉透了。但甚六并无悔恨之意，相反，他还感到庆幸，终于摆脱了这丧家之犬。然后，他将富士的尸体拖到后山上，挖了个洞，就把她给埋了。

过了几天，甚六又在屋里找到了那个不值钱的东西，心里不禁咯噔了一下。他虽然冷酷无情，但还是感到了些许的愧疚。

富士死后一个月，就到年关了。到了正月初一这天，甚六一家人在厨房里正忙着弄酒做菜过年，突然，他们听到佛堂那边传来了奇怪的声音。

甚六夫妇感到莫名其妙，一家人明明都在厨房，佛堂怎么会有响声呢？于是他们赶紧冲到佛堂去，定睛一看，差点没吓坏了——灵牌和酒杯竟飞了出来，简直就像灵堂里有人一直往外丢东西似的。

从这天起，甚六家就一直怪事频频。甚六夫妇不管白天黑夜，总能看到富士在家里的某处出现，然后消失。这下甚六终于害怕了，他连忙跑到寺庙去请僧人来作法驱邪。

结果僧人才刚开始诵经，佛像居然开口说话了，还动了起来！接着，佛堂里的瓶子和僧人的锡杖飞到了空中，接着被丢到外头，那僧人吓得连滚带爬地逃走了。

甚六只得去继续寻求神佛的力量。在僧人被吓跑的第二天，甚六就赶往柳津的一个远近闻名的寺庙去祈福。祈祷完成后，他便往回家的路上走，途中经过严坂的时候，他感觉到肚子有些饿了，再加上天色也不早了，于是他决定先在此地解决晚饭后再继续赶路。

打定主意之后，他就拐进了路边的一个小旅馆，叫老板直接上店里的定食。没过一会儿，老板便端来了饭菜，甚六一看，发现竟是两人份的定食，他便问老板道："你没看到我是一个人吗？为什么要给我端来两份定食呢？"

老板也一脸的纳闷，"咦？你不是还带着一个小姑娘吗？难道你们爷儿俩只吃一份定食吗？"

甚六脑袋嗡的一声，只感觉到背后发凉，老板又继续说道："我刚才看着你们俩一块进来的呢！现在倒是没见着那孩子了，真奇怪呀。她不是你认识的人吗？"

甚六连连摆手道："不……不知道你在说什么，我没看见……"

但老板仍然不罢休，他又继续说道："怎么可能呢，就跟着你后边进来的，这小姑娘头发也没梳好，脸也没洗干净，我想说，一个大老爷们儿带着孩子，也难怪了，还特地多瞧了一眼，我记得她穿的浴衣还是蔓草花纹的呢！"说完，他就往外走去，一边左看右看一边嘟囔，"真是奇了怪了，刚才还在这呢，怎么这一会儿的工夫就不见人了？"

关好纸门后，他走回到甚六旁边，原本还想再继续跟甚六谈论这桩怪事，结果发现甚六面如土色，一幅魂不守舍的样子，便只好走到一边去。

此时的甚六已经被吓得六神无主，哪还有心思放在吃饭上，但他又害怕被店家发现端倪，只好硬着头皮继续吃饭。

吃完饭后，他走到外边一看，天居然已经全黑了，虽然此地离他家不过两里地，但最近已经是怪事连连，赶夜路就更叫人心惊胆战了。于是，甚六决定在小旅馆过夜。

这一晚上，甚六几乎没睡，他不时地睁开眼睛看看，又赶紧闭上眼睛，生怕再看到些什么恐怖的东西。不过，这一晚上并没有发生什么奇怪的事。

甚六暗自庆幸，心想着，佛祖终于显灵了，他悬着的一颗心也放下了。一大早，甚六就收拾好包裹往家赶。走着走着，甚六感到有些口干舌燥，恰好前面就出现了一家茶馆，甚六马上就走了进去。甚六走到店里，发现这家茶馆居然还卖冷面，甚六平日里最喜欢吃的就是冷面。

于是他立马叫来老板："老板，要一份冷面！"

"好嘞！"老板应声道，片刻，他就给甚六端来了一份冷面。甚六拿起小碟子，夹了一些冷面放到碟子里，端起来准备要吃。

突然，碟子突然好像被什么外力撞击了似的，啪的一声就倒扣在了托盘上。甚六还没发觉异端，以为是自己手滑，捡起小碟子又夹了一次冷面。结果，还没到嘴边，碟子又被打落了。

"这是怎么了……"甚六感到有些奇怪，他看了看自己的手，也没什么异常。于是，他又夹了一次冷面到碟子里，这回他用手紧紧攥着碟子，拿到嘴边，正准备入口的时候，啪的一声，碟子居然被打了出去，掉到了地上，摔成了几瓣。

碟子摔碎的声音引得茶馆老板往这边瞧了瞧，甚六赶紧解释道："真抱歉，我手太滑了，老抓不紧碟子，不小心摔到地上了。"

"您在说什么呢？"茶馆老板一脸的不解，他正坐在茶壶边，一本正经地说道，"明明是坐在您身边的那个女孩子不让你好好吃面的呀，我都看着她伸手打掉了几次碟子了，实在是淘气，我刚还想问你来着。"

"你……你说什么？"甚六目瞪口呆，他看了看自己桌子旁，根本没有一个人！

"就你旁边啊，你没看到吗？一个十二三岁的小姑娘啊，你俩不是一块儿进来的吗？"茶馆老板说道。

甚六只听脑袋嗡的一声，冷汗直流，全身也不住地颤抖。

茶馆老板似乎没发现甚六脸色不对，又继续说道："这会儿又不见人了，刚才那孩子一直都在呢，跟着你一块儿进来，又坐在一起，我都以为是您的女儿来着……"

说着，他望向甚六，发现甚六的脸色已经全白了，这才知道不对劲儿，连忙走到甚六旁边，给他倒了一杯热茶，接着说："大白天地真是活见鬼了……您先喝杯热茶压压惊。"

后背全是冷汗的甚六赶紧拿起茶杯喝了一口热茶，才稍微冷静了下来，但是他已经完全没有吃面的心情了。"老板，这碟子钱跟面钱一起算，我给你付了吧，但我实在没心情吃下去了。"

茶馆老板赶紧又给他倒了一杯热茶，安慰他说："再喝一杯热的，驱驱邪气！"

甚六喝完两杯热茶以后，就起身离开了茶馆。

事情到了这个地步，甚六也知道，没有什么神佛可以帮得了他的了，只能向富士的亡灵赔罪。他一回到家，就叫妻子进屋里商量着怎么给富士的亡灵赔罪。

这时，床边的纸灯突然飞到空中，接着到处乱窜。甚六夫妇吓得赶紧往外跑，正好一个路过的同村人看到，他之前也已经听说了甚六家频频出现怪相的事情，于是，他便跟甚六夫妇说："依我看，这些事情都是狐妖或者狸妖之类的搞出来的，我教你个法子，你在家里的窗门附近铺一层细沙，这样就能看到这些妖怪是从哪里来的了，到时候直捣老穴，方可斩草除根，永绝后患。"

甚六决定采用村人的主意，于是马上就去弄来细沙铺在门窗附近。当天晚上，甚六夫妇都在卧室里待着，突然看到窗口冒出一个披头散发的女鬼，笑着说道："可笑，你自己做了什么事你自己还不知道吗？还以为我是狐妖狸怪之类的吗？"接着，发出一声凄厉的笑声。

甚六夫妇这才确定这是富士的亡灵在作怪。第二天，他们便开始张罗着祭奠富士的亡灵，才终于平息了富士的怨气。

浮尸

　　小河平兵卫的妻子这会儿正在厨房里忙活，听到平兵卫回来的声音，正想和他说快开饭了的时候，平兵卫走进来了，并郑重其事地说道："你来卧房，我有要事和你商量。"

　　妻子看他心事重重的样子，赶紧把手上的活儿放下，边解下围裙边把手擦干，然后快步走进了卧房。

　　只见平兵卫面色凝重，妻子赶紧走上去，问他："你这是怎么了呢？"

　　"唉，想想我们已经在加贺这地方待了一段时间了，然而我一直都没得到合适的安排……大丈夫，怎可得过且过？事到如今，唯有土州的深尾大人或许能帮到我了，毕竟他与我相熟，而且他还是业内家的主管，应该能给我找到一个合适的差事的……这事情我已经想了好几天，今天才终于下定了决心的。"

　　妻子连忙说道："其实我也早有这想法，深尾大人对你也算是知根知底，一定能让你实现抱负的。"

　　"我就是这么想的啊……我今天在回来的路上一直在想这件事，最终决定要跟你说。我打算先去土州探探情况，等我安顿好了以后就回来接你，你就先留在这里，不用跟我受劳碌奔波之苦。就算我没时间，也会拜托人给你送信告诉你的。只能辛苦你先忍耐些日子了，等到我熬出头了，咱们就能过上好日子了。"

"我辛苦些没关系的，你就尽管去闯吧，我会在这里等你回来的。唉，这都是因为中纳言大人太偏心了，让你没有半点施展的机会……"

"事到如今，也不能把责任都推到别人身上了。"平兵卫说道。他原是浮田秀秋的家臣，后来因为秀秋吃了败仗，平兵卫也因此沦为浪人，不得已，才到加贺来投奔相识的人，然而情况却没有得到改善。

妻子握住平兵卫的手说道："你就放心去土州吧，家里的事情交给我就好了。"

"好的，"平兵卫握紧妻子的手说道，"我就知道你会支持我的，你今晚就帮我收拾一下行李，明天我就动身。奖状什么的我就不带了，你先帮我收好了。"

第二天，平兵卫就带着妻子收拾好的包裹上路了。这时候的土佐藩藩主的位置已经由山内一丰传到儿子忠义了。平兵卫到了土佐以后，就去找了深尾大人。深尾不仅盛情款待了他，还把他引荐给了忠义。忠义听说了平兵卫的英勇事迹以后，就决定安排他到高冈郡去做事。

平兵卫在高冈郡安定下来以后，就一直在找着机会去把妻子接过来，然而总是因为一些事情耽搁了。后来时间一长，平兵卫就完全忘了这回事。之后，经过媒人的介绍，平兵卫又娶了一个当地的姑娘为妻，新任妻子给他生了一个儿子，取名平三郎，平兵卫对这个孩子十分疼爱。

独自留在加贺的妻子等了一年又一年，始终没有等到平兵卫的消息。妻子只好安慰自己，这是因为平兵卫在土佐没混出样子，所以不敢回来见自己。但她想来想去都觉得不对，就算混得不好，他也至少应该给自己一封书信啊。最后，她决定拜托要去土佐办事的朋友去打探一下平兵卫的消息。

半年后，办事的朋友回到加贺，并且给她带来了一个坏消息——平兵卫已经在土佐当大官了，还娶了一个土佐姑娘，生了一个儿子！

这个消息对前妻来说犹如五雷轰顶，当天晚上，悲恨交加的前妻就自寻短见了。邻居们发现她投河自尽以后，赶紧把她的尸体打捞上岸，运回她家里。他们发现，她家里的炉灶内都是木箱和烧剩下的纸片，看来她烧掉了很多文件之类的东西。

过了不久，平兵卫就从其他人那里听说了前妻投河自尽的事情。

一转眼，平兵卫的儿子已经长大成人。在他十九岁的这一年夏天，有一个晚上，天气闷热异常，平三郎待在自己屋里，就着昏暗的灯光看小说。他的卧房在别院，和主卧之间有一段距离。

突然，他听到了奇怪的声音，像是木屐踩在石板上发出的声音，越来越近。平三郎有点奇怪，因为平常这个时候都不会有人过来别院的。但他懒得去理，只听栅栏门上的锁扣被打开的声音，来人应该是走进来了。

平三郎心里嘀咕着：莫不是爹娘突然有事，叫人来传唤我不成？

他正纳闷呢，突然纸门外边探出个头，是一个侍女，还端着一个托盘，一边走进来一边说："少爷，夫人担心您读书太闷，就让奴婢给您送点小酒小菜来了。"

平三郎往她手上的盘子一瞧，发现是酒和一些小菜。那侍女走到平三郎旁边，接着一个个地把酒和小菜放到旁边的桌子上。

"母亲怎么会给我送酒呢？她知道我不喜欢喝酒的。"平三郎望着侍女问道。他母亲确实偶尔会让侍女送些小东西过来，不过都是一些糕点点心之类的，这还是第一次送酒呢。

"这酒是别人送来的，据说是陈年佳酿，夫人觉得应该给您带点，偶尔喝点小酒也可以解解乏的。"侍女边说着边就给平三郎倒酒，然后把酒杯放到平三郎面前，"少爷，这可是夫人的一番心意呀。"

平三郎想想也有道理，而他确实也有点困乏，便拿起酒杯，一饮而尽。

然而，这酒却一点都不像侍女所说的是好酒，实在是苦得很。

"再来一杯吧，少爷。"侍女拿了一个新的杯子，给他倒满了。

"够了够了，一杯就够了，这酒不好，我也已经解乏了。"

"夫人亲自为您热的酒，这才喝到一半呢，这要我回去怎么交代呀……您再喝一杯吧。"侍女恳切地说道。

平三郎一听这话，有点心软，只得拿过酒杯，又一饮而尽了。

"再来一杯吧，少爷。"侍女又拿了一个新的杯子，给他倒满了，放到他的面前。

"不喝了，不喝了，你回去吧，有什么事怪罪下来，你就说是我不喝。"平三郎摆摆手说道。

　　"再喝一杯吧，少爷。"侍女拿着刚才倒好的酒，往平三郎嘴边送。

　　平三郎有些恼了，一挥手把侍女手上的酒打翻了，说："我都说了不喝了，你赶快出去吧，别打扰我看书。"

　　侍女也不生气，拾起地上的酒杯放回托盘，拿起另一个杯子，又倒满了一杯，像什么事都没发生过一样，把酒举到平三郎面前，道："再喝一杯吧，少爷。"

　　"你有完没完啊，趁我还没发火，赶快出去！"平三郎厉声呵斥道。

　　那侍女像没听到似的，说："少爷，再喝一杯吧。"说着她就走近平三郎，试图强行给他灌酒。

　　平三郎一下子就火了，大喝一声："大胆贱婢！"说着他拔出腰间的小刀，就向侍女刺去，刀子从侍女的脖子上划过，血溅到旁边的纸灯上。

　　那侍女见势不妙，夺门而逃。平三郎正在气头上，怎会就此作罢，连忙追了上去。

　　那侍女一路跑向主屋，接着咻的一声跳上套廊，消失在了尽头，平三郎赶紧冲上去，急促的脚步声把木地板踩得吱吱响。

　　这时，只听主屋里传来了母亲的呵斥声："来者何人？休得无礼！"

　　平三郎连忙应声道："母亲莫怪，是孩儿。"说着他就走进了主屋里，令他大吃一惊的是，刚才在追的侍女，此时竟安安稳稳地坐在母亲身边做着针线活。母亲看着他手里的小刀，一副杀气腾腾的样子，连忙问道："你这是怎么了？"

　　平三郎回答道："母亲，刚才你旁边的侍女拿酒去我屋里，硬是逼着我喝下去，一点礼数都没有，孩儿要教训教训她才行！"

　　母亲笑道："我看你是睡糊涂了吧，她这一整晚都在我这里做针线活呢，哪有工夫上你那儿去，更别说逼你喝酒了。"

　　平三郎心有不甘，仔细地打量母亲身边的侍女，那侍女一脸茫然地看着他，不知所措。

此时坐在这里做着针线活的侍女，确实和刚才那个咄咄逼人的侍女长得一模一样，然而她脸上却没有任何伤痕。

　　平三郎嘟囔道："这怎么可能呢……刚才明明就是她……"

　　母亲转向旁边的屋子喊道："孩儿他爹，你刚才听到这孩子都在胡说些什么了吧？"

　　里边传来平兵卫的声音："平三郎是不是让什么狐妖给迷惑了呀？"

　　说着，夫妻俩就笑了起来。平三郎见父母只当他在胡闹，只好悻悻地回屋了。

　　回到别院后，平三郎左思右想，怎么都觉得不是自己的幻觉。于是他到侍从们的房间去，叫了两个正在下将棋的侍从出来，对他们说："我刚才那会儿砍伤了一个女子，你们随我来找找有没有线索。"

　　于是，两个侍从随着平三郎回到他的房间，仔细查看了一番，没发现什么可疑之处。平三郎围着刚才洒上血的纸灯左看右看，也找不到任何血迹。后来，他突然想到腰间的小刀，赶紧拿到灯下仔细一瞧，发现刀身上粘着蓝黑色的黏稠物质，他小心翼翼地用手抹了一点，靠近纸灯研究了一番，可以确定这绝对不是血。

　　"这是什么啊……"平三郎喃喃自语道，两个侍从也是一脸的不解。

　　"不过可以确定的是，我绝对是碰上什么奇怪的东西了！你们快帮我查查是怎么回事。"说罢，他就带着两个侍从，举着火把在院子里仔仔细细地查找了一番，然而什么都没找着。

　　这天夜里，突然狂风大作，接着下起了倾盆大雨，而且雨势越来越大，高冈町旁的仁淀川的水线越来越高，眼看着就要冲过两岸的河堤了。平兵卫作为郡官，在收到警报后，立马就换上战服，前往仁淀川旁去指挥前线的加固河堤工作。

　　平兵卫指挥手下的人燃起篝火，然而雨势太大，再旺的篝火也抵挡不住滂沱的大雨。在残余的火光中，人们还能看到，在风雨肆虐的河面上不时地出现船只，还有那站在船头的壮工们……

　　直到第二天天亮，雨才终于停了下来，平三郎也随同父亲一起到堤坝上帮忙来了。他先和其他壮工一起搬运用来加固河堤的沙包，又接着跟着父亲一起搭巡视河堤的船去视察情况。平兵卫搭乘的船驶在河的中间，而平三郎在的小船则在河流的右边，他们的船快到上游附近时，平三郎突然瞥见船的左边浮出了一具女尸，他仔细一瞧那女尸的脸，惊恐地发现那女尸竟是昨晚的侍女！

"父亲你快看！你快看那具女尸！那就是昨晚的侍女！"平三郎指着女尸对着另一艘船上的平兵卫喊道。

平兵卫顺着平三郎指的方向看去，果然看到了一具浮在水面上的女尸，这女尸生着一张鹅蛋脸，还睁着双眼，眼珠是那么乌黑，那么似曾相识……

就在这时，那具女尸突然又沉进河里，十分诡异。平兵卫心里也咯噔一下，他看了看身边的两个壮丁，发现他们也是一脸的惊恐。

"就是那个侍女！父亲你不认得了吗？"平三郎还在喊着，声音竟有些发抖了。

"是吗……我昨晚也没瞧见她的样子……"平兵卫自语道。

接着，他又笑着大声对平三郎说："没什么好大惊小怪的，水线突然涨了这么高，有人失足落河了也是难免的。"

他刚说完这话，突然平三郎的小船好像撞到了什么似的，船头一下就被抬了起来，平三郎和同一条船上的四个壮丁都滑到了船尾，接着，船又突然侧翻，平三郎一行人还没来得及抓住什么，就被翻到河里去了。

平兵卫船上的人立刻惊呼道："不好啦！少爷的船翻啦！"

平兵卫赶紧命令船夫把船往平三郎那边靠去，不一会儿，和平三郎一起落到河里的四个壮丁先后都浮出了水面，游到了平兵卫的船边。

平兵卫赶紧让人帮忙把他们拉上来。然而，他看来看去，他的儿子平三郎迟迟都没有出现。

"少爷怎么还没浮上来？"

"少爷必然是被船给扣住了！"

那翻掉的小船被湍急的河水冲得越来越远，平兵卫赶紧让人追上去……

最终，平兵卫等人依旧没有找到平三郎，生不见人，死不见尸。平兵卫感到十分悔恨，他跟相熟的人说道："平三郎的事，定是我前妻所为……对不起她的是我，然而送命的却是平三郎……我早应该发现端倪的……那个强迫平三郎喝酒的侍女……那个浮在水面上的女尸……分明就是我的前妻啊……"

长舌鬼

晚上十点多，一轮明月挂在黑漆漆的空中。马路上弥漫着一层若有似无的薄雾，路灯有些昏暗，映得路边那两排梧桐树影影绰绰的。

马路对面是一大片空地，附近有很多烂尾楼。没办法，这几年经济不怎么景气，很多楼都没法完工。

周围很安静，只有偶尔的虫叫声，在空旷的郊外显得格外响亮。

菊江提心吊胆地经过一栋烂尾楼，打算去商店给犯胃病的母亲买些魔芋。

唉，要是当初听母亲的话，带弟弟一起来就好了。菊江边走边想，但是，母亲病了，怎么能让她自己在家呢？算了吧，自己上班的时候也经常走这条路，应该不会出什么事。菊江暗中给自己打气，还下意识地咬了咬嘴唇。

她走过路口，向右转，走了半町左右，到了一个三岔路口。

她走上了右侧的那条。

这条路上的路灯很亮，两侧布满商店，其中就有卖魔芋的。

可是，菊江没走多远，迎面就走来了两个醉汉，在大声吵嚷着什么。菊江皱了皱眉，她并不喜欢醉酒的人。不过，今晚听他们说话，倒也没有感到十分反感。

醉汉们走了过去，前面又出现了一位带着两个男孩的女人。

菊江要去的蔬菜店在一个杂货店旁边，左侧有一个咖啡馆。菊江快步地走着，已经可以听到咖啡馆里女子的谈笑声。

菊江突然想，"他"是否此时就在咖啡馆里呢？如果他知道自己晚上出来，一定会坚持送自己回家的。

他是菊江的同事，就住在车站的另一头，是个负责任的男青年。菊江的脑海里不禁浮现出他的笑容，还有他笑起来露出的洁白的牙齿。

她走进蔬菜店，买了魔芋，用手绢轻轻包好。

那个男青年也许就在咖啡馆，菊江抬眼看到那里柔和的灯光，继续这样想着。但是，她不允许自己再做停留，只能边走边这样胡乱地想着。

马上又要到三岔路口了，眼看远离了光明和喧嚣，菊江又开始莫名地害怕起来。她更想那个男青年了。如果他在这里多好啊！甚至，随便什么人都好，只要能陪她走回去就行。

菊江向四周看了看。杂货店前倒是站着一个人，但他显然并不会和自己同行。右侧走过来一个像是劳工的人，那人朝菊江这边望了望，吓得菊江赶紧往前走。在菊江看来，与这样的人同行，本身就是一种危险。

菊江家就在三岔路口右边街道一直往下的小路上，但这条是远路，而且越是宽敞越是害怕碰见那些不想看到的东西。所以，她决定抄近路，左边的那条小路还有些亮光，月色正好。既然无论走哪里都不会有人作陪，何不走条小路，尽快到家呢？菊江打定了主意，踏上了这条铺满小石子的小道。

小路上长满了杂草，并不十分好走，菊江边走边想一些事情——她记得左手边的洋房里住着一位短发少女，她有一条小狗，菊江每天下班经过这里的时候，都可以看到女孩和她的小狗在院子里戏耍。

小狗小小的身体活像只小鹿，看上去着实可爱，但是，在这种情况下想起那些，又让菊江莫名其妙地害怕起来。她不由得回头看了看，还好后面什么都没有。要是有人跟着，那该有多吓人。

菊江长长地出了口气，继续往前走，很快就走到了近路的入口，从这里进去原本也是一栋民宅，如果不是天黑，完全可以看到这是一条被人踩出的小道。只是着小道周围全是不知名的野草，长得快跟小孩差不多高了，草的叶子像是秋枫的形状，上面还会结些红色的果实。

菊江犹豫了一下，最后还是向着小路深处走去。可是，她刚走了一步，就猛然回过头来，好像……好像有人影？不对，又不见了。

菊江以为自己眼花了，就放下了心，走进了小道里。耳边有此起彼伏的虫鸣声，月光清凉地流在草叶上，照亮了周围的一些景物。

地表像是被人挖开了几处，有红土露出来，这段的草明显长得稍短了一些，路也是七弯八绕的。

菊江没有留意这些，只顾往前走着。忽然，她听到了一阵奇怪的声音。她一下子回过头，发现一个瘦瘦高高的男子正站在她身后不远的地方。这下，菊江害怕极了，转过头就冲上了一处带坡度的红土地。

这是草丛中一片种米槠的高地，菊江不住地回头望，如果只是路人，一定不会跟着她，可那个男子分明跟在她身后，还加快了脚步，甩都甩不掉。

怎么办？他是坏人吗？菊江心一横，干脆又一个右转，冲到了米槠下面。

她再次回头看，那男子已经上了斜坡，菊江有些确定了，她滑下米槠另一头的斜坡，但是，男人又很快地跟上了她。

这边并没有什么巡警，人烟也比较稀少，即使呼救，在这样的深夜里，等大家赶来的时候，恐怕也来不及了。远水难救近火，还是不要先惊动后面的男子，边走边想办法吧！

很快，菊江就找到了机会：前面的那栋烂尾楼上只铺了屋顶的一层瓦片。

菊江高兴极了，一闪身就躲了进去。

男子也走到了这里，停了下来。月光刚好，他借着光抬眼望去，只见一个女人站在柱子旁边，舌头有六七寸长……

他吓得惨叫一声，拔腿就跑。

政雄跟跟跄跄地跑回去，连锁都顾不得开，拉开挡雨门就冲了进去，直接穿过过道，来到了过道尽头的大房间里。

这是一间杂货店，一楼进门的地方放着各种货物，尽头有个大房间，里面住着房东夫妇，二楼有个小房间，租给了政雄。

"您休息了吗，阿姨？"政雄颤着声音问，他边说边拉开了纸门。

老夫妻已经躺下了，但并没有入睡，老头正在看报纸。听见政雄来了，他仰起脸，透过镜片向门口看去，说："进来吧，还没有睡着。"

政雄带上房门走进来，坐在老婆婆的枕边，那里摆着火盆，暖和极了。

政雄内心很是不安，他四处张望，不知道是否被那"长舌鬼"缠上。

"你这是怎么啦？"老头对他这反常的举动感到十分奇怪。

"没……没什么特别的事。"政雄的语气里有着掩饰不住的慌张。

"你今天有些反常。"

"有吗？我有哪里反常吗？"

"是不是又惹上什么麻烦了？撞到人了？"

政雄过去是当过司机的，一次，他不小心撞到了人，就让助手把车开回去，骗他说自己带伤者去医院治疗，把伤者带到偏僻的地方拳打脚踢，准备弄死这个人来逃避责任。不过，法网恢恢，政雄的驾照最终还是被吊销了。

"这怎么……怎么可能？"

"老婆子，你快起来，看看他是不是很不对劲儿？"

"是哦，你到底发生什么事了？"老婆婆转过神来，对着政雄问。

"真……真是没有什么。"

"那你怎么话都说得吞吞吐吐，这太不像你了。"

"是……是这鬼天气，总是让人感到不怎么舒服。"政雄四处瞧了瞧说，"这天有些阴冷，阿姨，我想麻烦您帮我去二楼点上灯。"

"咳，我当什么大事，不就是点灯，我现在就去。可是，你到底怎么啦？"

"我能有什么，就是觉得房间实在太暗了。"

"这样啊，那我去帮你点上就好了。"老婆婆很是轻巧地爬起来，拉开纸门，出去点灯。

她自言自语着："奇怪，他今天怎么怕黑了。"

"你一定遇上了什么事。"老头觉得作为房东有必要对政雄负责，他担心政雄是真的遭遇上了什么事情。

"您别想多了，我是真没事。"

"你可不要招来警察呀！"

"怎么会呢，您放宽心吧。"

"不会就好，可你今天就是感觉不一样呢，没事最好，你休息休息吧。"

"好，我现在就去睡了。"

政雄快速起身，一走出房间，就像发射出的弹丸一样，飞快地上了楼。老婆婆已经贴心地为他点了灯，铺好了被褥。

政雄对老婆婆说了声谢谢，就立刻钻进被窝，用被子把自己裹得严严实实的。

"你这是怎么了？"老婆婆嘴里念叨着，很是不理解他怎么会这种举动。不过，既然他不想说，老婆婆也没有多问，自顾自地下楼了。

政雄躺在被子里，一动不动，像是死了一般，始终想着长舌鬼的事儿。

前面已经说过，政雄被吊销了驾照，这也就意味着他不能再做司机了。他来这里，本来是想在郊外的汽车公司找个司机助手的工作，可是过了很长时间，工作都没有着落。他没有收入，又闲来无事，就打算去袭击女路人搞点外快。本来，这晚他已经在隔壁小镇的一条寂静小路上锁定了目标，结果半路出了点意外，只好改变了计划，去一家咖啡馆喝了点酒。

深夜，他刚走出咖啡馆，准备乘电车回家，忽然发现了独自一人的女路人，他一路跟踪，却没想到在烂尾楼里竟然遇上可怕的长舌鬼，真是悲剧。

政雄这样想着，用被子蒙上头，硬是一整晚没敢露出脸。

那长舌鬼长着椭圆形的脸，穿裙裤还提着包袱，打扮得跟学生或者上班的文员没什么两样。细细想来，那模样竟有些像他从咖啡馆出来盯上的那个女路人。难不成这女人早就盯上他了？政雄越想越害怕，全身上下的每一个细胞都充满了恐惧。

政雄本来准备就在被子里待到天亮，可是突然来了尿意，他实在不敢探出头，就等了一夜。好在老人家都起床早，慢慢地，他听到有货车的声音驶过，猜测到老夫妻已经起来了。政雄有了点勇气，他冲下楼梯，准备进厕所，心里想着，老夫妻一定起来了，不然楼下的灯怎么会开着呢？那灯可是不开一夜的。

政雄想着，长长地舒了口气。但是，就在这时，从茅房里走出一个人，椭圆形的脸……

政雄惨叫一声，昏倒在地，当他再次睁开眼睛的时候，首先入眼的就是长舌鬼，政雄惊叫一声，准备逃出去。

"你这是怎么啦？"老婆婆奇怪地抓住政雄，"怎么看到我从厕所出来，你就晕倒了，你到底怎么啦？"

政雄这才发现，原来他把老婆婆错看成了长舌鬼，而他此刻正躺在老夫妻的房间里。

从那以后，政雄多少有些痴了，硬是在房间里躺了十几天才恢复正常。

他走出了杂货店，想要为自己找份工作，只是长舌鬼的模样依然刻在他的脑海中。每天天黑之前，他都要赶快回家。

眼看自己手头上的钱也不剩多少，工作还是没有个着落，政雄着急了，他想到之前给他当过助手的那个司机，希望能从他那儿得到些机会。那位司机见政雄来了，热情地招呼他，还带他去咖啡厅吃了顿饭。

吃完饭后，已经晚上十一点多了，政雄提心吊胆地回了家，没想到一路平安无事。

自那之后，政雄开始重拾信心，在夜里也有胆量出门了。

后来，经人介绍，政雄终于找到了工作，是家出租车公司，刚刚成立起来，主要负责跑郊区和市区之间的各类业务。政雄因为找到了工作，心情逐渐变好了，去咖啡厅吃饭的频率也越来越高。

一天，晚上八点多，政雄在咖啡厅吃饱喝足，刚要回家，就发现马路上热闹非凡，想来是在开什么庙会之类的活动，两旁都是小摊小贩，往来人群川流不息。

政雄来了兴致，钻进人群凑热闹。他看到马路右边的空地上停留着不少人，摊主正在高声吆喝。

他看到一个卖衬衫的小摊，其实政雄一直想给自己买件衬衫，但他没想过要在小摊上随便凑合。

政雄的视线从小摊贩那里转移到他的正前方。那是个十分年轻的女子，身材娇小可人，只是她身旁的两个学生模样的男青年行为奇怪，他们对女子动手动脚，举止轻浮。政雄也有些好奇，他凑上去摸了摸女子的腰带，政雄感受到女子温热柔软的手，那个触感带着引人入胜的诱惑。政雄几乎确定那是女子在给自己回应。他故意往右移了三步，女子也离开两位男青年，来到他的身边。

政雄有些兴奋，他朝着空地和民宅之间的那个小巷走去。

但是，当他回头的时候，却感到失望极了。是自己领会错了吗？女子并没有随他前来。他有些扫兴，不过，他还没走几步，就有人赶在他的前面，是刚才的女子！政雄跟着女子，心里小鹿乱撞，不时又开心起来。

他跟着女子走过十字路口，来到小路上，想趁机搭话，却发现女子似乎还是有些顾虑，就决定再跟着走上一段时间。

眼看都走到了树林，已经远离了民宅，小路右侧出现了一座石鸟居。借着鸟居旁的电灯，看得出这儿还是座崭新的建筑，政雄色心大发，凑近女子说："这正是个合适的地方。"

不想，女子朝石鸟居走了一步，回过头来。

政雄大叫一声，转身就跑，那女子长着椭圆形的脸，正吐出又粗又长的舌头。

自那以后，政雄是真的疯了，他疯疯癫癫地成天喊叫，先是被警察带回了警局，随后又要把他送往精神病院。

倒是菊江，后来和那个男青年已经确立了关系，男青年也已经获得了菊江父母的认可，经常到菊江家里做客。

有一次，这男青年聊到他家附近的杂货店里一个年轻房客的故事，说那人遇上了长舌鬼，如今变得又疯又癫，想是吓得不轻。菊江笑着把为母亲买魔芋的事告诉了男同事——她在半路被一个又高又瘦的男子跟踪，灵机一动，用魔芋做了一条长长的"舌头"，把那个居心不轨的男子吓得惨叫不止。听完，众人不禁哑然。

船鬼

初夏的傍晚，天空中布满了乌云，海面上也很不平静，狂暴的大风将船帆鼓得满满的，推着大船一直往西边的方向驶去，暗色的波浪不时地打在船身上，那波浪的边缘还闪现着银灰色的光，看上去就像一条条扭动的蛇。

在船尾的舵棒旁边，盘着腿，拿着烟斗，吐着烟雾，淡定地望着船舵的人，就是这船上资历最深的老船夫了。他一边吞云吐雾，一边和旁边两个年轻船夫聊着天，烟斗里的火光随着他的手在黑暗中画下一道道轨迹。

老船夫又吐出了一个烟圈后，开始给两个年轻人讲起他当年到品川去喝花酒的事。

我一到那儿坐下，就相中了桌子上的盘子。

这盘子上的花纹相当华丽，我猜，这要么是中国要么是荷兰的舶来品，一看就值钱得很，我忍不住就动起了歪念头。这么一个盘子拿出去倒卖，今晚花出去的酒钱不就回来了？于是，我就故意放慢喝酒的速度，一直拖到这家店打烊。一般在这个时候，老鸨和店里的壮汉都直接回家了，然后我就见机装出不省人事的样子，扑到床上就开始呼呼大睡。招呼我的姑娘一看我睡了，她也就出去了。我等了好一会儿，听到外边没什么动静了，于是我就装出要去上厕所的样子走了出去，到大厅一看，果然一个人都没有。我连忙把那些盘子里的菜收拾了，然后把盘子擦干净，接着，我去上厕所，然后回到房间继续装睡。好不容易熬到了第二次鸡鸣，我赶忙把身上的睡袍脱下，穿上自己原来的衣裳，匆匆走到客厅去，把刚才收拾好的盘子塞到后背上，接着马上回到房间里去，装出一副刚酒醒的样子，还点着了烟。

过了一会儿，招呼我的那姑娘就回来了，我马上跟她说我差不多该走了，她也不惊讶，看来像我这种天还没亮就走的客人还是不少的。

"那我送送您。"那姑娘说了一句。我连忙摆摆手说不用，接着就快步走了出去，那姑娘也跟了上来，估计这是她们的规矩。我只好让她跟着我到大门，眼看着走出大门我就大功告成了，万一在这个节骨眼出什么岔子可就完了。当时我大气都不敢喘，暗暗告诉自己要沉住气，还做出一幅轻松的样子。

我走到了大门，妓院的守夜人拿来了我的木屐，并且把大门打开。我穿好木屐，正准备走出去的时候，突然，那姑娘冷不丁地拍了一下我的后背，笑着说道："以后常来呀！"边说着她又拍了两下，每一下都正好叩在盘子上。

她心里明白我偷拿了盘子，但也并不打算揭发我。不过也是，她揭发我也没有什么好处，再说了，那盘子根本不值几个钱。我后来回去仔细洗了一遍，你们猜怎么着，那花纹就没了，那就是些画着颜料的普通陶盘而已。

不知道过了多久，船已经经过了远洲滩的互岛。老船夫把自己兜里的那些故事都讲得差不多了，三个人就只能有一搭没一搭地说着话，沉默了好一会儿以后，突然，其中一个年轻人盯着帆布的方向，惊恐地说道："那……那是什么？"

其他人顺着他的目光望去，只见帆布后边竟然出现了一个虚无缥缈的人影，那人影愈来愈清晰，最后可以清楚地看到，里边有一张轮廓分明的人脸。

老船夫见势不妙，马上喊道："是船鬼！"接着他伸手示意大家往后退。然而两个年轻人已经吓得动弹不得，老船夫继续呼喊其他人："船鬼来啦！快来人啊，把香灰拿过来！"

"大家莫怕，我并不是什么船鬼。"那个人影停留在原来的地方，并没有要靠近他们的意思。

"你别骗人了，要不然你还能是什么！"老船夫大声喝道。

"其实，我曾经也和诸位一样，是一个整日经受风吹雨打的船夫啊。我是土州安云郡人，叫孙八。就在上个月的二十日，我们的船经过这里的时候，遭到风暴的袭击，一船的人无一幸免……其实，我此番前来，只是想拜托你一件事。"

"什么事？如果我能帮上忙，必定在所不辞。"

"太谢谢你了！其实，我只是希望你能向藩国通报，告诉他们，我们的船遭到了暴风雨，船上的二十名船夫，无一生还。"

"这倒是没问题，我们这条船会在大阪停靠，到时候我就给你去向大阪的土佐藩邸通报这个事情。只不过我这样两手空空去说，恐怕不太好，你要是能给我个信物什么的最好了。"

"可以。请问船上是否有笔墨纸砚？我这就给你写个字据作为凭证。"

"有的有的，我这就叫人给你去取。"老船夫边说着，把瘫坐在地的其中一个年轻船夫拉起，派他到船舱里去取笔墨，并让另一个船夫把旁边的工具箱打开，取出里边存放着的纸。

不一会儿，年轻的船夫就带着笔墨回来了。

老船夫把纸摊开，把毛笔递给那叫孙八的男鬼，说："都给你准备好了，你写吧。"

孙八接过毛笔，开始在纸上写字。不一会儿，他便写好了，接着他把字据捧到老船夫面前，感激地说道："这是字据，这件事就拜托你们了！"

"你就放心吧，到了大阪之后，我马上就给你送去。"

老船夫话还没说完，孙八就消失在了空气中。

船一到大阪，老船夫马上就带着孙八写好的字据去找土佐藩邸。正好，那里有个官员和孙八相熟，然而他们几个人围着字据看来看去，谁也不敢下定论说这是出自孙八之手。最后，其中一人突然想到，孙八有个相好的住在主吉，可以找她来辨认。

官员们一听，马上派人去请孙八的相好过来。

派去的人不久之后就把孙八的相好带过来了，官员们一见到她，就把字据拿出来给她辨认，问道："你仔细瞧瞧，这字你可认得？"

那女子一脸迷惑地接过字据，仔细看了看。

一旁的官员赶紧给她解释说："有艘萨摩藩的船经过远洲滩的时候，碰到孙八的鬼魂，然后就托他们带回来了这个字据。你看这个字，是不是孙八的呢？"

还没等看完全篇，她已是泪流满面。

"对……这就是孙八的字迹……"

说完这句话以后，女子便大哭起来。

二楼的鼓声

此时正是春日正好的时节，柳桥游船店里的女仆们都陪着客人去游船赏花了，只剩老板一个人留在店里算账。他一边抽着烟斗，一边翻看账本，好不自在。

这时，他听到了一阵奇怪的鼓声，咚咚咚……

其实，在这附近有鼓声并不是稀奇的事情。问题就在于，这鼓声竟像是从自家二楼传来的——可是只有他自己在家啊。他也顾不得把烟斗里的烟灰倒了，就赶紧走上二楼去看个究竟。

他走上了楼梯。这家游船店就在神田川旁边，此时神田川的水位比前些日子高了一些，水面在正午阳光的照射下闪闪发光，不远处还有几艘小船在慢悠悠地前行着，好一幅岁月静好的美景。

鼓声忽远忽近，远的时候，老板都不由得怀疑是自己多疑了，说不定就是别人家的鼓声，然而，近的时候，鼓声却犹如在耳边。

他走到了二楼的走廊上时，鼓声突然消失了，一切都恢复成刚才的样子，旁边的那一幅画依然还是安安静静的。

但是老板还是想到二楼的房间里去看看。他走到走廊的尽头，一下子拉开了纸门，眼前的一切让他大吃一惊——

在房间的榻榻米上，坐着一个素未谋面的年轻女人，她梳着岛田髻，身上的长衫是绯色的，腰间还系着一条蓝色的腰带。在这名女子的对面，还有一个面容白皙的年轻男人，身上穿着一件夹层棉袄，肩上还有一只花鼓——看来就是这花鼓发出的声音。

可是，这两个人是谁呢？今天店里并没有客人，也没有歌姬，手下的女仆也已经都出门去了。正当老板准备开口询问他们的时候，两人一下子就不见了，只剩下目瞪口呆的老板。愣了半晌，老板对着空无一人的房间说道："真是抱歉，不小心扰了两位的雅兴……"

说罢，他就把纸门拉上，下楼去了。

老板并没有跟其他人提起这件怪事。直到十几天后的一天，老板在账房算着账，手下的一个女仆慌慌张张地跑了进来，还一副惊魂未定的样子，一见到老板就说道："天啊！不好了！"

老板抬起头，看着她问道："什么不好了？"

"我看到了可怕的东西！"

"什么东西？"

"我刚才到二楼去打扫房间的时候……"

老板想到了她要说的事情，从容不迫地说道："哦，你也碰见了啊。"

"老板你碰见过？"女仆一脸惊讶的表情。

"嗯，"老板一边继续算账，一边淡定地说道，"是不是一男一女，男的在击鼓，而女的则是在听。"

"对啊！"女仆连连点头。

"嗯，好，我知道了。你也不用害怕，那是咱们家的熟客来着，不用到处张扬这事。"老板叮嘱道。

虽然这么说，但老板自己其实很想查清事情的真相。接着，他想到了一个住在这地方很多年的盲人按摩师，于是他便找了个机会请这位老师傅到家里来给他按摩，并装作不经意的样子问道："师傅，你知不知道这房子以前出过什么事呀？比如说有年轻女子遭遇了不幸之类的。"

"好像……"师傅停止了按摩的动作，陷入了沉思，不一会儿，他说道，"确实是有出过人命的事。你这栋房子之前的主人有一个养女，有几分姿色。下谷武士家的儿子看上了她，想娶她为妻，于是就上门来提亲了。接着，两人就结婚了，还没过多久，那儿子就死了，养女也就守了寡，就回娘家来了。其实，这家主人还有一个养子，和这养女是青梅竹马来的，但是主人不让他们成亲。养女回来不久，主人又给她找了一个女婿入赘，于是养子和养女就约定殉情了。据说主人为了保全面子，就对外声称他们是染上不治之症去世的，两人最终也没能葬在一起。对了，听说他们殉情的地方就在二楼的房间。唉，这都已经二十多年前的事情了，你要不提，我都快忘了还有这回事了。"

　　"哦……还有这样的事情啊……原来如此……"老板喃喃自语道。

阁楼里的姑娘

桃山哲郎的晚饭是在咖啡厅和朋友们一起吃的，饭后不久大家就各自回家了。但是桃山哲郎还感觉有些意犹未尽，于是他就独自一人去了银座尾张町的一家咖啡厅继续喝酒。

这家咖啡厅里此时已经没有几个人了，只有暖炉旁边的一桌客人。不过这样冷清的环境，哲郎却觉得十分惬意。他找了个位置坐下以后，点了一杯威士忌，没多久，服务生就端来了他的酒。

哲郎一边慢慢地享用着美酒，一边在回想刚才晚饭时候听到的桃色故事。

他们这群朋友聚餐的时候都会说些近期听闻的趣闻，其中一个梦想成为文学家的朋友先讲了一故事，内容大概是某夫人喝了一种古怪的牛奶后，接着就怀孕了。大家哄笑之后，另一个朋友接着讲新的故事。

这个朋友是个美术家，他讲的故事主人公是同行，不久前才刚刚过世。他的这个同行是一个颇具才气的西洋画画家，长得一表人才，但就是迟迟没有娶妻生子。这是因为画家自己有一些不方便明说的癖好，只有和他关系非常好的朋友才知晓。于是，朋友便决心要给画家找一个和他相匹配的姑娘才行。好在皇天不负有心人，他终于发现了一个女校的姑娘，和画家能够互补。于是他便四处张罗，终于给两人搭上线了。

不久后，画家便和这姑娘结了婚，两人非常恩爱。

美术家在说到这里时还描述道："当时两人一见面，一聊，唉，正正好对上眼了！"

大家都被他逗笑了。

接着，美术家继续讲两夫妇的故事。婚后没多久，两人就有了爱情的结晶，小孩出生以后，就找了一个专门照顾小孩的女仆。但奇怪的是，女仆每天都要带孩子出门去散步，也不管孩子愿不愿意，有时候，孩子可不乐意在外头待着，就哭个没完。但女仆也不回家，路人要是问起，女仆就会说："老爷和夫人有要紧的事要商量，打扰不得……"

现在这个女仆已经是画家家里请的第二个女仆了。第一个女仆是一个已婚妇女，有些上年纪了，但不知道发生了一些什么事，这个女仆居然逃走了……

哲郎又抿了一口酒，思路一下子跑回了他自己给大家讲的故事上。他讲的故事的主人公是一家青少年杂志的编辑，有一天他去看剧，结识了两个俄国姑娘，两个俄国姑娘把他带回了自己家，三人开始喝酒，一直喝到烂醉。想到这里，哲郎便开始想象那天的画面，两个体态丰腴的异国女子在一个日本人旁边，一边喝酒一边不停地扭动着身体……

"我听别人说，银座那里有家店门口，常有一个卖拐杖的老婆婆，但其实她不是在卖拐杖，要是有男子去询问她拐杖怎么买，她就能给那些人介绍一些年轻貌美的姑娘……"

哲郎脑海里又闪现出今晚聚会上听到的故事，这是一个报社记者说的，从他那里总能听到些新奇的故事。想着想着，他突然意识到他已经坐在这里很久了，赶紧抬起头看了看时间，这个时候已经过了零点十五分。但是对于哲郎来说，还有漫漫无际的长夜。他想了想，决定到上野的广小路去一趟，那里应该能找到陪伴他度过漫漫长夜的事情。他的思绪开始飞到了"雨中的上野站"去了，那画面中还一直闪现着熟透了的红柿子，上面挂着露珠，充满了诱惑。

"服务员！结账！"他一刻也等不住了，赶紧叫来服务员买单，顺便把杯里残余的威士忌一饮而尽。在等待服务员慢悠悠走过来的过程中，哲郎又开始想到了另一件跟柿子有关的事情。

有一天傍晚的时候，他和几个朋友正好从东北温泉乡返回，在车站下车后，大家纷纷告别。他和一个写随笔的朋友还有刚才那个报社记者顺路，便一起结伴走着，快到他家的时候，写随笔的朋友便把自己在温泉乡买来当作伴手礼的柿子交给他，说："我的这些柿子就先放你那里啦。"

"喂喂，你们这些人也太顺便了吧？"哲郎笑着数落他的懒朋友们，又说了一会儿话之后，写随笔的朋友和报社记者就跟他告辞了。当时，哲郎站在自己家门口，看着两个朋友在雨中越走越远，最后消失。

哲郎还在想着那些当作伴手礼的柿子的可口味道，服务员已经拿着账单走到他面前了。他这才有机会仔细看清楚服务员的样子，她年纪不过二十，相貌相当出众。哲郎一边打量着服务员，一边拿出钱包付账。

付完账之后，他就走了出去，接着搭上了去广小路的电车。此时电车上已经没有几个人了，车上空荡荡的手环随着车身一直在摇晃着。同样摇晃着的哲郎又开始浮想联翩了，他想到了那个有难言之隐的画家的妻子，他们总在书房里做什么呢？她不用说肯定也是一个婀娜多姿的美丽女人，扭啊扭啊……

哲郎接着又想到了一两年前在横滨的一家黑店里结识的一个异国女子，据她自己说是一个日德混血儿，她也是一个身材姣好的女人，有着玲珑有致的白皙肉体……好像就在他的面前，摇啊摇啊……

"下一站，黑门町。"电车的报站声一下子就把哲郎拉回到了现实中来，黑门町的下一站就是广小路了，哲郎赶紧用手擦了擦口水，坐直身子，准备着下车。

没过多久，电车就到了广小路站。哲郎马上就站起身来，下了车。和他一起下车的还有两位乘客，那两个乘客马上就超过了他，奔着和服店的方向去了。

此时的哲郎，独自一人站在路旁。四周静悄悄的，什么声音都没有，除了刚才的电车发出的声音以外。电车接着启动，前往下一站，电车的离去发出的轰鸣声，就好像梦境里出现的背景乐一样，但是梦境还没有结束。这时候，哲郎看到对面的咖啡厅门开了，走出来几个相互搀扶着的客人，看起来应该喝了不少了。哲郎看着他们慢悠悠地走着，突然感觉到有些不对劲儿，他好像什么声音都没听到。不过这并没有关系，没有什么比现在身处广小路更好的事情了。

于是，他便动身走向了那家咖啡厅。

这时候，一辆电车驶过，哲郎马上躲闪到一边，然后电车经过了他扬长而去，而在这个过程中，一点声音都没有。但是这时候的哲郎已经没兴趣探究这其中的蹊跷了，他的心里只有对面的咖啡厅，还有里面的女人。

正当他准备大步往那个方向去的时候，一个年轻女子迎面走来，与他擦肩而过。哲郎忍不住回头看了她一眼：这姑娘长得很娇小，但是玲珑有致，那姑娘好像感觉到有人在看她，也回过头来。她长得真是太美了，吹弹可破的肌肤加上妩媚动人的脸蛋，脖子上围着的长围巾尾巴摆动着，好像在跟他招手，这让哲郎看走了神。接着那姑娘看了一眼哲郎以后，又继续走了。但是哲郎已经被她引出了极大的兴趣，但凡正经人家的姑娘，怎么会在午夜这种时候还在街上晃悠呢？

于是哲郎转身跟了上去，他想叫住那女子，但是不知道该说些什么，犹豫了半天，只从喉咙里发出了一个声音："呃……"

但是女子却听到了这个声音，再次回过头来，看着他。

哲郎见机马上说道："我好像迷路了，不知道该往那边走呢……"那女子听了他的话，微笑了一下。哲郎感觉自己真是没白来一趟，赶紧加快脚步跟了上去，哪知那名女子居然跑掉了，一眨眼的工夫就钻进了一家咖啡厅里，消失了。

哲郎顿时像泄了气的皮球，原来，这姑娘并非风尘女子，哲郎扑了个空。正当哲郎垂头丧气之时，迎面走来了一个高大的男子，他戴着一顶鸭舌帽，穿着一身长风衣，看上去很像是便衣警察之类的。哲郎想了想，马上又开始庆幸自己刚才没跟上去——否则这会儿就让这个便衣警察逮个正着了。虽是这么想的，可是哲郎依旧不死心，直觉告诉他，街对面的咖啡厅里一定有他想要的东西，但他又感觉那里面似乎还隐藏着些什么可怕的事情，于是他又犹豫了。

最后，他拐进了咖啡厅旁边小吃摊后面的小巷。

这小巷里散落着各种垃圾，橘子皮、香蕉皮、酒瓶子等等。哲郎一边走着，一边想着刚才那姑娘这会儿会在哪儿呢。走着走着，哲郎看到了一家荞面店，面馆的门口紧闭着，里面不时传来女人的浪笑声，扰得哲郎心里痒痒的。接着又出现了另一个女人的笑声，像铃声一样悦耳，不是从面馆里传来的，是从……哲郎循着声音望去，居然看到了刚才那个姑娘就站在不远处的电线杆旁温柔地看着他，脖子上的围巾挡住了她的嘴巴，但是那笑声应该就是她发出来的。

哲郎想都没想，就走上前去。"今晚的夜色不错呢，回家去睡觉真是太浪费了，所以我就在这儿下车了。你也是喜欢这美丽的夜色的吧？不知道方不方便邀请姑娘陪我走走，顺道欣赏一下夜色呢？"

姑娘便走出了电线杆的阴影，站在那里，似乎等着哲郎走过去。昏暗的路灯灯光照耀在她的脸上，把她姣好的脸蛋映得更加秀色可餐。

哲郎走到她面前，问道："你在哪里住呀？离这里远吗？"

"我住的地方就在这附近。"

"这样呀，那就和我一起散散步吧，如何？或者，我们可以边走边看有没有什么餐馆，可以去吃点热菜暖和暖和。"

"好呀……不过现在已经很晚了呢……不如就去我家吧。"

这话正中哲郎下怀，他掩饰住自己的狂喜，接着问道："可是，去你家里不太方便吧，可能会打扰到你的家人呢。"

"不会，我家里就我一个人。我现在的住处是租别人家的阁楼，所以只有我一个人住。不过因为是阁楼，所以条件会比较差呢，你可千万别嫌弃啊。"

"怎么会，我觉得阁楼挺好的。"哲郎赶紧说道。

姑娘笑了一下，接着往前走去，哲郎跟了上去。哲郎边走边看路边的店，想着买一点吃的东西，但是他看来看去也不知道买些什么，街上的店还在开的也所剩无几了。

"我想买点吃的，你觉得买什么好呢？"哲郎征求姑娘的意见。

姑娘看了他一眼，说道："不用了啦，这时候哪里还会有什么店开着呀，直接去我家吧，家里有吃的。"

"这样呀……那好吧。"哲郎应声道，心里却想着，这女子果然是"久经沙场"，准备自然都会是很齐全的。

于是，他便没再说什么了，默默地跟在姑娘的身后走着。

在他们左拐右拐之后，来到了一条小巷，正好有两个年轻人朝着他们的方向走来。哲郎用余光瞄了瞄他们，看到两个年轻人朝他露出了暧昧的笑容，可能他们刚才已经在妓院云雨一番了，哲郎感觉被他们看得有些尴尬。

"拐过这条巷子就到了。"哲郎还在想刚才那两个年轻人不怀好意的笑容时，听到姑娘说了这么一句话。他抬起头一看，姑娘把他带进了一条更狭窄的小巷里。这条小巷的尽头黑乎乎的，好像一个会把人吸进去的黑洞。左边是一堵发着淡淡白光的铁皮墙，右边则是一排排的出租屋。他们走到其中一个出租屋面前停了下来，"就在这里。"姑娘说道，接着她打开了板门，然后把格子门拉开，走了进去，哲郎也钻了进去。此时的哲郎感到十分紧张，他很害怕会再出现什么人，看到他和姑娘一起出现在这里。姑娘把他带到楼梯前，示意他先上去，哲郎便走到了前面，姑娘紧跟其后，几乎像是把哲郎推上阁楼去似的。

他们走进了姑娘的屋里。哲郎打量了一番，整个屋子面积大概就是六张榻榻米的大小，一眼就看到了两床被褥，中间还隔着一个火盆。屋子中间挂着一盏小灯，白色的灯光幽幽地洒落在屋子的四周。哲郎的左手边有一张小矮桌，上边有一瓶插花，鲜红的花朵在白色的灯光下愈发红艳。

"家里没怎么收拾，你不要介意，随便坐吧。"哲郎后边的姑娘说道，接着她把身后的纸门关上了，此时这个六个榻榻米大小的屋子里，就只剩下一对孤男寡女了。

姑娘把脖子上的围巾摘下，放到了那个有插花的桌子上。接着走到其中一条被褥旁坐下了。哲郎走到姑娘对面的被褥边，脱下身上的风衣，把它放在一边，接着也坐了下来。他现在坐的这床被褥，用的是蓝色毛纱织成的，上边还绣着几条小鱼。

阁楼里的姑娘 273

火盆的光映得姑娘的轮廓愈发温柔，她笑盈盈地看着哲郎，看起来有些挑逗的意味。哲郎早已经看呆了，接着，姑娘伸出手来握住哲郎的手，略显冰凉的手感使得哲郎全身如同触电一般，半天才回过神来，说了一句："你觉得……呢？"

他不知道该说些什么，就说了这么一句没头没尾的话。

"你的手好暖和呀，"姑娘笑着说，视线从哲郎的脸转移到了手上，边说着她的手还在哲郎的手里游走着。

哲郎被她弄得有些按捺不住了，不过还是装作平静的样子继续聊天："我今晚和朋友们去喝了一些酒，所以身上很热。"

"那你很能喝吗？"

"我的酒量还可以。"

"这样啊……那不如我们喝点酒吧？"姑娘歪着头说道。

"你有酒在家里吗？"哲郎想着，正好有酒助助兴也不错。

"有啊……别人送给我的。我不怎么会喝酒，所以只能用来招待客人了。"

说着，她的目光转向右边的门楣，哲郎顺着她的视线望过去，看到门楣上的小架子上堆着一些纸箱子。

"味道怎样？"哲郎随口问道。

"还好吧……我忘了是什么味道了，酒的颜色是蓝色的。"她回答着，然后松开了哲郎的手，站起身来去拿酒。她一伸手没够着，又踮起脚尖去试，但是无奈她实在太娇小了。

哲郎笑着说道："还是我来吧，反正也是要拿给我喝的。"于是他也站起来，走到了架子旁边，姑娘则依偎在他旁边，用温柔似水的眼光看着他。哲郎感觉自己全身充满了力气，他一只手抱着姑娘，另一只手则伸向姑娘刚才想拿的纸箱。

这时候，他发现，他的眼前出现了一条蓝色的绳子，一眨眼又不见了。他眯了眯眼，发现那条蓝色的绳子又出现了，那条蓝色绳子结成了一个绳圈，轻轻地套在了哲郎的脖子上。

哲郎已经有些迷糊了，他松开了抱住姑娘的手，想把脖子上的绳子拿开。就在这时，他感觉到自己的脚已经离了地，依偎着他的姑娘突然像千斤坠一样挂在他的身上，他挣扎着挣扎着，不久就失去了意识……

等到哲郎清醒过来的时候，首先映入眼帘的是两个陌生的男人。其中一个男人开口问道："你是什么人？为什么会在这里？"

哲郎坐起身来，拍了拍脑袋，突然想起自己是和那个美丽的姑娘一起来的，于是他四处望了望，想找姑娘来帮他解释，然而却没找到她。

"是住在这里的姑娘把我带过来的……可是我不知道她这会儿上哪儿去了。"

两个男子互相对视了一眼，刚才说话的那名男子继续说道："这里没有人住。"

"这怎么可能呢！就是住在这里的姑娘把我带进来的，要不然我怎么进来的呢？我就记得我们进来了以后，她说要请我喝酒，可是她又拿不到架子上的酒，所以我就去帮她忙，然后突然我好像……好像被一个绳子套住了，接着失去了平衡……后来的事情我就不知道了。"

哲郎边说着，便用手指着架子的方向，这时候他发现，天花板上并没有绳子，架子上也是空无一物，刚才那些纸箱全都消失了！他一下子说不出话来了。

说话的男子摆了摆手，说："你先跟我们下楼去，我再跟你说。"

说罢，他们两人就往屋外走去，哲郎赶紧拿起旁边的风衣，追了上去。

哲郎跟着他们来到了楼下的屋子里，说话的男子介绍自己是这里的房东，另一个人则是住在另一边的邻居。正是邻居听到了奇怪的动静，才来找房东一起到阁楼上去看个究竟的。

房东示意哲郎坐下，接着叹了口气，说道："这房子的阁楼上，五六年前确实住过一个在酒吧做服务员的姑娘。三年前我买下了这个房子，就把那个阁楼闲置了，一般不会让人上去，因为这里曾经租过给几个人住，都没住满三个月就要搬走……我要告诉你的是，那姑娘为情所困，一时想不开，就在那间阁楼里上吊自杀了……"

亡灵旅馆

一

经过了一番舟车劳顿之后，小八终于到达了这段旅程的终点——立山的亡灵旅馆。他一踏入旅馆大门，老板和女佣就马上笑容满面地迎了上来。女佣看他脚上穿的草鞋都已经磨破了，便马上到后院去打来干净的泉水，把他疲劳的双脚洗净。

这个时节的树叶颜色虽是愈来愈深了，不过在白天有阳光的时候，气温还是略高的。然而这家亡灵旅馆却没有这样的感觉，即使是在炎热的大白天，屋里还是有着一股凉意。洗净双脚之后，女佣又告诉小八，洗澡水已经为他准备好了。于是，小八就先到澡堂去泡了个舒服的热水澡，这才把一身的尘土和疲劳消除了。

洗完澡后，小八便回到了房间。他还没坐一会儿，旅馆的老板就来敲了他房间的门。小八应声之后，老板便进门来了。

"您是打哪儿来的呀？"

"我是从江户来的。"

"您此行的目的是什么呢？"

"我想要上山见一位逝者，"小八直言不讳道，"据说你们有办法可以实现，是否属实？"

"此话不假。立山这里，既有极乐世界，也有阴曹地府，自然是逝者云集之处。只要您真心来寻求，必然不会落空的。"

"那请问我要做什么才能见到已逝之人呢？"

"此世与彼世的人若要相见，必然是要通过特殊的途径才行。但您大可以放心，这些我都会给您安排好的。不过有件事我必须告诫您，即便您与彼世之人相见了，也千万记得不能与之交谈。倘若您与彼世之人交谈了，很有可能会永远都没有机会再与之相见了。"

"好的，我记得了。"

"嗯，那就请您把逝者的岁数和忌日写在这张纸上，我马上就给您安排念经诵佛。明日寅时之时，就会有一位引路者来找您，到时候他会领您上山，您就能见到想见之人了。"

"知道了，那我要做些什么呢？"

"引路者会告诉你的。他把你带到指定的地方后，你只要在那里等着就好了。只要等个一会儿，你想见的那位逝者就会出现了。待逝者出现后，您可以为之念经诵佛进行超度，但就是不能与逝者对话。因为这会让逝者魂飞魄散，那样逝者就不能投胎转世，永世不得超生了。"

"嗯，好的，我也不打算做什么，只要默默看着就好了。"

"那就好。请问您想见的逝者是什么人呢？"

其实小八此番前来，主要是为了见他去世一个月的妻子。小八的亡妻原本在新吉原以做妓女为生，后来遇到小八之后，两人渐生情愫，正好也快到了她该退休的时候，于是小八就给她赎了身。小八的妻子虽说长得人高马大，但样子长得还算俊俏，尤其是那一双水灵灵的大眼睛。不过也可能因为她是妓女出身，所以性情也不可避免有些轻浮。小八的职业是消防员，家住在下谷长者町的长屋。两人婚后相当恩爱，有时候妻子到无花果树下的井口旁去磨米时，小八就负责给妻子打水，两人总有说不完的话，其他在井口旁做事的乡亲们见他俩这样如胶似漆，总喜欢拿他们开玩笑。岂料天公不作美，妻子竟突然得了重病，不久后就去世了。这对小八来说犹如晴天霹雳，妻子过世后，他就跟丢了魂似的，亲朋好友怎么劝解都无济于事。后来，有个乡亲对小八说，立山的山脚下有一家亡灵旅馆，里边的人知晓通灵之术，可以让他见到死去的妻子。小八听完这事，立马找亲戚朋友们凑了一笔钱，便启程到立山的亡灵旅馆去了。

"是我过世的妻子。"小八回答老板的问题道。

"节哀。请问夫人芳龄几许？"

"今年刚到二十五。"

"噢，想必夫人定是一位身材姣好的大美人吧？"

"哪能呢，"小八摇摇头，接着说道，"我只不过是一个没多大出息的消防员，内人她也只是长得还算不错而已。至于身材姣好也说不上，她就是高高瘦瘦的身材，脸也和身材一样又长又瘦。"

"我看您是谦虚了，江户毕竟盛产美女呢。"老板说完了这句话，突然想起自己还没问另一个重要的问题，"还有一个问题，您的夫人是几时走的呢？"

"上个月的七号。"

"那就还好，可以帮您见到她的。我们这的价钱都是一次付清的，而且不管什么人上门来都是一个价。今晚上的念经诵佛费用是两百，明天的引导费用是四百，另外还有您住店的费用是三百，这些就是这次通灵的全部费用。但如果您之后还需要我们为夫人继续祈祷，还需要另外再付费。"

"好的。"小八一边说着，一边从行李里拿出装钱的纸包，从里边拿出钱，接着递给了老板。

"还得拜托您继续给内人祈祷了。"小八诚恳地说道。

"这不成问题。我就这派人安排您用膳，您吃过饭之后，就要马上去歇息，避免会产生额外的邪念。我安排了人到点来叫醒您，不用担心。"说罢，老板就拍了拍手，示意女佣将菜肴端了上来。

<h1 style="text-align:center">二</h1>

小八吃过饭之后，就听从老板的嘱咐马上躺下休息了。但他一想到马上就能见到爱妻，心中难以平静下来，总感觉妻子就躺在他的旁边，他脑海里不禁又浮现出妻子的音容笑貌，这让他久久都不能平息下来。

"客官，客官……"不知过了多久，小八就听到了女佣叫他的声音，"时间到了，请您先起身来更衣沐浴吧。"

小八听了这话，马上起身，在女佣的带领下走到了浴池边。这会儿天才刚蒙蒙亮，天空中还挂着几颗星星，寥寥可数，显得更加寂寞清冷。几声鸡鸣在安静的空气中回响着。小八在女佣的指导下，走进浴池洗净身子之后，又跟着女佣回到了房间。

小八一回到房间，女佣马上就把早饭端了上来，是一些清粥小菜，还有椒盐河鱼。眼看着快要见到妻子了，小八不免感到一阵紧张。他开始坐下来吃早饭，用完早膳后，女佣就把餐具撤了下去。接着，老板就走了进来。

"引路人已经到了，您做好准备就可以走了。"

"好的。"小八说完后，就从行李里拿出一套干净的单衣换上，其他行李物品都放在了原地，然后准备起身的时候，原本站在一旁默默看他做着这一切的老板突然开口道："您可千万记住我的嘱咐，千万千万不能和逝者对话，否则后果不堪设想。"

小八点头表示自己记得的。然后，他跟着老板走到旅馆的门口，看到有一个人提着灯笼站在那里，老板告诉他，那就是引路人。

和老板告别之后，小八就和引路人上路了。这会儿外边没有一点声音，周围如同死一般沉静，小八愈发紧张了。引路人也不和他交谈，只是默默地带着路。小八跟着引路人穿过了小溪流上的土桥，潺潺的泉水哗哗作响，他们踩过的夏草

亡灵旅馆　279

也不停地发出声响，时不时还有几声鸟鸣传来。但这些声音都没有进到小八的耳朵里，他整个心都已经被要与妻子见面的喜悦和好奇占满了。

上山的路相当曲折。走到一个长着大树的弯道的时候，天色也亮了不少，小八已经能看出立山的模糊轮廓了。

终于，当他们走到一个有十多坪的池塘处时，引路人说：

"沿着这个池塘一直走，到了洼地边缘就是立山地狱了。"

说罢，他们就沿着池塘一直走，到了目的地之后，引路人又接着说道："这里就是了。您只需要在这里静静地等着，不消多时，想见之人自然就会出现了。"

接着，引路人指示小八在一处地方铺上草席，然后盘腿坐在上边。

"等到太阳出来后，我就会回来接您了。"说完这话，引路人转头就走了，留下小八一人在原地坐着。

引路人走了之后，小八就静静地待在原地，一动不动，默默地等待着。引路人是提着灯笼走的，随着他的离去，周围也变得越来越暗，最后小八和周围的夜色融为了一体，这让他顿时感到了一股凉意，不过他仍旧一动不动地坐着，两眼直盯着引路人说逝者会出现的方向。

小八现在所在之处比起外边来说还要更暗一些，不过随着天色越来越亮，他所能看到的范围也远了一些。突然，一个身影出现在了小八的视野里，是一个高高瘦瘦的女人，穿着一身白衣裳，披着一头散发，她正朝着远离小八的方向走着。这时候的天色虽说已经亮了不少，但还是有些昏暗的，但小八还是一眼就看出来这女人和他死去的妻子身形简直一个模子里刻出来的。此时的小八万种思绪涌上心头，一下就忘记了老板的再三叮嘱，一下就站了起来，朝着女人的方向跑去，一边还不停地叫着妻子的名字。

听到小八的喊声后，那名女子的步伐却突然加快了，甚至跑了起来。不过她怎么比得上身为消防员却思妻心切的小八，不一会儿小八就追上了女子，一下子就抱住了她，女子开始拼了命地挣扎，但都没能解脱来。

小八感觉妻子就好像从未离开过他一样，因为这触感实在太真实了。

突然，小八听到女子开口说话："请您行行好，放过奴婢吧！"说着，她还在不停地挣扎。

这声音和妻子的一点都不像，而这话也不是妻子的语气。小八吓了一跳，赶紧松开手，跳到女子前面一看，发现这并不是妻子，而且女子头上的白色三角形竟然是纸糊的。

看到小八目瞪口呆的样子，女子连忙说道："奴婢也是身不由己，还请大人放过奴婢……"

"你……你是活人？"

"是的……奴婢只是一名被卖到旅馆的可怜人而已。"

"我的天……"小八好一会儿之后才接受了这个事实，他感到了无比的愤怒，"岂有此理，居然用这样的办法来招摇撞骗。"

"对不起，对不起……请您行行好，饶了奴婢吧。"女子恳求道。

小八这才开始仔细打量这名女子，发现她还是个美人。

"你是刚入行的吗？"小八笑着说道。

"嗯，今年年初才被卖到这儿来的……"女子小声地回答道。

"还有其他人也在做同样的事情吗？"

"嗯，还有很多，男女老少各种各样的人都有，只要你想见的人，老板都能找到类似的……"

"怪逗的。"

"哪儿逗了，老板花了钱把我买来，我就得一辈子都要在这儿装神弄鬼骗人了……"

小八看着她，一副若有所思的样子。

"求求您千万不要把奴婢暴露的事告诉别人，那样旅馆就完蛋了，奴婢也该完蛋了……"女子乞求道。

"不不，"小八摇头苦笑道，"我居然相信能见到亡妻，还大老远从江户跑来这儿，真是有够傻的，老板也只是顺水推舟而已，我又有什么脸面到处去嚷嚷这事呢……"说到这儿，小八看着女子，感觉她颇为可怜，便说，"不如你跟我回江户吧，留在这里扮鬼一辈子也不是个事。我虽然没有什么大本事，但至少能帮你找到正常的行当来做的。"

女子低头不语，不敢拒绝也不敢接受，毕竟她对小八丝毫不了解，不过她又转念一想，这男人大老远跑来，只是为了见妻子一面，应该是个性情中人，不会亏待她。

"你意下如何？"小八又继续追问道。

"这……这也不是我能决定的……"女子已经动了心，但还是有些犹豫不决。

"那也就是说你是想跟我走的了？那就我帮你决定了，跟我走吧，老板那边你也不要太害怕，他本来做的就是骗人的勾当，不会找上门来的。"

女子不说话，只是低着头。

小八见状，便抓住她的手，说道："走吧！再不走，那引路人就来了，到那时你就只能永远留在这里扮鬼了！"

三

太阳出来之后不久，引路人就回到了刚才和小八分手的地方，结果并没有找到小八，连个人影都没有。引路人暗叫不好，连忙回到旅馆去，跟老板通报了这事情。老板一听小八不见了，赶紧派了两个熟悉山中地形的人到小八消失的附近去搜寻，然而半点踪迹都没找着。老板总觉得不对劲儿，又派了人去假扮逝者的住处，一看，果然假扮小八妻子的女子也不见了踪影。老板这才认定事有蹊跷，又带着好些人把山里翻了个底朝天，到了快晚上的时候，他们才在山底下找到女子扮鬼穿的那件白衣，看起来他们应该是往邻村的方向去了。

老板感到事态愈发严重，马上跑到邻村去到处打听情况，终于在一个大树下，找到了一个见过小八二人的老婆婆，那老婆婆颤巍巍地说道："我今儿是看到了一对陌生男女路过了这里，那会儿还早着呢……"

老板顿时气得七窍生烟，要知道那女子买来的时候花了很多钱呢，这可是桩赔本生意啊。他又马上冲回了旅馆，去检查了一遍小八的行李。除了他留在这儿的脏衣服，还有一顶草帽，上边写着小八家的地址和名字。

"哼，看我找到你了怎么收拾你！"老板狠狠地说道，马上叫人给他打点行李，准备到江户去了。

四

小八回到家里的第二天，邻居们就凑到他这儿来聚餐喝酒了，因为他们都听说小八去立山的亡灵旅馆，却捡了个活生生的大美女回来，这会儿都跑到他家里来看热闹了。

待大家坐定后，小八便不急不慢地把整个故事叙述了一遍，大家边听边啧啧称奇。

"我跟你们说呀，这女鬼我第一眼看到的时候就倍感亲切！"一席话说得大家哄堂大笑，一旁的女子脸都红了。

突然，他听到院子里有人喊了一声"有人在家吗？"小八出门一看，嘿，居然就是旅馆老板，他原本有些尴尬，不过一想到是老板在做坑蒙拐骗的勾当，他又马上挺直了腰板。

"是立山旅馆的老板吗？"

"没错！"

"你到我家来做什么呢？"

"你还好意思问我？快把我的下人还回来！"老板嚣张地说道。

看老板这一幅趾高气扬的样子，小八的朋友们早看不下去了，纷纷走了出来，没等老板求饶就把他胖揍了一顿丢了出去。

老板挨了这么一顿打，更加生气。马上去找来了小八的房东，声称小八拐跑了他的下人，要房东做主。

小八也不甘示弱，便把整个事情的来龙去脉和老板干的那些骗人勾当都说了出来，还让女子出来做证。哪知老板死不承认，大声嚷嚷道："你们这对狗男女串通起来坑我钱财，我才不会这么容易让你们得逞！"

五

房东一看这僵局，感觉自己也是无能为力了，便找人去报了官。

官府一听这事，马上派人去调查了所有相关人员，了解了整个事情的经过。老板不管怎样都不承认他找人来扮鬼。

负责此事的官员看他这副做了亏心事还理直气壮的嘴脸，忍不住笑道："本官老早就听人说那立山的山脚下，有家亡灵旅馆可以让人见到死去的人。我也派人调查了一些去过的人，他们已经说看到的死人都是身形相似，从未近距离见过真实的样子。你还不赶快认错接受惩罚？"

老板一听官员已经调查过，脸色马上就变了，也顿时没了什么气势。

"怎样，你还要继续嘴硬吗？再下去罪可就更重了！"官员见他这副心虚的样子，心里马上有数了，又借着恐吓了老板一句，老板顿时吓得跪地求饶："大人饶命，小的知道错了……"

"知错就好，你装神弄鬼来欺骗平民百姓，这本来是个大罪。我念在你没做什么伤天害理之事，而且此事实属特殊，我就暂且饶了你。我命你赶快回到立山去释放那些扮鬼之人，给他们自由，并且今后不许在继续做这骗人勾当，否则休怪本官不客气了！"

"谢大人，谢大人，小的再也不敢了……"老板边说边磕头认错。

"还有小八家的那名女子，你就现在还了人家自由身，另外，你骗小八的那些通灵钱也要悉数归还！"

"好好好……"老板边说边擦汗，一旁的小八忍不住笑了。

六

　　离开衙门之后，老板就把女子的卖身契和小八的那些通灵钱都还给了他，并且再也不做这见鬼的生意了。不久之后，小八就女子成亲了，旅馆老板还来出席了他们的婚礼，婚礼上，大家都拿这事打趣，还给小八取了一个新名头——幽灵小八。

离奇的梦

一

此时当空的烈日，看上去就像一溏心蛋。在这座山山脚下住着几户人家，院子里都栽着盐釜樱。

这时候，车站附近下雨了，雨中夹杂着泥土的腥味。铁轨在远处交错，然后分开一直延伸到远处。在铁轨的一侧有一座工厂，这座工厂的围墙是红砖砌成的，围墙里边还种着一些悬铃木，露出墙头来的枝条也抽出了新芽，此时这些嫩绿的叶芽还不能扛住雨水的冲击，一下子就被打落了好多。雨越下越大，渐渐地，远处模糊了，可见的世界越来越小，最后只剩下京子所在的这个空间……她一个人躺在床上，样子十分落寞，脑袋里还不时浮现着那些从医院回来时在路上看到的风景。

京子身上穿的是一件很薄的睡衣，但她还是被热出了一身汗，不仅仅是因为天气很闷热，同时她自己也还在发着烧。淡蓝色的灯光洒落在她的身上，显得她更加忧郁了。京子觉得自己的体温快要把自己烤熟了，于是她又翻到另一侧，但是这也没能缓解多少，她便把手脚伸出被窝去——确实，这样凉快了不少，京子终于觉得舒服多了。她想起丈夫之前说的话，还有他说那番话时候的那种怜悯的眼神。

"再过一个月，学校就该放假了，到那时候，我就有时间陪你了。我们可以去海边住一个月，好好放松一下，那样你就会好起来了。"

她开始想象海边的景色，柔软细腻的沙子金灿灿的，轻柔的浪花冲刷着它们，大海和蓝天在远处连接到了一起，只剩下一条白色的线……在结婚之前，丈夫也曾经带京子到海边去住过。说实话，她并不喜欢海边的阳光，相当刺眼，不过在傍晚的时候，这阳光又会变得特别迷人，简直让人流连忘返。沙丘上栽着的树上的枝条在晚风中摇曳着，感觉特别美妙。想着想着，她觉得自己的心都快要飞到海边了，只要被那温柔的海风吹一吹，什么糟糕的事情都会被吹走吧……如果丈夫能现在就陪她去海边，她觉得她就能马上收拾，第二天就出发。她很想和丈夫聊一聊她这些想法，不过她丈夫这会儿正在二楼的书房里翻译重要的文件，要把他叫下来还得让家里的女仆帮忙，那样她就得先叫来女仆。其实招呼女仆只需要拍手就好了，不过，即使只是拍手，她都觉得疲惫不堪，最后她只得放弃叫丈夫下来的想法。

她叹了口气，又翻了一个身。自从前年她不幸小产之后，身体就变得糟糕了。总会出现头疼或是头晕的症状，整天都是昏昏沉沉的，还时不时地发烧，而且那一年的月经都停了。去年的时候，京子终于再次来了月经，但却很不规律。总会有那么几次，到该来月经的时候月经却迟迟没出现，京子就会怀疑自己是不是怀孕了，然而都不是。这一次，京子的月经又迟到了十多天，昨天晚上还发了烧，丈夫连夜带她去了医院。

"有没有出现恶心想吐的症状呢？"

给她看病的医生怀疑她可能是怀孕了。

突然，厨房的方向传来了咣的一声，好像是陶瓷之类的东西掉到地上了，估计是毛手毛脚的女仆又出了岔子。但是京子并不想去管这件事，她更介意另一个声音"咻——"，那是什么东西发出来的声音呢？是风声吗？还是火车远去的汽笛声呢？

她胡思乱想了一会儿之后，又翻了一个身……

迎面吹来了一股凉爽的风，特别舒服，沙滩上的松树叶子在海风的吹拂下摆动着，皎洁的月光洒在那上边，就像镶上了一层银边。脚下的细沙十分松软，就好像踩在棉花上一样惬意。海浪的阵阵涛声一直传来，京子就这么漫无目的地走着，感觉自己的全身心都被放空了。

她走啊走啊，走到了一个小沙丘上，接着越过了这座沙丘，看到了一条小河，河上边还架着一座木桥，于是她就走上了木桥，到河的对面去了。河的对面有一座小山丘，山上还有一小片的松树林，沐浴在白色的月光下。走了好一会儿，京子已经觉得有些累了，她想找个地方坐下来歇一歇。就在这时，她看到不远处有几栋别墅，于是她便径直走向了其中一家。要到这栋别墅去还得经过一条马路，这条马路上也铺着一层细沙，京子就这么穿过了马路，走到了那户人家的家门口。这家人的门两边是竹篱笆围成的墙，紧闭的大门则是用船板改造成的。

但即使大门紧闭也不能阻挡住京子，她想都没想就走了进去，就好像进自己家一样随性。然后又径直穿过玄关。玄关的大门后边是门厅，大概是四张榻榻米的大小。这时候，京子已经累坏了，她坐到榻榻米上，一边按摩走累的双腿，一边继续打量这座房子。门厅尽头的墙面上挂着一副人物画，是一个满头白发的西方男子，京子端详了一会儿，感觉很像是丈夫经常给她看的托尔斯泰。

"看上去真的挺像的，但是不是呢……"京子喃喃自语着。

这时候，一阵婴儿的哭声传入了她的耳朵。

"咦，这家里有宝宝吗？"京子边想着，边循着哭声走了过去。

声音是从右手边的纸门后面传出来的，京子想都没想就把纸门拉开走了进去。纸门后边是客厅，另一边还有一道纸门，婴儿的哭声还要在那后面。于是，京子迅速地走过去拉开纸门，看到纸门后边是一个套廊，她便沿着这套廊追着那哭声走到一个门口前边。

接着，她打开门走了进去。这个房间里有两床被褥，一对夫妻躺在床上，看上去睡得很沉，连婴儿的哭声都没有吵醒他们。年轻的妈妈睡在外边，宝宝则躺在她的怀里，身上包着华沙褓褓。京子走到婴儿面前，俯下身来，想仔细瞧瞧婴儿的样子。这时候，年轻妈妈醒了过来，一睁眼就看到了京子站在她的床边，她大惊失色喊道："你是什么人？为什么会在我家里？"

"夫人你别害怕，我没有恶意的，我只是想看看孩子长什么样。"京子平静地回答道。

年轻妈妈一下子就语塞了，她完全不知道眼前这个陌生女人到底有什么目的，是好人还是坏人。但是她还是继续朝着京子大叫道："你到底是什么人？你到底想做什么？"

京子依然是一副泰然自若的样子，"夫人何必这么大惊小怪的呢？我说了我只是想看看孩子。"

"看看孩子？我根本不认识你！你为什么会平白无故地跑到别人家里头，还这么理直气壮地说来看孩子？快给我滚出去！"年轻妈妈的怒吼声和宝宝的哭闹声交杂在一起，让京子有些烦躁。接着，那个年轻妈妈开始摇着身后的丈夫，喊着："有奇怪的人跑到我们家里来啦！你快起来呀！快起来呀！"

她丈夫终于醒了，一下子跳起来，京子也被吓到了。这时候，她开始感觉到周围的一切迅速变得模糊起来，不一会儿，她就觉得眼前一黑……

第二天早晨，京子在给要去上班的丈夫张罗着早餐。京子的丈夫是一个中学老师，在日比谷那边的学校任职。此时他穿着西装，盘腿坐在桌子旁，等着京子给他拿早餐来。丈夫很喜欢吃裙带菜，因此京子每天都会在早餐的味增汤里放一点，这味道闻着特别好，京子自己又很喜欢，有一种让人心平气和的感觉。但是，她还是想到了自己刚做的那个奇怪的梦……

她把香味扑鼻的味增汤放到丈夫面前，接着说起了那个梦。

"我昨晚上做了一个可奇怪的梦啦……但我总感觉不是梦，因为太真实了，我感觉我昨天确实去做了这么一件事呢……"

"哦？"丈夫有些不以为然，但还是饶有兴趣地问道，"你做了什么呀？"

"我昨天晚上，走到了一个沙丘后边，然后接着过了一条小河，就看到了一条大马路，马路对面还有几栋房子。那时候我实在是走不动了，就想到别人家里去稍稍休息一下就好。所以，我就走到一户人家里去，我还清楚地记得那家人的门是用船板做的呢。我走进房子以后，你猜我看到了什么？就是你书房里经常有的那些小说，那个叫托尔斯泰的大文豪写的小说，那家人门厅的墙上就挂着托尔斯泰的画像。"

　　"哦，是吗？"丈夫忍不住笑出声来，"你做的梦还蛮有趣的，还梦见托尔斯泰了。"

　　京子一边给丈夫盛饭，一边接着说道："真不是我做梦啦……那些场景那么真实，无论是沙丘上松树的颜色，海浪拍打岸边的声音，或者是那栋房子里的摆设……这些东西的样子我都记得清清楚楚，一点都不像做梦那么模糊！"

　　"我看你啊，是日有所思夜有所梦，昨晚上我不是才和你聊过去海边度假的事情嘛。"

　　"但我怎么都觉得那不是在做梦。我跟你说啊，我坐在门厅那休息了一会儿，就听到有小宝宝的哭声，所以我就想去看看小宝宝。我跟着那个声音，经过了客厅，沿着套廊，打开了一间房间的门，就找到了那个小宝宝，还有一对夫妻，他们都睡着了，完全没听到宝宝的哭声。那个女人我记得很清楚，她的脸圆圆的，梳的是那种女星发髻，你知道的吧？还没等我看清楚宝宝的样子呢，那个女人就跳起来朝着我大喊大叫，不让我靠近孩子，然后她接着把她丈夫叫醒了，然后……然后我就不记得发生什么事情了。之后我就醒了过来，发现我居然是躺在家里头的床上。"

　　"你看，我都说你在做梦了。你最近身体还不太好，人在虚弱的时候难免会胡思乱想的。下个月我们就到海边去修养一下，住上一个月，什么病都会好起来的。就算那时候我还有翻译的工作没做完，我也能带去那边做，总之我答应你，一定陪你去海边度假。"

　　说着，丈夫便开始跟京子聊起在海边度假的事情。用过早饭之后，他就出门上班去了，留在家里的京子，坐在桌子边，用手托着下巴，开始陷入了沉思……

京子走过那条马路的时候，正好有两个学生迎面走来。京子清清楚楚地听见他们脚上的木屐和地面摩擦的声音，还有他们的说话声与嬉笑声。她与这两个学生擦肩而过之后，就径直走向了之前的那栋房子，从院子的大门到玄关的房门，京子的脚步都没有因为它们的紧闭而停止。

走进门厅后，她又看到了那幅挂在墙上的托尔斯泰画像。

这一回倒是没有听见婴儿的哭声，不过没关系，因为京子已经知道那个宝宝会在哪个房间里了。

"我这回一定要抱抱孩子才行。"京子打定主意，迅速走向了那间卧室。她走进卧室以后，看到的还是和前一天差不多的光景，夫妻俩依然是熟睡着的状态，这回宝宝也是熟睡着的。丈夫的鼾声特别大，这让京子觉得特别有安全感，她想着，这一回，应该不会有人注意到她的动静了。于是，她就走到了孩子身边，蹲下来仔细端详婴儿熟睡的小脸。这孩子看来不过几个月的样子，小脸蛋肥嘟嘟的，特别可爱，半眯的眼睛被睫毛遮盖着，小嘴还一动一动的，可能孩子睡梦中还想着吃奶呢。

"这是个男孩子还是个女孩子呀……"京子瞧着这个可爱的孩子，越看越喜欢，于是她便伸出手去，打算把宝宝抱起来。她的手触碰到了包着孩子的襁褓，那让她感觉到了一种前所未有的激动。

正当京子快要把孩子抱起来的时候，孩子身旁的年轻妈妈突然睁开了双眼，看到京子要抱起婴儿，马上扣住京子的手腕，接着大叫道："怎么又是你！你到底是谁！为什么老是在我家出现！"

接着，她又回头大喊道："老爷你快醒醒啊，你快醒醒！昨天那个奇怪的人又来了！你快醒醒啊！"

接着，年轻妈妈站起身来，用力把京子推开，京子没防备，连连退了几步才站稳。那年轻妈妈又扑了上来，揪住京子的头发，用另一只手挠京子的脸，还一直对她丈夫大喊着："老爷你快起来啊，昨天那个人又来了！她想把孩子抢走！"

孩子的爸爸也醒了过来，一看这情况，马上也扑过来，抓住京子的脖子，接着，问他妻子道："就是这个女人吗？昨天也是她吗？"

夫妻俩死死地按着京子，京子感觉自己都快要喘不过气了，她拼命地挣扎着，眼角余光朝向孩子的方向。

就在这时，原本熟睡的孩子哭了起来，然后京子的世界就开始模糊了……

二

"京子？京子你怎么了？京子你醒醒。"黑暗中，她听到了丈夫的声音从远处传来，越来越近，睁开双眼，她就看到了丈夫略显担心的脸。

"我这是在哪里呀……"京子还有些没回过神来，她还能感觉到那孩子爸爸紧紧抓住她脖子的那种压迫感，还有年轻妈妈锐利的指甲刮在脸上的痛楚。

"你在家里呀，"丈夫一脸的莫名其妙，"你是不是做噩梦了啊，我看你刚才一直在喊着些什么，然后很痛苦的样子，吓坏我了。"

京子不说话，愣愣地看着前方，这确确实实是在自己的家里，而且丈夫搭在她肩膀上的手也是确确实实让她感觉到了人体的温度。

"我……我又做梦了，那个梦真是太真实了……一点都不像做梦，我差点没被那夫妻俩掐死……你看看我脸上是不是有好多刮痕？我是不是被毁容了啊？快，快给我镜子看一看！"京子突然想到刚才那夫妻俩对她做的事，马上伸手摸自己的脸。

丈夫还是一脸迷惑的样子，道："你脸上什么都没有啊……听我说，你刚才只是做了个噩梦，醒了就好了，已经没事了。"

"怎么可能呢？那怎么可能是梦呢？我跟你说，我真的感觉到我快被掐死了，天啊，我真的只是想抱一抱孩子而已，为什么他们总觉得我是想把孩子抢走的坏人呢？气死我了……真是气死我了！太过分了……怎么能这么看低别人呢……"

"好啦好啦，"丈夫不以为然地说道，"醒了就没事了，噩梦而已，醒来就好了。

你啊，还是身体太弱了……就容易胡思乱想……"

"不，那一定不是梦，太真实了！那绝对不是梦！那对夫妻……哼，真是太让人生气了！我一定要找着机会把孩子抢过来，然后在她面前狠狠地摔到地上报复她！太可恶了！"

"哎呀……快别说那些奇怪的话了，你消消气……没事了，没事了啊……等下个月，下个月我就有空带你去海边好好休养了……"

三

这天晚上的月亮被云遮住了，只透露出些许的光。这天晚上的海浪特别急，拍打在岸边上的声音也特别响。这天晚上还刮着不小的风，呼呼的风声不绝于耳，松树叶的枝叶被狂风吹得到处乱舞，有不少打到京子的脸上。但这些都不影响京子向前的速度，她走下了沙丘，正准备走上河上的木桥时，桥那边走过来了一个人。

木桥很窄，京子只能先退到一边，让来人先过桥。那人发现京子的时候，朝她身上打量了几眼，那是个戴着帽子的老人，可能是这附近的住户。

他看了看京子，又继续走自己的路。

京子对老人略带猜疑的眼光并不在意，因为她心里只有一个念头：到那栋房子里去。老人过桥以后，京子马不停蹄地走过木桥去，穿过马路，走过那栋房子的院门和房门。玄关的门打开之后，京子再也不看墙上的那幅画，而是径直走向了那对夫妇的卧室里。

她打开卧室门一瞧，发现年轻妈妈这回居然不在，只有熟睡的孩子和依旧鼾声大作的孩子爸爸。京子想都没想，直接走到孩子的身边，然后抱起孩子，她心里一下子得到了满足——她终于把孩子抱到手里了！

"哼，这回我看她还敢不敢对我大喊大叫！"京子心里十分得意。

"我的天啊！又是你这个奇怪的女人！老爷你快醒醒！那个坏人又来抢孩

子啦！”年轻妈妈突然出现在了门口，看到坐在她被褥上抱着她孩子的京子大叫道。

只见京子冷笑了一声，慢悠悠地说道："夫人，你还是这幅老样子，你也不看看我手里是什么。"

说着，她故意摇了摇手中的人质，年轻妈妈气得直跺脚。

这时候，孩子爸爸也醒来了。

"你究竟是什么人？到底与我们家有什么怨什么仇，为什么三番两次到我家里来使坏！"年轻妈妈气得脸红脖子粗。

"我跟你们家无冤无仇，只是你这人实在是讨厌。我只不过是看孩子可爱想抱一抱，你却百般阻挠。"京子不紧不慢地说道，她体会到了一种胜券在握的快感。

"我家孩子长得可爱与你何干？你这奇怪的女人，快从我家里滚出去！"年轻妈妈说着就朝着京子走过来，孩子爸爸也是，同时还呵斥京子："你这疯女人，快把孩子还给我，然后赶紧滚出去！"

京子也不慌张，抱着孩子从被褥上站起来，瞪着他们夫妻俩恶狠狠地说："你们休想把孩子要回去！我不会让你们称心如意的，哈哈哈……"

夫妻俩冲了过来，孩子爸爸一把按住京子的肩膀，孩子妈妈则揪住了襁褓。

"做梦吧你们！"京子一下子挣脱了孩子父亲，撞开孩子母亲，抱着孩子朝着客厅跑过去，孩子父母也赶紧追了上去。

京子跑到客厅之后，一眼就看到了桌上的一个裁缝箱子，里头还有一把红色的剪刀。她马上冲了过去，拿起剪刀打开，卡在孩子的脖子上。接着年轻夫妇也冲了进来，京子马上转向他们，接着恶狠狠地说道："你们别过来！要不然休怪我不客气！"

孩子的母亲哪里还听得进去，拼了命地冲过来要抢夺京子手上的剪刀，突然咔嚓一声，鲜血四溅，婴儿的头应声落地，伴随着孩子父母的尖叫声。

四

"啊……呜呜呜……呜呜呜……"京子再次被丈夫叫醒后，就一直在哭泣，全身还不停地颤抖着。丈夫抱住她的肩膀，安慰她："好了好了，没事了，醒了就没事了，你只是又做了一个噩梦而已。

"孩子……孩子的头……掉到地上了……呜呜呜呜……"京子泣不成声。

"你又在说胡话了！哪里有孩子的头！"丈夫怒喝道。

然而京子还是止不住地在发抖，脸色惨白。

"你的身体太虚弱了，才总是会做些可怕的梦。等会儿天亮了，我就带你去医院瞧一瞧。别哭了别哭了，没事了，梦醒了就好了啊……待会儿就能看到石川医生了……"丈夫一边说着，一边轻轻地拍着她的背。

过了好一会儿，京子才慢慢地平静下来。

"我真的只是在做噩梦吗……为什么那么真实呢……"

"你当然是在做噩梦啊，你人不都在这儿吗？怎么会在你说的那些奇怪的地方呢……"

因为京子最近一直在做噩梦，丈夫便决定早点带京子出去休养。于是，还没等学校开始放假，他们夫妇俩就到海边度假去了。丈夫选的这个海边据说是个舒服的地方，有山有水，还有温泉。

有个朋友给他们介绍了一家不错的海滨旅馆，让他们先在那里住两天，等找到可以租的房子再过去。他们下了火车之后，就准备先去那个旅馆。那个介绍的朋友建议他们走路过去，因为那里坐车去反而还要更长时间。于是，丈夫便雇了一个挑夫帮他们把行李挑到那个旅馆去，他们夫妻俩也一人拿了个箱子，跟在挑夫后头走过去。

他们走在路上这会儿正好是下午两点的时候，天气相当闷热，一点儿风都没有。他们就一直跟着挑夫后头往前走，走着走着就看到了一片松树林，然后穿过了松树林，走上沙丘，这沙丘上还栽着不少的小松树。等走过了这座沙丘之后，便有一条小河映入了他们的眼帘。

"咦……这个地方看起来好熟悉啊……"京子看着周围的景色，疑惑地说道。

"你以前来过吗？"丈夫问道。

"没有啊……我从来都没有来过这里，之前车站的那些地方我都没见过……"

"是不是小时候和家里人来过，然后不太记得了？"

"不可能，我父母就不是喜欢旅游的人，从来都没带我出去玩过。"京子斩钉截铁地说道。

"这么奇怪……"

两人一边说着，一边走上了河上架着的木桥。过了这座桥之后，他们就看到了一条大马路，马路上还铺着一层沙子。

"这条马路应该就是坐车过来的那条马路吧？"丈夫对前边的挑夫问道。

"对对，不过，从车站那边过来可麻烦了，得绕上个十几町才能到这儿呢。"挑夫说着，便把肩上的行李换到另一边，顺手擦了一把汗。

马路对面是一排排的别墅，京子看到这些别墅后就不往前走了，她站在那里，盯着其中的一栋打量。

"怎么了京子？"丈夫发现后边的京子没跟上来，便转过头来问她。

"那……那栋房子！就是那栋房子！"京子惊呼道。

"啊？什么房子？"丈夫一脸不解。

"就是那栋房子！我一直梦到的那栋房子！"京子说话的嘴唇都在不停地颤抖着。

丈夫顺着京子的目光看过去，那栋别墅和其他别墅并没有什么两样。只不过，它的大门是用船板做的，门的两边是竹篱笆围起来的墙，这些都和京子跟他描述过的一模一样。

"这也太巧了吧？"丈夫笑着说，一脸不以为然。

"不……不是巧合……绝对不是……刚才路过的那个沙丘，还有那条小河……还有那座木桥……全都和我梦里的一模一样！真的，难怪我刚才一直感觉那么眼熟！"京子惊恐地说着，双手放在头上，显得十分恐惧。

"不会有这么巧合的事情吧？肯定是你想太多了而已。而且那栋房子看起来也不像是有人住的样子……可能我们正好就可以租它。"丈夫说完这番话之后，转向了旁边的挑夫问道，"师傅，这房子是不是没人住来着？"

挑夫抬眼看了看那栋房子，回答道："现在确实没人住了。"

"那我们应该能租吧？"

"租倒是能租……只不过啊……"挑夫顿了一下，接着说道，"这房子似乎有点邪气呢，我听说上个月的时候这房子出了一件怪事，主人才搬走的。"

"哦？什么事？"丈夫好奇地问道。

"住在这房子里的原本是一家三口，孩子还没几个月呢，就被一个奇怪的女人给害死了……所以，哪里有人敢租这栋房子啊。"

丈夫一听这话心里就咯噔了一下，他下意识地转头看京子，只见她的脸已经毫无血色了。

"那，那我们还是去旅馆住吧。"丈夫好像在对京子说，也好像是在自言自语，他说完这话之后示意挑夫继续走去旅馆，然后他就一个箭步走到了前头。

京子也赶紧跟上丈夫的脚步，但是两人不再说话，气氛变得异常凝重。这时候，正好有一个老人朝着他们的方向走来，当他的眼神落到京子身上时，整个人都愣住了，但是他什么都没说，又继续走着。

等到他经过落在后头的挑夫身边时，他停了下来，跟挑夫说了好些话。

但是京子他们并没有停下来等挑夫的意思，所以，挑夫跟老人聊完以后，赶紧加快速度，跟上了京子他们，还没等他们问，挑夫就开口说道："刚才那个老人就是你们看到的那栋房子的主人。"

"这样吗？"丈夫随口应了一声，似乎并不想继续聊。

但挑夫并没有领会，而是转向京子问道："夫人，刚才那个老人说他见过你呢，你们是不是认识呀？"

京子不搭话，丈夫马上接过话说："不认识，她也没来过这里。可能以前老人去过东京吧，我们住在东京。"

五

终于，他们到达了预订好的海滨旅馆。丈夫和京子一走进房间里，京子整个人瘫坐在了地上，脸色非常难看。

"你别想太多了……"丈夫安慰她说，"兴许是巧合呢，是吧？你上个月一直都在家里啊。"

但是京子依然还是老样子，她什么都听不进去。丈夫看她这样子，也不知道还能说什么，只能默默地把西装脱下，换上了浴衣，坐在桌子旁边，开始喝茶。

两人什么话都不说，就这么静静地待着。

丈夫打破了沉默，说道："先别想那么多了，先换身舒服的衣服吧，再喝口热茶，你就会好了。"

京子仍旧是一动不动。这时候，旅馆的老板敲门走了进来，递给丈夫一张名片说道："客人，有人找您，这是他的名片。"

丈夫疑惑地接过名片，一看，居然是警察。

"警察找我做什么？"丈夫问老板道。

"嘿，这我哪里知道啊。他们最近老是会过来找这人找那人，真是影响人心情……您要不要见他一面呢？"

"既然他都来了，就让他进来吧，我倒是想知道，警察找我有何贵干呢。"

老板听了这话，说了句"好的"就出去了。

老板前脚刚走出房门，一直沉默的京子就发出一声骇人的怒吼，紧接着她一下子站起来冲出门去，丈夫也赶紧站起来冲出去。他出去一看，京子居然半个身子已经跨出了栏杆，他赶紧冲上去抱住京子，厉声喝道："你在干什么啊！"

京子一直瞪着栏杆外边的院子，丈夫顺着她看的方向望去，看到了一个女人从他眼前跑过，他和那女人目光对上的时候，发现那个女人居然和京子长得一模一样！丈夫顿时目瞪口呆，赶紧看看怀里的人，确实是京子没错。他又转去看那个女人，但是那个女人已经消失了。此时怀里的京子还不停地挣扎着，要往栏杆外面扑去……

京子就这样精神失常了，总是一副惊恐万分的样子。他们来海边度假的第二天，丈夫扶着已经魂不守舍的京子，又踏上了回东京的火车，夫妻俩坐在车厢的角落里，脸上尽是落寞。